Ein Plan mit tödlicher Rendite

Erhitzte Gemüter in Angeln, im idyllischen Dorf Langenbek. Es gibt Streit um ein altes Haus und ein neues Wohnviertel. Drahtzieher ist der Querulant Arno Göbel. Als dann der Journalist Thomas Berner am See auch noch eine Leiche findet, bekommen Kriminalhauptkommissar Stefan Kleyn aus Flensburg und seine Vertraute, Carla Moreno, alle Hände voll zu tun. Und dann gibt es im Nachbarort noch einen Toten.

SOPHIE VAN LINDERN

Ein Plan mit tödlicher Rendite

Bibliografische Information der Deutschen Nationalbibliothek:
Die Deutsche Nationalbibliothek verzeichnet diese Publikation
in der Deutschen Nationalbibliografie; detaillierte bibliografische
Daten sind im Internet über http://dnb.dnb.de abrufbar.

Satz, Umschlaggestaltung, Herstellung und Verlag:
BoD - Books on Demand

ISBN: 978-3-7528-4525-9

1.

Ein dumpfer Schlag erschütterte das dörfliche Idyll von Langenbek im nördlichen Angeln und ließ den Küchenboden im alten Witwenhaus des Gutes Langen vibrieren. Carla Moreno, noch verschlafen nach einer kurzen Nacht, zuckte zusammen. Sie hatte sich an diesem Montagmorgen gerade einen Kaffee gemacht und wollte ihre Tochter Sara wecken, damit diese rechtzeitig zur Schule kam. Frühes Aufstehen zählte nicht zu den Vorlieben der Moreno-Damen. Umso stärker fuhr der Hausherrin jetzt aufgrund des Lärms der Schreck in die Glieder. Was zum Teufel war da draußen los, morgens um 7 Uhr? Auch Carlas Hund Watson, der gerade von seiner Morgenrunde durch den Garten kam, spitzte die Ohren und knurrte.

Carla nahm ihren Kaffeebecher und ging zur Haustür. War da ein Lastwagen in eine Mauer gekracht oder einer der Riesentraktoren von den benachbarten Bauernhöfen verunglückt? Das kam auf der schmalen, gewundenen Dorfstraße mit dem Kopfsteinpflaster immer wieder einmal vor. Sie sah aus der Haustür, konnte aber die Ursache des Krachs nicht entdecken. Carla ging zurück in die Küche, um für Sara Frühstück zu machen, da erschütterte schon der nächste dumpfe Schlag den Boden. Es half nichts – Carla musste sich gedulden, bis ihre Tochter aus dem Haus war. Dann wollte sie mit Watson eine Runde durchs Dorf spazieren, um en passant nach der Ursache des Lärms zu forschen. Vorher würde sie keine Ruhe haben. Denn Geheimnisse waren Carlas Spezialität. Genauer gesagt: die Entschlüsselung von Geheimnissen.

Dazu fand sie hier auf dem Dorf, das seit rund drei Jahren ihre Heimat war, Gelegenheiten genug. Denn hinter den Fachwerkmauern und Tüllgardinen herrschten nicht nur dörflicher Frieden, eheliche Treue und freundliche Nachbarschaft. Das hatte Carla schnell herausgefunden. Doch auch sie hatte den

Dörflern Rätsel aufgegeben, nachdem sie von den Balearen in den Norden gezogen war. Was wollte die Spanierin in Langenbek? Wovon lebte sie? Und wie konnte die sich ein solches Haus leisten? Es wurde ausgiebig getuschelt.

Erst als die neue Nachbarin bei der Aufklärung zweier Morde eine bedeutende Rolle spielte, erfuhren die Dörfler, dass die dunkelhaarige und quirlige Carla Moreno eben keine Spanierin, sondern ein echtes Nordlicht war, geboren als Charlotte von Roehl auf Gut Ahrenberg zwischen Lübeck und Kiel. Sie hatte viele Jahre auf Mallorca gelebt und sich mit ihrem Mann, Joan Moreno-Serna, auf der Insel ein florierendes Landhotel aufgebaut. Nach Joans frühem Krebstod kehrte Carla, wie sie sich jetzt nannte, mit ihrer Tochter Sara zurück nach Schleswig-Holstein und lebte seither in dem kleinen Dorf am Langensee. Eine Tante hatte ihr das alte Witwenhaus des Gutes hinterlassen. Sie hätte es sich auch ohne Erbschaft leisten können.

Carla bestritt ihren Lebensunterhalt mit der Kunst. Sie hatte Kunstgeschichte studiert und sie malte. Schönmalerei nannte sie die Bilder, die zwar keine Chancen hatten, in den namhaften Galerien für moderne Kunst ausgestellt zu werden. »Zu geschmäcklerisch«, hatte ihr ein Experte gesagt. Aber die Arbeiten waren schön und dekorativ, sie spielten mit den Stilen der Kunstgeschichte und ließen sich sehr gut verkaufen. Carla bot ihre Bilder Einrichtungshäusern an, sie fertigte aber auch Auftragsgemälde für zahlungskräftige Kunden. Wenn dann selbsternannte Kenner über die heile Bilderwelt die Nase rümpften, zitierte Carla Lessing: »Die Kunst geht nach Brot.« Sie könne so auf sehr angenehme Weise ihren Lebensunterhalt verdienen, und die Käufer freuten sich über hübsche Dekorationen für ihre Häuser.

Am Anfang hatten die vermeintliche Spanierin und ihre Tochter in Langenbek nur eine Auszeit nehmen und danach wieder nach Mallorca zurückkehren wollen, um dort ihr Leben neu zu ordnen. Auch weil sie damals noch Außenseiterinnen auf dem Dorf gewesen waren und einige der einheimischen Damen über Carla als spanische Kellnerin gelästert hatten. Was das Opfer des Geredes nicht kümmerte. Aber nach den mörderischen Geschehnissen am Langensee wurden die Morenos fest in die Dorfgemeinschaft integriert. Inzwischen waren sie entschlossen zu bleiben: Carla mochte den Ort, die Umgebung des Landes Angeln und die nahegelegene Stadt Flensburg. Sie war seit mehr als zwei Jahren nicht mehr in Spanien gewesen und spielte inzwischen mit dem Gedanken, das Hotel auf Mallorca zu verkaufen. Ohne Joan konnte sie sich eine Zukunft auf der Insel nicht mehr vorstellen. Sicher, da war noch seine Familie, die sie herzlich aufgenommen hatte. Aber am Ende war sie unter den Mallorquinern doch die Fremde geblieben.

Schließlich hatte sie im Norden auch alte Freundinnen aus der Schulzeit wiedergefunden und neue Kontakte geknüpft. Eine nicht unbedeutende Rolle spielte in den Überlegungen für die Zukunft der Kriminalhauptkommissar Stefan Kleyn, den Carla im Zuge der Mordermittlungen auf dem Gut kennengelernt hatte. Am Anfang waren sie gehörig aneinandergeraten, weil der Beamte, der in Langenbek ermittelte, eine sehr fest gefasste Vorstellung von seinen hoheitlichen Aufgaben und Befugnissen hatte, Carla dagegen selbst den Dingen auf den Grund gehen und sich so gar nichts sagen lassen wollte. Am Ende waren die eigensinnige Malerin und der arrogante Ermittler wider Erwarten Freunde geworden und Kleyn kam als häufiger Gast aufs Dorf.

An diesem Morgen hatte Carla ihrer Tochter inzwischen das Frühstück serviert und das Pausenbrot geschmiert und Sara war mit dem Bus auf dem Weg zur Schule. Die Hausherrin hatte sich derweil mit einem weiteren Kaffee gestärkt und machte sich nun auf den Weg, dem ungewohnten Lärm auf den Grund zu gehen. »Kommst du, Watson?«, rief sie ihren Hund, einen Irish-Wolfhound-Mischling, der sie – nicht immer ganz freiwillig – begleitete, wenn sie auf eine ihrer Erkundungstouren ging. Mit dem Hund im Schlepptau konnte sie in jeden Winkel spähen, ohne sich der Neugier verdächtig zu machen. Glaubte sie.

Carlas Grundstück grenzte direkt an den Langensee. Von ihrem Haus aus sah sie hinüber zum Gut Langen, das von der Familie von Erben-Werthern bewirtschaftet wurde. Die Bewohner waren seit rund einem Jahr enge Freunde der Malerin. Aber jetzt war auf dem Hof niemand zu sehen. Carla nahm den Trampelpfad zum Wasser hinunter und bog dann ab zum Seeufer in die Richtung, aus der sie den Lärm gehört hatte. Der Weg verlief parallel zur Dorfstraße, an der auch die mittelalterliche Kirche mit dem hohen Feldsteinsockel lag. Und weiter ging es von der Gartenseite aus zu einem Häuschen, das der Lehrerswitwe Meta Diederichsen gehört hatte. Die alte Dame war vor zwei Jahren umgebracht worden. Sie war die Dorftratsche gewesen, aber eben nicht nur die harmlose, neugierige und redselige alte Frau, sondern bösartig und kriminell: Denn sie hatte sich ihre Rente durch Erpressung aufgebessert und dabei ein Vermögen ergaunert. Das kostete sie das Leben. Ausgerechnet Carla hatte die Leiche gefunden – und auch das entscheidende Steinchen im Puzzle zur Aufklärung des Falls.

Seither stand das alte Haus leer. Metas Erbe, angeblich ein Neffe, hatte sich bislang im Ort nicht blicken lassen. Doch nun sah Carla, dass auf dem Grundstück schwere Baumaschinen vorgefahren waren, die dem etwa 150 Jahre alten Häuschen den Garaus machten. Eine Baggerschaufel hatte bereits ein großes Loch in den Giebel gerissen. Momentan standen die Maschinen aber still. Die Bauarbeiter machten Frühstückspause.

Carla umrundete, Watson im Schlepptau, das alte Haus im

dänischen Stil und traf auf einen der Bau- oder besser Abbrucharbeiter. Sie lächelte ihn treuherzig an und fragte: »Bauen Sie hier um?« »Nee, wir brechen alles ab«, sagte der Baggerfahrer, ein vierschrötiger Mann mit schaufelgroßen Händen und rotem Gesicht. »Hier kommt was Neues hin«, fügte er noch hinzu. Und da sah Carla schon das große Bauschild an der Straße: »Wohnen am See – Neubau von zwei Toskana-Häusern – schlüsselfertig, provisionsfrei für den Käufer.« Also wollten offenbar Metas Erben das Grundstück zu Geld machen. Carla schluckte. Schade um das alte Gebäude, das ein hübscher, harmonischer Blickpunkt an der Dorfstraße gewesen war. Und jetzt Toskana-Häuser, die passten ja nun überhaupt nicht in den Ort. Wer hatte denn so etwas genehmigt? Und weshalb hatte sie gar nichts von den Plänen gehört? »Watson«, sagte sie zu ihrem Hund, »es gibt Arbeit.« Die Hintergründe dieses Bauvorhabens würde sie genauer unter die Lupe nehmen.

Den ersten Schritt konnte sie jetzt sofort tun. Carla bog auf die Dorfstraße ein und machte sich auf den Weg zu Klaus Möller, dem Gastwirt und Bürgermeister. Der war zwar um diese Zeit mit den Vorbereitungen für die Mittagsgäste beschäftigt. Dennoch steckte Carla den Kopf zur Tür herein und fragte: »Klaus, hast du eine Minute?« Der Wirt kam ihr entgegen. »Moin, was gibt's?« Carla machte keine Umschweife: »Was ist das für ein Bauvorhaben auf Metas Grundstück?« Der Bürgermeister war überrascht. »Das ist doch noch gar nicht spruchreif. Metas Neffe hat sich gemeldet. Der ist der Erbe des Hauses. Er möchte neu bauen, aber da ist noch nichts entschieden, und es sieht nicht gut aus für ihn. Der Mann will hier in der Gegend sowieso groß auftrumpfen, plant auch irgendwas am Meer ein paar Kilometer weiter.«

»Nichts entschieden? Metas Haus liegt schon bald komplett platt auf dem Rasen. Hast du denn den Lärm nicht gehört?«, fragte Carla nach. Klaus Möller sah sie entgeistert an. »Ich habe gedacht, das seien Landmaschinen. Die brechen wirklich schon ab? Es gibt doch noch gar keine Genehmigung! Entschuldigung, Carla, da muss ich mich sofort kümmern.« Er warf das Geschirrtuch, das er in der Hand gehabt hatte, über einen Stuhl, lief zum Telefon und wählte die kurze Ortsnummer, um den Dorfpolizisten in Marsch zu setzen: »Metelmann«, rief er kurzatmig, »du musst sofort zu Metas Haus fahren. Die brechen da ab ohne Genehmigung.«

Derweil kam Möllers Frau Hanne aus der Küche, und Carla nahm sich bewusst Zeit, das Gasthaus wieder zu verlassen. Schließlich wollte sie nicht auf wertvolle Informationen verzichten. »Hast du das mitbekommen, Hanne?«, fragte sie deshalb. Die sprudelte über vor Neuigkeiten, die sie aus der Gemeinderatssitzung gehört hatte, und erzählte im Stakkato: »Meta hatte einen Neffen, den Sohn ihrer Schwester Marlies. Der ist ihr Erbe – heißt Kevin Ostrowski, großartige Namensmischung, was«, Hanne kicherte. »Der ist hier schon vorstellig geworden. Er will das alte Haus abreißen und neu bauen. Und außerdem plant er mit einem Partner ein paar Kilometer entfernt direkt an der Ostsee ein Feriendorf. Soll eine ganz großartige Sache werden mit kleinem Hafen und so. Aber damit haben wir ja nichts zu tun. Metas Haus aber – Klaus will nicht, dass das abgebrochen wird. Das Landesdenkmalamt ist schon eingeschaltet. Aber dieser Kevin möchte wohl vollendete Tatsachen schaffen. Ziemlich arroganter Schnösel.« Hanne Möller schüttelte energisch den Kopf. »Der passt nicht hierher, der passt nicht zu uns.«

»Ich will denn mal wieder«, sagte Carla und trat den Rückzug an. Aus strategischen Gründen wollte sie genauso nach Hause laufen, wie sie gekommen war. Also zurück zu Metas Haus, um nachzusehen, ob Metelmann schon seines Amtes waltete, und dann zurück zum See zum Trampelpfad. Watson sah sie etwas genervt an, als es zurückging. Sie strich ihm über den Kopf und versprach: »Du kriegst ein Würstchen. Ich brauche dich als Staffage. Sonst glauben die Leute noch, ich sei neugierig.«

2.

Thomas Berner hatte äußerst schlechte Laune. Der Journalist war für das Feuilleton der Norddeutschen Nachrichten nach Hamburg beordert worden, wo an der Oper die isländische Sopranistin Elena Sigurdsdottir ihr Debüt als Senta im Fliegenden Holländer gab. Ein gesellschaftliches Ereignis, und so hatte ihm sein Redaktionsleiter Adalbert Werner aufgetragen, nicht nur eine Kritik zu verfassen, sondern auch über Klatsch und Tratsch zu berichten; außerdem sollte er bei den Honoratioren und Berühmtheiten Statements einholen, wie ihnen das Ereignis denn gefallen hatte. Thomas hasste solche Geschichten, musste aber als sogenannter fester freier Mitarbeiter des Blattes diese Kröte schlucken. Schon vorher war seine Laune auf null gewesen und jetzt nach der Vorstellung war er endgültig sauer. Die Sigurdsdottir hatte einfach zu viele Töne versemmelt, sich auf der Bühne wie ein Panzerschrank bewegt und zu allem Übel hatte ihn auf dem Weg zur Garderobe auch noch Robert Franz, der Pressesprecher der Kulturbehörde, zugetextet und versucht, ihm Begeisterung für die Vorstellung einzuflüstern. Dafür würde er sich rächen.

In Gedanken hatte Thomas Berner seine Story schon geschrieben. Es waren von der Oper nur ein paar Schritte zur Hamburg-Redaktion des Blattes und es blieb ihm noch exakt eine Viertelstunde Zeit, um seine Kurzkritik in den Computer zu tippen und mit den nötigen gesellschaftlichen Ranken zu verzieren. Er hatte das Wochenende eigentlich bei seiner Freundin Carla Moreno in Langenbek in einer Runde von Freunden verbringen wollen. Am Freitagabend hatte man ihm dann den Bericht über das isländische Stimmwunder verordnet, weil Leonore Kerbich, die Klatschtante der Redaktion, sich erkältet hatte und dem Event fernbleiben musste. Jetzt war er doppelt verärgert – weil seine Wochenendpläne geplatzt waren und das Stimmwunder gepatzt hatte.

»Die Sigurdsdottir, als Stern von morgen gefeiert«, textete Thomas, »überraschte das Publikum mit eher kühler Stimme, die in den hohen Lagen frostig klirrte und in den niederen im Sumpf des Orchestergrabens versank. Der Begeisterung des Publikums tat das keinen Abbruch. Die hanseatische Prominenz hatte für diesen Holländer Spitzenpreise gezahlt. Also ließ sie sich die Begeisterung auch nicht durch eine mittelmäßige Gesangseinlage verderben.« Und dann kamen noch ein paar Statements hinzu – am Ende zitierte er den Pressesprecher der Kulturbehörde. »Die Sigurdsdottir hat uns eine glänzende Senta geschenkt.« Das war wohl der Dank an den Sponsor, vermutete Thomas Berner. Der Baulöwe Gerhard Gerster hatte den Auftritt der eisigen Senta mit 20.000 Euro bezuschusst.

Als Thomas Berner an diesem Abend um 23.15 Uhr an seinem Redaktionscomputer auf Senden drückte, hob sich seine Laune. Die Sigurdsdottir hatte ihm den Sonntag versaut, er ihr den Montag. Er packte seine Sachen zusammen und spazierte zu dem kleinen Einzimmerappartement hinüber, das er für seine Hamburg-Aufenthalte in der Neustadt gemietet hatte, vierter Stock in einem Genossenschaftsbau der zwanziger Jahre mit Klinkerfassade, ohne Aufzug, aber mit einer schönen Aussicht zur Elbe.

3.

Carla Moreno verlangsamte ihre Schritte, als sie sich mit Watson, zum zweiten Mal an diesem Morgen, Meta Diederichsens Haus näherte. Vor der Tür stand jetzt ein Polizeiwagen – Hubert Metelmann war schon in Aktion. Er erklärte gerade dem Baggerfahrer in kurzen klaren Sätzen, dass seine Tätigkeit hier und jetzt beendet war, weil es keine Abbruchgenehmigung gab. Der Mann versuchte noch, seinen Bagger wieder zu starten, als aber Metelmann demonstrativ an seinen Gürtel griff, gab der Mann klein bei. Carla wollte schon weiterlaufen, als ein weiterer Darsteller die Bühne betrat. Mit rasantem Schwung fuhr ein blütenweißer Mercedes-GLE-Geländewagen vor und bremste unmittelbar vor Carla auf dem Fußweg. Ein dynamischer Mann, etwa Mitte 40, sprang heraus, ging forsch auf den Baggerfahrer zu und sagte scharf: »Und warum tut sich hier nichts? Weshalb sind Sie nicht schon weiter? Wir wollen heute Nachmittag die Anschlüsse legen. Da muss die rechte Haushälfte weg sein!« Der Baggerfahrer zog die Schultern hoch und rollte mit den Augen. An seiner Stelle antwortete Hubert Metelmann: »Hier tut sich nichts, weil diese Baustelle stillgelegt ist. Wer sind Sie überhaupt?« Der Polizeimeister streckte die Hand aus und sagte knapp: »Ausweis. Und dann stellen Sie Ihr Auto ordentlich ab, sodass man diesen Fußweg auch noch benutzen kann.« »Ich bin der Architekt dieses Projekts, François Walter«, sagte der Mercedes-Fahrer genervt, als könnte er selbstverständlich voraussetzen, dass er auch in diesem Dorf seit langem bekannt sei. »François? Hier im Personalausweis steht Franz«, sagte Metelmann und sah sein Gegenüber prüfend an.

Carla verfolgte die Szene. Niemand beachtete sie. Und Watson saß geduldig mit hängenden Ohren neben ihr. »Mein

Künstlername«, sagte der Architekt. Und Metelmann konterte: »Hier geht es nicht um Kunst, sondern um Genehmigungen. Und die haben Sie nicht.« In Walters Gesicht entwickelten sich rote Flecken. »Wir haben einen Termin beim Stromversorger. Der legt uns heute einen neuen Anschluss für das Bauvorhaben. Wer weiß, wann wir wieder einen Termin bekommen, das wirft uns um Wochen zurück.« Die Stimme des Architekten wurde immer schriller, die des Polizisten immer leiser. »Nochmal zum Mitschreiben: Sie haben hier keine Abbruchgenehmigung, denn das Haus steht in der Liste der erkannten Denkmäler des Landes Schleswig-Holstein, wenn Ihnen das etwas sagt. Und von einer Baugenehmigung sind Sie nach meinen Informationen auch ganz weit entfernt. Denn ein Toskana-Haus mit zwei Wohneinheiten kriegen Sie hier im Dorf mit Sicherheit nicht durch. Wir sind hier nämlich nicht in Berlin oder Hamburg, wo sich jeder seinen Baustil aus dem Katalog bestellen kann. Nochmal im Klartext: Der Bagger rückt hier ab.« Metelmann gab dem Architekten seinen Ausweis zurück, wandte sich ab und zwinkerte heimlich Carla zu.

Wie nach einem Drehbuch trat jetzt ein weiterer Beteiligter auf, wieder mit dem Auto, wieder sehr schwungvoll, aber dieses Mal mit einem Porsche Panamera in Silber. Der Mann war ein wenig jünger als der Architekt, aber nicht weniger selbstbewusst. Auch er sprang forsch aus dem Wagen und wandte sich an Walter: »Was ist hier los?« Metelmann ging dazwischen: »Und wer sind Sie – Ausweis?« »Das geht Sie gar nichts an. Kümmern Sie sich um Ihre Dorfdelikte.« Carla sah, wie Metelmanns Augen zu schmalen Schlitzen wurden. Der sagte jetzt sehr laut: »Ihren Ausweis, oder Sie gehen mit aufs Revier.« Der Neuankömmling öffnete den Mund, sagte aber nichts, denn Metelmann legte zum zweiten Mal an diesem Morgen die Hand an den Gürtel, dort wo die Pistole im Halfter steckte. »Schon gut, schon gut«, sagte der Mann und hob beschwichtigend die Hände. »Ich bin der Eigentümer des Hauses, Kevin Ostrowski, ich habe das Objekt von meiner Tante geerbt. Meta Diederichsen war die Schwester meiner Mutter Marlies Ostrowski. Worum geht es hier eigentlich?« Kurz und knapp teilte Metelmann dem Porschefahrer mit, dass hier ein Bauvorhaben begonnen wurde, das noch gar nicht genehmigt war. Ostrowskis Einwürfe von Bürokratismus einerseits und Zeitdruck andererseits ließ Metelmann nicht gelten. »Sie müssen sich hier an die Regeln halten. Ohne Baugenehmigung graben Sie nicht einmal einen Maulwurf aus«, sagte der Polizist kategorisch.

Und es kam noch schlimmer für die beiden schneidigen Autofahrer: »Bei dem Haus Ihrer Tante, Herr Ost-rowski«, Metelmann sprach den Namen absichtlich so zerhackt aus, »handelt es sich um ein sogenanntes erkanntes Baudenkmal. Das muss Ihnen auch bekannt sein. Und das können Sie nicht so einfach wegreißen. Ich bin mir ziemlich sicher, dass Sie die Abbruchgenehmigung nicht bekommen. Und das heißt weiter, dass Sie nicht nur mit einer Geldbuße rechnen, sondern dass Sie auch den demolierten Giebel wiederherstellen müssen. Ich fürchte, das wird teuer für Sie. – Also: Einpacken und Abmarsch«, sagte Metelmann mit einer Kopfbewegung Richtung Baggerfahrer und Architekt.

Die Herren waren während der Auseinandersetzung mit dem Dorfpolizisten so mit sich selbst beschäftigt gewesen, dass sie Carla und Watson gar nicht bemerkt hatten. Jetzt fuhr Metas Neffe die ungebetene Zeugin der Szene an: »Was stehst du da und glotzt doof. Zisch ab, Alte.« Carla richtete sich auf und musterte den Mann mit der ererbten Arroganz vieler Adelsgenerationen und sagte kühl: »Erstens: Ich kann mich nicht erinnern, Ihnen das Du angeboten zu haben. Und zweitens: Ich bewege mich in diesem Dorf genau dort, wo ich möchte, und in der Geschwindigkeit, die mir genehm ist.« Und damit machte sie sich auf den Weg nach Hause, winkte Metelmann kurz zu und nahm, Seite an Seite mit Watson, genau den Kurs, auf dem Metas Neffe und sein Architektenkünstler ihr aus dem Weg gehen mussten. Dank Watson wichen die Herren beiseite.

4.

In der Hamburg-Redaktion der Norddeutschen Nachrichten herrschte an diesem Montagmorgen schlechte Stimmung. Sehr schlechte Stimmung. Ursache war Thomas Berners Kurzbericht über den Gala-Auftritt der Sängerin Elena Sigurdsdottir. Berners süffisanter Verriss hatte beim Redaktionsleiter Adalbert Werner einen Tobsuchtsanfall ausgelöst. Den interessierte es nicht, dass die Dame tatsächlich entweder untalentiert oder indisponiert gewesen war. Es ging um Werners gesellschaftliche Bedeutung. Er, der sich überall gern einladen ließ, musste sich natürlich mit freundlicher Berichterstattung für teure Gratiskarten revanchieren. Und da er eben auch bei der nächsten Gala einen Platz in der ersten Reihe haben wollte, konnte ihm Berners amüsant geschriebenes Stück nicht recht sein. Am liebsten hätte er den aufmüpfigen Schreiber rausgeworfen. Aber Thomas Berner war ein sehr guter Journalist, den er als freien Mitarbeiter vergleichsweise billig beschäftigen konnte.

Also würde er ihm eine Lektion erteilen. Werner zitierte seinen Mitarbeiter in sein Büro und brüllte ihn zusammen. Normalerweise hätte der sich umgedreht und den Raum und die Redaktion verlassen. Doch war der Journalist momentan auch auf diese kleineren Honorare angewiesen, weil sein Lebensgefährte Ingo Hetkämper mit seiner Boutique auf Sylt in Insolvenz gegangen war. Also ließ Berner den Redeschwall an sich abperlen und wartete auf den Schlussakkord. Der war in der Tat heftig. Werner verdonnerte den Feuilletonisten, während der nächsten Monate als Aushilfe in der Lokalredaktion einzuspringen und Geschichten vom Land zu liefern. »Das ist nicht Ihr Ernst!«, sagte der Autor brillanter Kritiken. »Doch«, sagte Werner. »Lokales oder Abmarsch. Melden Sie sich bei

Zimmermann am Tisch und lassen Sie sich für die aktuellen Geschichten einteilen.«

Thomas Berner schnappte nach Luft. Aber er war gezwungen, sich auf den Deal einzulassen, solange sein Freund keine Einkünfte hatte. So müsste er eben über die Dörfer fahren, während Ingo Hetkämper in Westerland die geschäftlichen Verwicklungen in seinem Laden auflöste.

Berner trottete hinüber in die Lokalredaktion. Er spürte die hämischen Blicke der Kollegen, die tagtäglich mit Werner in einem Raum sitzen mussten und dessen Launen ausgeliefert waren. Sie genossen zwar die trügerische Sicherheit der Festanstellung, waren aber dennoch neidisch auf die sogenannten festen Freien, die Autoren mit Vertrag und der Möglichkeit, sich ihre Arbeitszeit einteilen zu können. Dabei übersahen sie bewusst, dass die Zeiten der fürstlichen Honorare längst vorüber waren und nur wenige dieser Autoren, und dazu gehörte bislang noch Thomas, recht ordentlich verdienten. Allerdings mussten sie für alle Sozialleistungen allein aufkommen und waren vom Wohlwollen der Redaktionsleiter abhängig. Das musste jetzt auch Berner erfahren.

Zimmermann, der Lokalchef, erwartete ihn schon. Er hieß mit Vornamen Bodo, aber jeder nannte ihn nur Zimmermann. Der legte ihm wortlos eine Liste auf den Tisch – die Themen für die kommenden Wochen. »Ich erwarte von Ihnen jeweils eine Basisgeschichte und danach eine kontinuierliche Berichterstattung über die lokalen Themen«, sagte der Ressortleiter mit der für ihn charakteristischen, schnarrenden Stimme. Die Wörter »bitte« und »danke« kamen in seinem Vokabular nicht vor.

Thomas Berner sah auf den Merkzettel: Bauprojekt Hasenwinkel in Langenbek, stand da an oberster Stelle, dann Resort Jägersruh mit Marina bei Gelting, Mastanlage Hartwig und Sanierung Kirche Langenbek. Thomas Berner gab sich alle

Mühe, beleidigt zu schauen und nicht zu lächeln. Langenbek, da wohnte seine alte Freundin Carla Moreno, bei der er eigentlich das Wochenende verbringen wollte, wenn die Sigurdsdottir nicht gewesen wäre. Bei Carla konnte er sich einquartieren. Denn alle Handlungsorte befanden sich in unmittelbarer Umgebung von ihrem Haus. So würde er, bestens untergebracht und verpflegt, seine Strafaufgaben in aller Ruhe abhaken können. »Da muss ich mich aber erst einarbeiten«, sagte er und verzog das Gesicht, als sei er schwerstens beleidigt. Zimmermann war offenbar zufrieden. »Ich kenne ja auch die Gegend nicht, das muss ganz im Norden sein. Da brauche ich erst einmal Basisinformationen. Haben Sie da etwas?« Zimmermann schüttelte den Kopf. »Vor nächster Woche können Sie nicht mit fertigen Texten rechnen«, grantelte der Journalist und machte, dass er den Produktionsraum der Redaktion verließ.

Bereits im Flur pfiff er den neusten Song der Band Avantasia, die er im Jahr zuvor für sich entdeckt hatte, und als er in den Aufzug einstieg, grinste er breit. Werner hatte ihm soeben einen bezahlten Sonderurlaub verschafft. Während er das Verlagsgebäude verließ, hatte er schon Carlas Telefonnummer gewählt. Als die Freundin sich nach nur drei Klingeltönen meldete, sagte Thomas Berner ohne Anrede: »Kann ich ein paar Tage bei dir logieren? Ich habe Strafdienst auf dem Lande. Die Details erzähle ich dir später.« »Klar, Thomas, komm vorbei. Ich freu' mich – und es gibt auch ein paar Dinge zu besprechen.« »Bist du wieder auf dem Kriegspfad – ich kenne dich, alte Freundin?« Carla lachte. »Nein, nur mal so.« Thomas Berner lief zu seinem Auto. Trotz des Ärgers über den Rüffel des Feuilletonchefs war er bester Laune. Ein paar Tage bei Carla würden ihm helfen, die aktuellen Turbulenzen in seinem Leben zwischen seinem Zuhause auf Sylt, seinem Lebensgefährten Ingo Hetkämper und der Redaktion in Hamburg wieder zu beruhigen.

5.

Zu Hause angekommen, klappte Carla sofort ihren Laptop auf, um in die Denkmalliste des Landes Schleswig-Holstein zu sehen. Die Bestandsaufnahme der historischen Gebäude, Grünanlagen und archäologischen Fundstätten war nach Kreisen geordnet. Und so fand sie Meta Diederichsens Haus schnell: Es war eingetragen, aber ohne nähere Beschreibungen. Aktualisierung vorgesehen, stand da, das heißt, dass bislang keiner der Amtsmitarbeiter die Zeit – oder die Lust – gehabt hatte, sich mit dem Objekt näher zu befassen. Es waren ja auch zu viele Objekte. Aber Carla, die Kunstgeschichte studiert hatte, konnte Metas Häuschen mühelos einordnen. Es musste um die Mitte des 19. Jahrhunderts gebaut worden sein, ein schlichter, weiß getünchter Bau, wie er für die Handschrift der dänischen Landbaumeister dieser Zeit typisch war. Damit stand fest: Das Haus stand, beschrieben oder nicht, in der Liste. Und damit durfte es nicht abgebrochen werden. Metas Neffe konnte seine Toskana-Häuser hinbauen, wo er wollte, hier aber nicht. Und mehr noch: Er würde die Löcher, die der Bagger bereits in die Fassade gerissen hatte, wieder schließen müssen. Was hatte sich der Typ dabei gedacht!

Es gab momentan ohnehin Unruhe in Langenbek um Pläne und Veränderungen. In den vergangenen Monaten hatte Carlas Nachbar, Eberhardt Graf von Erben-Werthern, gemeinsam mit seinem Vater Johannes das Gut Langen für Touristen geöffnet. Denn mit der Landwirtschaft allein war nicht mehr genug Geld zu verdienen, um die weitläufige Anlage mit dem historisch wertvollen Gutshaus und den Nebengebäuden zu erhalten. In den nicht mehr genutzten Stallungen waren Appartements eingebaut worden. Hier konnten sich Feriengäste einmieten. Es gab Wohnungen für Menschen, die Ruhe suchten, und am

Rande des Gutes auch vier Gebäude-Einheiten für Familien mit Kindern. Hier lernte der Nachwuchs, dass Kühe nicht lila sind, dass Erdbeeren nicht in Kühltruhen wachsen und man mit Tieren behutsam umgehen muss. Hier gab es einen kleinen Streichelzoo, aber auch noch vier Kühe, ein halbes Dutzend Schafe und Ziegen, Hühner und Enten. All diese Tiere trugen zwar mit Milch und Eiern zur täglichen Versorgung der Gäste bei, sie sollten aber ein dauerhaftes Aufenthaltsrecht genießen, das heißt, sie durften auf Gut Langen in Rente gehen und würden nicht im Topf landen. Dazu gab es die Möglichkeit zum Reiten und auch zu Ausritten. Denn die Eigentümer der umliegenden Bauernhöfe hatten die Nutzung ihrer Feldwege gestattet. Insgesamt zwölf Appartements waren so auf dem Gut entstanden und auf Anhieb gut ausgebucht gewesen.

Darüber hinaus war das Gut seit Jahren Veranstaltungsort für die sommerlichen Konzerte auf dem Lande, die im Juli und August in Schleswig-Holstein stattfanden. Auch das lenkte das Interesse auf den malerischen Ort, der sich zwischen Flensburg und Kappeln am Langensee entlangschlängelte und gleichzeitig nur ein paar Kilometer von der Ostsee entfernt lag. Hier gab es bislang nichts als die gewachsene dörfliche Struktur. Aber in den Konzertwochen wurde in der Scheune musiziert und die Veranstaltungsgäste stärkten sich am rustikalen Buffet und spülten Leberwurstbrötchen und Käse mit Bier oder Wein hinunter. Auch das half, die gräflichen Kassen zu füllen. Die Folge war ein zunehmendes Interesse an Häusern in der Umgebung – als Feriendomizile und Zweitwohnsitze.

Das hatte gleich zwei Bauprojekte ausgelöst: Am Ende des Dorfes hatte der Gemeinderat von Langenbek jetzt ein kleines neues Wohnquartier ausgewiesen. Hier konnten auf kleinen Grundstücken um etwa 500 Quadratmeter Einfamilienhäuser errichtet werden, vor allem als dauerhafte Adressen. 20 bis maximal 30 Häuser sollten es sein. Dem Gemeinderat lag dieses Projekt am Herzen. Bot es doch die Chance auf ein paar Zuzügler und vielleicht zusätzliche Steuereinnahmen. Denn Langenbek lag für Beschäftigte in Flensburg oder Kappeln durchaus auf erträgliche Distanz.

Und zweitens hatte ein Konsortium angekündigt, nur ein paar Kilometer entfernt an der Ostsee ein Feriendorf zu realisieren. Ein Resort, wie man das neudeutsch nannte. Hier waren es 53 Wohneinheiten im skandinavischen Stil, eine Anlage mit Bootssteg, kleinen Kiosken und Gastronomie. Carla war heilfroh, dass dieses Projekt auf Distanz zu ihrem Dorf entstehen sollte. Zumal sie die Erfolgschancen als eher begrenzt sah. In den vergangenen Jahren war eine ganze Reihe solcher Resorts an der Ostseeküste entstanden, entwickelt und gemanagt von großen Unternehmen mit internationaler Erfahrung und in der Nachbarschaft von Touristenorten. Ob da so eine unbekannte Firma aus der Region Chancen hatte mit einem Dorf, das in der Mitte von Nirgendwo lag? Jedenfalls war offenbar Metas Neffe auch an diesem Projekt beteiligt.

Die Dörfler waren über die Pläne geteilter Meinung. Die einen sahen in dem zusätzlichen Touristenaufkommen in ihrer Gegend durchaus eine potenzielle Einnahmequelle. Die anderen hatten keine Lust auf zusätzlichen Durchgangsverkehr und Besucher, die an ihrem See entlangspazierten, für Unruhe sorgten und am Ende den Ansässigen nichts in die Kasse brachten, weil sie sich in ihren Häusern die mitgebrachte Tiefkühlkost erwärmten.

6.

In der Summe hatte sich vieles geändert in den knapp drei
Jahren, in denen Carla Moreno jetzt in Langenbek lebte. Obwohl sich hier vor zwei Jahren gleich zwei Tötungsdelikte er-
eignet hatten, war die Stimmung in der Dorfgemeinschaft
entspannt. Man hatte die Gräfin von Erben-Werthern wegen
Mordes überführt; sie saß lebenslänglich im Gefängnis und
niemand sprach mehr von ihr. Was wohl aus ihr würde, wenn
man sie nach 15 Jahren entließe? Kaum vorstellbar, dass die
Familie sie wieder aufnehmen würde. Und auch der Apotheker,
der mit illegalen Mittelchen gehandelt hatte, befand sich noch
in Haft. Sein Nachbar, der Makler Knudsen, der wegen des
Besitzes kinderpornografischer Bilder und Filme der Polizei
gleichsam als Beifang während der Mordermittlungen ins Netz
gegangen war, kam zwar mit einer Bewährungsstrafe davon,
hatte sich aber nie wieder blicken lassen. Den Dorfalltag, den
die Landwirtschaft und die Jahreszeiten bestimmten, hatten
all diese Vorkommnisse nicht tangiert.

Und doch gab es ein paar Neuigkeiten: Seit Anfang des
Jahres lebte auf dem Gut Melissa Meerbusch, eine einstige
Schulkollegin von Carla, die diese vor einem Jahr per Zufall
in Flensburg wiedergetroffen hatte. Ihre Leidenschaft, den
Dingen auf den Grund zu gehen, hatte sie, gemeinsam mit
drei weiteren Freundinnen, erneut in Mordermittlungen ver-
wickelt. Nachdem dann auch noch Mellis betrügerischer Ehemann verschwunden war, hatte sich die herzliche Lehrerin in
den Grafen Eberhardt verguckt, dessen Gattin schon im Jahr
zuvor das Dorfleben gegen die Münchner Schickeria vertauscht
hatte. Melissa Meerbusch und Eberhardt von Erben-Werthern
verstanden sich auf Anhieb. Und vor ein paar Monaten war
die verlassene Gattin mit ihren beiden Kindern Jan und Ida

zu dem verlassenen Gutsbesitzer gezogen, hatte ihre Lehrerstelle aufgegeben und unterstützte ihren Lebensgefährten bei der Verwaltung des Anwesens. Dabei war es eine glückliche Fügung, dass sie über ein ansehnliches Immobilien-Vermögen verfügte, das sie nach dem Tod ihrer Eltern klug verwaltet und erweitert hatte. So waren die Familienappartements in den Nebengebäuden und der Streichelzoo ihre Ideen gewesen. Und die beiden hätten wohl schon geheiratet, wenn nicht Mellis Mann seit fast einem Jahr wie vom Erdboden verschwunden gewesen wäre, sodass sie sich nicht scheiden lassen konnte.

Was die Zukunft des Dorfes anging, so war nun ausgerechnet das neue Baugebiet, auf das alle hofften, in Gefahr. Das hatte Carla erst am Vortag erfahren. Ein Anwohner hatte Widerspruch gegen die Bebauungsplanung eingelegt, ein Außenseiter im Dorf, der gern aus Prinzip querschoss, nur um die anderen zu ärgern: Arno Göbel, Carla schätzte ihn auf etwa 70 Jahre, war vor gut 15 Jahren ins Dorf gezogen. Er hatte sich einen Resthof gekauft, der neben dem Haus des Bauern Kruse lag, mitten zwischen Feldern und Weiden. Göbel kam aus Hamburg. Dort hatte er als Handwerker gearbeitet, angeblich als Elektroinstallateur und Klimatechniker, und das vor allem für die Lebensmittel- und Gastronomiebranche. Kühlräume für Küchen und Tortenvitrinen für Konditoreien waren sein Metier gewesen. Bis er im Lotto gewann. Das erzählte er bei seiner Ankunft stolz im ganzen Dorf herum. Als das Geld auf seinem Konto einging, schloss Göbel seine Hamburger Niederlassung und zog nach Langenbek, um beruflich kürzerzutreten und seinen Gewinn aufzuzehren. Die Dörfler nahmen ihn freundlich auf. Doch wirkliche Freunde fand er nicht. Er machte sich mit den Jahren sogar ein paar erbitterte Feinde. Denn Göbel war zwar nach außen freundlich und redselig, tatsächlich aber ein intriganter Zeitgenosse, der sich einen Spaß daraus machte, die Menschen gegeneinander aufzuhetzen oder bloßzustellen. Er verstand es, mit Andeutungen zu jonglieren und Misstrauen zu wecken. Und wenn er den Nerv seiner Gesprächspartner getroffen hatte, ging er grinsend weiter.

Er hatte sich in seinem Hof eine bestens ausgestattete Werkstatt eingerichtet und angekündigt, in gewissem Umfang weiter zu arbeiten. Seine Nachbarn freute das, denn ein tüchtiger Elektriker war auf dem Dorf gut zu gebrauchen. Allerdings florierte der Betrieb seiner Werkstatt am Anfang nur mäßig und dann gar nicht mehr. Ursache waren Göbels Abrechnungsgewohnheiten. Die Dörfler nahmen seine Dienste selten mehr als einmal in Anspruch. Denn der Handwerker ließ seine Kunden nicht nur lange auf die Dienstleistung, sondern auch auf die Rechnung warten. So lange, dass es den Auftraggebern später unmöglich war, gegen die überhöhten Forderungen und abenteuerlichen Stundensätze vorzugehen. Es war eine der ersten Informationen, die Carla erhielt, als sie ins Dorf kam. So war das Verhältnis zwischen Göbel und seinen Nachbarn nach außen freundlich, aber distanziert.

Als dann Göbels Ehefrau Monika, die im Gegensatz zu ihrem Mann bei allen beliebt war, nach ein paar Monaten über Nacht verschwand, wunderte sich niemand. Die Langenbeker hatten nie wieder von ihr gehört. Göbel ließ verlauten, dass sie mit ihrem Cousin durchgebrannt sei und nun auf Mallorca lebe. Und die Nachbarn sagten: »Recht hat sie.«

Der Außenseiter schien es gar nicht zu bemerken, wie unbeliebt er war. Er tauchte, auch uneingeladen, bei allen Festivitäten von der Punsch-Einladung der Feuerwehr im Herbst bis zum Maibaumaufstellen im Frühjahr auf, ließ es sich schmecken und zahlte niemals auch nur einen Cent in die Kasse der Veranstalter. Fast schien die Ablehnung der Nachbarn seine betont gute Laune und seine Bosheiten noch zu steigern. Ein besonderes Ärgernis waren die ausrangierten Geräte, die Waschmaschinen und Kühlschränke, die den Geist aufgegeben hatten und nun auf dem Hof vor der Werkstatt des Hamburgers standen und vor sich hin rotteten. Als wertvolles Reservoir für Ersatzteile, betonte der Hausherr. Tatsächlich war das alles Schrott, der die Gegend verunstaltete. Bürgermeister Klaus Möller hatte den ungeliebten Nachbarn mehrfach aufgefordert, die Geräte zu entsorgen. Doch Göbel beharrte darauf, es seien erhebliche Werte, die da vor seiner Haustür standen.

Was ihn aber endgültig zum Hassobjekt der Langenbeker machte, war die Art und Weise, wie er über und mit Frauen sprach. Völlig ungeniert verbreitete er anzügliche Sprüche, wenn er bei den Treffen im Ort, die Bierflasche in der Hand, lauthals über die körperlichen Vorzüge und Nachteile der Frauen räsonierte, und Carla wunderte sich, dass ihm noch keiner der Männer ein blaues Auge verpasst hatte. Am schlimmsten fand Carla, dass er diese Anzüglichkeiten auch im Hinblick auf Kinder machte. Dem Förster Hanno Holm hatte er mit jovialem Lachen mitgeteilt, dass er ihm doch gern mal seine beiden Teenager-Töchter vorbeischicken könne, denn das seien ja zwei knackige Käferchen.

Bislang hatte niemand den Maulhelden gestoppt oder diszipliniert. Den einen war die Sache peinlich, die anderen nahmen Göbel einfach nicht ernst und sahen die Bemerkungen lediglich als dumme Sprüche eines alten Mannes. Doch jetzt wuchs die Spannung, denn Arno Göbel hatte begonnen, in einer ganzen Reihe von Fällen Pläne und Projekte der Dörfler zu torpedieren. Sein Einspruch war die Ursache, dass die Dorfstraße von Langenbek, im Frühjahr beliebte Rennstrecke für Motorradfahrer, nicht zur Tempo-30-Zone wurde, indem er behauptete, das würde seinen Betrieb behindern. Seltsamerweise hatte er bei den Ämtern Recht bekommen, ohne dass jemand die Fakten prüfte. Geschah das, weil er sich so lange in die Themen verbiss, dass die Kontrahenten der Diskussionen müde wurden und am Ende nachgaben, um ihn loszuwerden?

Vor ein paar Monaten hatte Göbel einen Feldzug gegen den ortsansässigen Handwerksbetrieb von Karl Holst begonnen. Die Firma lag am Rande des Dorfes, gegenüber von Arno Göbels Hof. Der hatte offenbar vergessen, dass vor Jahren er und sein Mitarbeiter laut hörbar an Geräten herumgeschraubt, geklopft und geschliffen hatten. Jetzt beanstandete er eine Lärmbelästigung durch die Betriebsfahrzeuge, obwohl die Firma seit über 50 Jahren am Ort angesiedelt war. Er hatte Fahrzeuge gezählt und Lärmbelästigungen aufgelistet und ganztägig per Kamera das Unternehmen überwacht. Zwar hatte man ihm von Seiten der Kreisbehörden mitgeteilt, dass der Heizungs- und Sanitäranlagenbauer Holst Bestandsschutz genoss, doch Göbel fand immer neuen Anlass zu Beschwerden. Er tauchte bei Gemeinderatssitzungen auf und sprengte öffentliche Versammlungen, bei denen auch auf Kreisebene Probleme und Projekte vorgestellt werden sollten, indem er das Wort ergriff und Verantwortliche ganz offen des Betruges oder der Bestechung beschuldigte.

Jetzt hatte er mit dem kleinen Wohnungsbaugebiet ein neues Thema gefunden, bei dem er den Dörflern Sand ins Getriebe streuen konnte. Die Erschließungsstraße ging nämlich an seinem Grundstück vorbei – eine unzumutbare Belästigung, so hatte Göbel im Bebauungsplanverfahren seinen Widerspruch begründet. Bürgermeister Klaus Möller war wütend. Seine Gemeinderatsmitglieder nicht minder. Und Carla beobachtete mit einer Mischung aus Ablehnung und Bewunderung, oder besser Verwunderung, wie der Außenseiter völlig ungerührt darüber sprach, wie er den Dörflern die Suppe versalzen wolle, und wie er mit einem Lachen denen einen guten Tag wünschte, die ihn nicht einmal mehr grüßten.

In der Vergangenheit hatte der Mann immer wieder versucht, Verbündete zu finden und beispielsweise Zuzügler auf seine Seite zu ziehen. Auch Carla hatte er in den ersten Monaten nach der Ankunft, als sie selbst noch Außenseiterin gewesen war, wieder und wieder zu beeinflussen versucht. Er stand an ihrer Haustür, verteilte Flugblätter, machte Wahlwerbung. Aus Höflichkeit hatte sie am Anfang zugehört, sich dann aber weitere Belästigungen verbeten. Und jetzt sah der Mann seine große Stunde gekommen.

»Das wird ein interessanter Sommer«, dachte Carla. Die Affäre Neubaugebiet, der Streit über Meta Diederichsens Haus, das Projekt Resort und dann hatte sich auch noch ihr alter Freund Thomas Berner als Logiergast angesagt. Carla war bester Laune. Sie druckte die Eintragung zu Metas Haus in der Denkmalliste aus, schrieb ein paar Zeilen der Wertung dazu und steckte das Blatt in einen Umschlag. Den wollte sie am Nachmittag dem Bürgermeister Klaus Möller bringen, damit der sich um die Affäre kümmern konnte, bevor Metas Neffe am Ende bei Nacht und Nebel dem Haus endgültig den Garaus machte und so vielleicht ein Bußgeld riskierte, sein einträgliches Bauprojekt aber rettete.

7.

In einem Nebenraum der Gaststätte zur Friedenseiche in Gelting führten Meta Diederichsens Neffe Kevin Ostrowski und der Architekt Franz, alias François, Walter eine hitzige Debatte über das Projekt Toskana-Häuser. Ostrowski warf Walter vor, den Abbruch des alten Gebäudes aus der Dänenzeit nicht zügig genug realisiert zu haben. Der Planer protestierte: »Wir haben noch immer keine Abbruchgenehmigung!« »Walter, das müssen Sie draufhaben. Sie werden doch wohl mit diesen Dorfdeppen fertigwerden«, sagte der Bauherr und stocherte mit dem Zeigefinger vor der Nase des Architekten herum. Der wehrte sich. »Auch bei den Dorfdeppen dürfen Sie nicht ohne Genehmigung bauen. Und die haben wir nicht. Wir müssen jetzt sehen, wie wir die Bande ruhigstellen. Denn wenn die stur bleiben, müssen wir das Haus wieder rekonstruieren. Sie können mir bei so heiklen Aufgaben nicht immer wieder ins Handwerk pfuschen.«

Doch Metas Neffe hatte kein Unrechtsbewusstsein. »Ich bezahle Sie, und die Sache läuft so, wie ich es haben will. Und Sie müssen sich eben ein wenig anstrengen, denn Sie wollen ja auch bei unserem Resort Jägersruh dabei sein. Ich denke mal, dass 53 Ferienhäuser auch für Sie ein ordentlicher Auftrag sind. Schließlich war ich es, der Sie bei der BelleVue GmbH & Co. KG überhaupt erst ins Gespräch gebracht hat. Also sehen Sie zu, dass Sie den Schuppen meiner Tante abgebrochen und die Toskana-Häuser gebaut kriegen.«

Ostrowski hatte sich in Rage geredet und einen roten Kopf bekommen. Für ihn waren die beiden Projekte von existentieller Bedeutung. Mit der Erbschaft des Hauses in Langenbek hatte sich für den 36-Jährigen erstmals die Chance auf eine solide berufliche Karriere ergeben. Der Nachlass kam zu einem äußerst günstigen Augenblick. Der Immobilienmarkt boomte, weil Geldanlagen kaum Zinsen brachten und viele Menschen wegen mangelnder Kenntnisse die Börse mieden. So lagen – je nach Portemonnaie – Zinshäuser oder Eigentumswohnungen zur Vermietung im Trend.

Aber auch Ferienimmobilien waren gefragt. So planten und realisierten internationale Entwickler maßgeschneiderte Feriendörfer oder feine und teure Resorts, in denen die Käufer Urlaub machen, die sie in Abwesenheit aber auch vermieten konnten. Und damit die Erwerber keine Mühe hatten, boten die Entwickler die auf Wunsch voll ausgestatteten Projekte mit komplettem Service an – die Häuser und Wohnungen wurden von speziellen Unternehmen vermietet, gereinigt, betreut, repariert, modernisiert, die Mieten kassiert und die Erlöse wie Zinsen an die Eigentümer überwiesen. Nicht nur in sonnigen Gefilden, sondern auch an den deutschen Küsten gab es aktuell mehr als ein Dutzend solcher Projekte, deren Objekte sich glänzend verkauften und rentierten.

Auf diesen Zug wollte mit der BelleVue GmbH & Co. KG auch Kevin Ostrowski aufspringen. Er plante, mit dem Gewinn aus dem Verkauf der beiden Toskana-Häuser auf Metas Grundstück in das Unternehmen einzusteigen und selbst ein paar Wohneinheiten zu erwerben. Zudem waren die Hypothekenzinsen niedrig. Und mit dieser Chance, so kalkulierte Metas Neffe, konnte er sich ein für alle Mal finanziell sanieren. Denn bislang hatte er sich gerade so eben durchgeschlagen.

Tatsache war: Durchhaltevermögen und Fleiß waren nicht die Sache des Kevin Ostrowski. So hatte er zwar mit Mühe das Abitur geschafft, denn dumm war er nicht, aber das Jurastudium in Hamburg brach er nach vier Semestern ab, weil er mangels Lerneifers die Klausuren und Scheine nicht geschafft hatte. Er versuchte es danach mit Betriebswirtschaft, weil er sich für einen begnadeten Geschäftsmann mit goldener Nase hielt. Aber auch dort ging es nicht ohne regelmäßige

Vorlesungsbesuche und Fleiß ab, sodass er nach weiteren fünf Semestern seine akademische Laufbahn beendete und als Geschäftsmann startete. Den wechselnden Kunden und Partnern erzählte er stets, dass er Jurist und Betriebswirt sei. Und man glaubte ihm gern, denn er war ein gutaussehender Mann, groß und schlank, der, wenn er seine Arroganz verbarg, mit angenehmen Umgangsformen blenden konnte.

Von nun an kaufte und verkaufte Metas Neffe Dinge aller Art vom T-Shirt bis zur Rheumadecke auf der Kaffeefahrt. Die Einkünfte hatten bislang immer gerade so gereicht. Einmal war er nur um Haaresbreite einer Verurteilung wegen Betruges entgangen, eben weil er vergleichsweise erfolgreich Senioren Stärkungsmittel verkauft hatte, die aus nichts als Traubenzucker bestanden. Man hatte ihm geglaubt, dass er als Verkäufer von dem Schwindel nichts gewusst hatte. Der Haupttäter, Harry Heberer, kam ins Gefängnis und hatte ihm für den Tag der Entlassung – der stand demnächst an – schon schmerzhafte Konsequenzen angedroht.

Auch deshalb brauchte Kevin jetzt dringend Geld, damit er den einstigen Partner eventuell milde stimmen könnte. Er stand unter Druck. Er schwitzte. Er hatte Angst. Denn dieser frühere Kumpel galt als überaus nachtragend und er hatte beste Beziehungen ins Milieu. Dass er Kevin 30 Monate im Knast verdankte, weil der sich durch eifrige Offenlegung der schrägen Geschäftspraxis einen Freispruch erschwindelt hatte, würde der Zwei-Meter-Mann ihm nicht verziehen haben. Mit einer Ferienhausbeteiligung, hoffte Kevin, würde sich dessen Zorn legen. Und er dachte noch weiter: Mit vergleichbaren zukünftigen Projekten ließe sich Geld aus allen möglichen Einnahmen nicht nur sicher, sondern auch seriös platzieren, im Klartext waschen. Er musste einfach nur noch diese eine Klippe überwinden; das Haus der Tante war der Schlüssel zu seinem zukünftigen sorgenfreien Leben.

Kevin Ostrowski, der Geschäftsmann, tauchte aus seinen Gedanken auf und wandte sich nochmals ungnädig seinem Architekten zu: »Machen Sie Druck bei den Dorfdeppen. Und zur Not legen Sie denen eben ein paar Scheine hin, damit die unsere Genehmigungen schneller abstempeln.«

8.

Im Kriminalkommissariat in Flensburg war die Stimmung auf dem Gefrierpunkt. Teamchef Stefan Kleyn saß in seinem Büro mit Blick auf den Hafen und schaute frustriert auf einen Rollwagen mit verstaubten Aktenordnern. Da die Diebe, Räuber und Mörder in der Fördestadt momentan vergleichsweise friedlich waren und Kleyn deshalb wenig Stress hatte, sollten sich die Beamten ungeklärte Fälle erneut vornehmen. Anordnung des Vorgesetzten, des Dezernatsleiters Lothar Auerbach, der unter der ständigen Angst litt, dass seine Untergebenen nicht genug arbeiteten für ihr Gehalt.

Die Aktenordner dokumentierten unter anderem Einbruchsserien, die ganz offenbar das Werk von international operierenden Banden aus Osteuropa waren. »Reine Zeitverschwendung«, knurrte Kleyn, der genau wusste, dass sich diese Fälle von Flensburg aus ganz sicher nicht würden lösen lassen. Doch dass er hier oben in der Provinz als Befehlsempfänger saß, hatte er sich letztlich selbst zuzuschreiben. Denn die früher zahlreichen Karrierechancen hatte er sich durch sein harsches und überhebliches Wesen verscherzt. So war er nicht in den oberen Etagen der Kriminalpolizei von Hamburg oder Kiel gelandet – Kleyn stammte aus der Hansestadt –, sondern im beschaulichen Flensburg, weil die Vorgesetzten den klugen Ermittler zwar zeitgerecht beförderten, aber immer weiter von den repräsentativen Posten entfernt weglobten. Das hatte den ehrgeizigen Ermittler lange Zeit gewurmt. Doch durch ein paar glückliche Fügungen war der Beamte gegen alle Erwartungen seiner Kollegen sehr viel gelassener geworden.

Vor allem die Freundschaft mit Carla Moreno tat ihm gut, die er vor knapp zwei Jahren bei Ermittlungen im idyllischen Dorf Langenbek kennengelernt hatte. Das heißt, auf den ersten

Blick waren sich die beiden in die Haare geraten. Denn Carla hatte sich, trotz seiner Verbote, ungeniert in die Ermittlungen eingemischt. Er hatte sie rüpelhaft zurückgewiesen. Doch dann schlossen die beiden völlig unerwartet Frieden. Und seither fungierte die neue Freundin vom Dorf in schwierigen Fällen als Sparringspartner des Ermittlers aus Flensburg. Niemand, der Kleyn von früher kannte, konnte sich vorstellen, dass der Beamte je einen anderen Menschen um Rat fragen könnte.

Vor einem Jahr hatte Kleyns Duldsamkeit dann eine weitere Stufe erreicht, als er bei Mordermittlungen auf dem Golfplatz an der Flensburger Förde auf den Polizeimeister Knut Meiners aus Kappeln traf. Der wortkarge und penible Polizist, der keine Fragen stellte, sondern arbeitete, und das zur Not bei Tag und Nacht, war ein Mann nach Kleyns Geschmack. Er hatte sich den jungen Beamten als Assistenten gesichert und inzwischen gehörte Meiners als Kriminalmeister zum Flensburger Team. Auch er trug mit seiner unaufdringlichen Art zur milden Stimmung Kleyns bei.

So auch jetzt. Meiners hatte sich gleich am Morgen wortlos einen dicken Aktenstapel mit ungeklärten Fällen geschnappt. Darunter waren einige Lappalien, die so weit zurücklagen, dass man sie getrost wieder in den Keller bringen konnte. Wer würde 25 Jahre alte Fahrraddiebstähle aufklären können? Es war noch nicht einmal Mittag, da hatte der blonde Beamte den Aktenstapel dezimiert. »Ich denke«, sagte er, »wir lassen den Rest erst einmal liegen, sonst sieht das so aus, als hätten wir uns keine Mühe gegeben. Dies hier finde ich aber interessant. Vielleicht sollten wir dieser Sache noch einmal nachgehen«, sagte Meiners, legte Kleyn einen rosa Ordner auf den Tisch und schwieg nach diesem ungewöhnlichen Anfall von Mitteilsamkeit.

Kleyn klappte den Ordner auf. Ein Vermisstenfall. Monika Göbel, 45, Hausfrau. Sie war von einem Tag auf den anderen verschwunden und offenbar hatte in 15 Jahren nie wieder jemand die Akte in der Hand gehabt. Nach den spärlichen Unterlagen hatten Nachbarn die Frau als vermisst gemeldet. Der Ehemann, ein gewisser Arno Göbel, machte sich damals keine Sorgen und berichtete auf Nachfragen, seine Frau habe ihn verlassen. Die anschließenden Ermittlungen hatten nichts ergeben. Angeblich war die Frau mit ihrem Liebhaber nach Mallorca ausgewandert, um eine Kneipe zu eröffnen. Doch es gab keine Spuren. Die Behörden auf der Insel hatten keinerlei Informationen, es gab keine Flug-Buchungen, aber auch keine Ab- und Ummeldungen, keine Krankenkassen-Beiträge und keine Arztbesuche. Monika Göbel hatte sich in Luft aufgelöst, niemandem war das aufgefallen, und die Ermittler hatten die Akte zugeklappt. Kommissar Kleyn bemerkte den Ort des Dramas und sah von dem dünnen Ordner auf: »Sehr gut, Meiners, sehen Sie sich das doch mal näher an. Und lassen Sie sich ruhig Zeit, Sie gerissener Kerl. Ein potenzieller Tatort in Langenbek. Sie denken vermutlich an ein Außenbüro bei Frau Moreno. Machen Sie das gründlich, sodass Sie später für unseren Dezernatsleiter einen schönen langen Bericht schreiben können.« Meiners schnappte sich die Akte und eilte mit hochrotem Kopf zurück in sein Büro.

Kleyn grinste. Dezernatsleiter Lothar Auerbach war eine Nervensäge. Er saß den Mitarbeitern ständig im Genick. Am liebsten hätte er sie auch noch zum Putzdienst eingeteilt. Und wenn größere aktuelle Fälle oder Serientaten aufzuklären waren, pendelte Auerbach im Stundentakt in die Büros, um sich über den Ermittlungsstand zu informieren und die Mitarbeiter zur Eile anzutreiben. Ständig fragte er nach, wer gerade zu welchem Zweck wo unterwegs war und warum das alles so lange dauerte. Mit den Altfällen wollte der Chef, der selbst lieber repräsentierte, als sich in Akten zu vertiefen, seine Mannschaft auf Trab bringen.

Kleyn gedachte, den Spieß umzudrehen und sich, gemeinsam mit den Kollegen, schön lange an dem Aktenberg festzuhalten. Und die Sekretärin Dörte Schubert, die sich bei Telefon- und Internetrecherchen schon sehr bewährt hatte, wies er an, auch die Akten zu den Fällen neu zu ordnen und mit ausführlichen Kommentaren zu versehen, in denen sich nie mehr irgendwelche Erkenntnisse gewinnen lassen würden. Kleyn streckte sich in seinem Bürostuhl. Er würde dafür sorgen, dass Auerbach schon bald viel zu lesen haben würde. Er wusste, dass er sich auf die Schubert verlassen konnte. Sie würde die Akten mit gelben Klebezetteln nur so spicken.

9.

Bestens gelaunt machte sich der Journalist Thomas Berner auf den Weg von Hamburg nach Flensburg. Da die Rushhour vorüber war, kam er schnell durch und bog schon nach 90 Minuten von der Autobahn ab, um sich über die Landstraße auf den Weg zu Carlas Haus zu machen. Er freute sich nicht nur auf die gute Versorgung, die Carla ihren Gästen gewöhnlich zuteilwerden ließ, er brauchte die alte Freundin auch dringend als Gesprächspartnerin, denn sein Leben war momentan gehörig in Unordnung geraten. Sein langjähriger Lebensgefährte Ingo Hetkämper, der in Westerland auf Sylt eine Boutique betrieb, war nach vielen erfolgreichen Jahren in Insolvenz gegangen. Schon das verstand Thomas nicht, denn der Laden lief augenscheinlich bestens. Und der Journalist begriff nicht, warum der Freund nach so vielen erfolgreichen Jahren in die roten Zahlen geraten war, ohne ihm etwas zu sagen.

Dazu hatte Ingo die beiden Eigentumswohnungen über dem Geschäft, in denen sie nebeneinander lebten, jeder in seinem eigenen Ambiente, bis über die Decke belastet. Beide Wohnungen. Es war Thomas ein Rätsel, wie es seinem Freund gelungen war, hinter seinem Rücken und ohne seine Zustimmung auch auf seine Wohnung einen Hypothekenkredit eintragen zu lassen. Der Vertrauensbruch machte ihm, nach über 15 gemeinsamen Jahren, zu schaffen, zumal er das nur durch Zufall herausgefunden hatte. Als er Ingo dann zur Rede stellte, blockte dieser ab mit dem Argument, dass er Thomas genau dasselbe Recht zugestanden hätte. Keine Entschuldigung. Keine Erklärung. Ingo hatte ihn praktisch enteignet. Ob er sein Geld je zurückbekommen könnte, stand in den Sternen. Dabei hatte Berner die Wohnung auch deshalb gekauft, um als freier Journalist für das Alter vorzusorgen. Jetzt war alles Geld, das er bereits bezahlt hatte, verloren und er müsste womöglich auch Ingo unterstützen, wenn dieser geschäftlich nicht wieder auf die Füße kam. Wollte er das wirklich? Oder sollte er die Beziehung beenden? Er wusste es nicht.

Es hatte in der Vergangenheit keine Anzeichen dafür gegeben, dass ihre Partnerschaft in die Krise geraten war. Aber irgendetwas musste geschehen sein, dass der Freund ihn derartig hinterging. Thomas hatte den Verdacht, dass Ingo sich anderweitig verliebt und orientiert und deshalb das Kapital aus dem Geschäft und den Wohnungen gezogen hatte, um sich anderswo ein neues Nest zu bauen. Es war nur eine vage Idee. Deshalb brauchte er Carla und ihren Hausverstand, um die Lage abzuklären. Und Trost hatte er auch nötig. Denn das Zerbrechen dieser langjährigen Partnerschaft war allein schon schmerzlich genug. Wurde man dann noch vom Lebensgefährten über den Tisch gezogen, dachte Berner, war das besonders bitter.

Es war noch nicht ganz ein Jahr her, da hatte Thomas miterlebt, wie Carlas Freundin Melissa Meerbusch beinahe von ihrem Ehemann um ihr Vermögen gebracht worden wäre. Nur mit Carlas Hilfe und der Unterstützung ihrer Anwaltsfreundin Elisabeth Fischer, genannt Elsa, war es gelungen, dem untreuen Mann seine Beute wieder abzujagen. Dieter Meerbusch hatte sich danach abgesetzt – ins Ausland, vermutete der Freundeskreis. Seit einem Jahr aber hatte niemand in Flensburg und Umgebung wieder etwas von dem Makler gehört, der unglaublich dreist versucht hatte, seine Frau und deren Freundinnen mit ihren gemeinsamen Immobiliengeschäften über den Tisch zu ziehen.

Mit ihm war damals auch Katharina van Heeren-Blum verschwunden, eine von Carlas Freundinnen. Die Ärztin hatte ein Verhältnis mit dem smarten Makler gehabt. »Ob die beiden sich unter Palmen ein neues Leben eingerichtet haben?«, grübelte Thomas. Und würde es ihm genauso gehen? Hatte Ingo sein und das eigene Geld irgendwo deponiert? Er wusste, dass es der Traum seines Freundes war, irgendwann eine Boutique auf Mallorca zu eröffnen, nicht am Ballermann, aber in der Altstadt von Palma, in einem schönen Haus und nur mit erstklassiger Ware. Er, Thomas, hielt ein solches Investment für zu gewagt. Denn die betuchten Mallorquiner kauften in den Geschäften ihrer Landsleute und hatten zudem ganz andere Mode-Vorlieben als Ingos Kunden in Deutschland und auf Sylt. Und die Massentouristen würden sich kaum teure Garderobe von den Balearen für die Events daheim mitbringen. Das Geschäftsmodell war einfach nicht überzeugend. Deshalb hatte Thomas sich bislang nicht zum Umzug nach Spanien überreden lassen.

Bei diesen Gedanken war die Fahrt von der Autobahn über die Nordstraße nach Langenbek schnell vergangen. Thomas bog in die kopfsteingepflasterte Dorfstraße ein, schaute im Vorüberfahren auf den Langensee und zum Gut der von Erben-Wertherns hinüber und fuhr schließlich hinter dem See in den kleinen Weg zu Carlas Haus. Als er bremste, öffnete sich schon die Haustür: Carla begrüßte den alten Freund. Sie umarmte Thomas und zur gleichen Zeit baute sich Watson neben seiner Herrin auf. Thomas grinste, griff in die Tasche und reichte dem Hund ein Bündel Wiener Würstchen. »Verfressenes Subjekt«, sagte er und folgte Carla ins Haus.

10.

An diesem Montag herrschte reger Betrieb auf Gut Langen. Die Vorbereitungen auf die Musikfeste des Sommers liefen. So wurde auch letzte Hand an die Ausstattung der neuen Gästezimmer auf dem Gut gelegt. Als Organisatorin agierte Melissa Meerbusch, die für solche Dinge ein Händchen besaß. Sie hatte sich auf Langen gut eingelebt und in die Zuständigkeitsbereiche des Betriebes eingefügt. Während sie die Räume mit Wäsche bestückte, schaute sie durchs Fenster des ehemaligen Stallgebäudes über den Hof und sah, wie ihre Kinder zu den Pferden liefen. Melissa konnte es noch immer nicht fassen, wie der 13-jährige Jan und die 10-jährige Ida die Turbulenzen des vergangenen Jahres scheinbar ohne Folgen verarbeitet hatten. Ihr Vater war verschwunden. Aber beide hatten nicht einmal nach ihm gefragt. Sie hatten es wie selbstverständlich hingenommen, dass ihre Mutter sich in den Grafen Eberhardt von Erben-Werthern verliebt hatte und schließlich mit ihnen aus dem Haus in Glücksburg aufs Dorf gezogen war. Beide genossen die Freiheit auf dem Gut und beide blockten alle Versuche der Mutter ab, über den verschwundenen Vater zu sprechen.

Zunächst hatte die Polizei den Makler gesucht, der als einer der Verdächtigen im Mordfall des Immobilienhais Bertold Kaiser galt. Doch als der wahre Täter gefasst war, legten die Beamten die Suche nach Dieter Meerbusch zu den Akten. Auch Melissa hatte vergeblich versucht, ihren Noch-Ehemann Dieter auf eigene Faust ausfindig zu machen, weil sie sich scheiden lassen wollte. Doch es gab keine Spuren. Ihre Freundin Elsa, die sie als Rechtsanwältin vertrat, hatte eine renommierte Auskunftei mit der Spurensuche beauftragt. Und tatsächlich waren die Detektive fündig geworden: Dieter Meerbusch war mit seinem blütenweißen Leasing-BMW nach Frankreich gefahren. Bei Paris hatte er den Wagen offen stehengelassen. Dort verlor sich seine Spur. Es gab keinen Hinweis darauf, dass er sich ein anderes Auto gekauft oder gemietet, den Zug oder das Flugzeug genommen hatte.

Auch mit seiner Geliebten Katharina van Heeren-Blum war er wider Erwarten nicht mehr zusammen. Zwar hatten die beiden wohl gemeinsame Pläne geschmiedet, diese aber dann nicht umgesetzt. Während der Makler nach Frankreich verschwand, reiste die Ärztin wie geplant nach Marbella, wo sie aber, als Dieter nicht kam, schnell eine neue Liebe gefunden hatte. Die Suche nach dem Makler Meerbusch in Frankreich und Spanien blieb ergebnislos. Auch in den Passagierlisten der Fluglinien nach Übersee wurden die Detektive nicht fündig. Melissa hatte nun vor, sich in Abwesenheit scheiden zu lassen. Doch das würde nicht einfach werden und lange dauern. Wo mochte ihr Mann nur stecken, dachte sie, nicht aus Sorge, sondern aus Ärger. Sie wollte dieses Kapitel ihres Lebens einfach abschließen. Melissa ging wieder an ihre Aufräumarbeiten.

Auf dem Gut lebten neben Eberhardt und ihr auch der alte Graf Johannes von Erben-Werthern mit seiner Frau Karola, die jünger war als Melissa, und deren Sohn Holger. Eine pikante Konstellation, denn Karola war die Freundin des jüngeren Grafensohns Heinrich gewesen. Holger war der Enkel des alten Grafen. Die Eltern der jungen Gefährtin des alten Grafen waren ebenfalls auf dem Gut beschäftigt. Und dann gab es da noch den Butler Franzius, der die Kontrolle über das gesamte Hauswesen hatte und dem nichts entging. Während Karola sich eher um die Dinge des Haushalts kümmerte, hatte Melissa die Organisation im Blick. Auch die Arbeitsteilung der beiden Frauen lief reibungslos. Sehr zum Leidwesen der neugierigen Damen aus dem Dorf, die liebend gern Konfliktpotenzial vor der Haustür und damit Gesprächsstoff gehabt hätten.

Eberhardt von Erben war derweil zu Pferd unterwegs, ein

taktisches Manöver, denn er wollte noch einmal an der Grenze seines Landes und des Geländes, das seinem Nachbarn Kruse gehörte, kontrollieren, ob Arno Göbel sich heimlich auf dem geplanten Baugelände zu schaffen gemacht hatte. Von Erben tat so, als sei er allein zu seinem Vergnügen unterwegs. Aus dem Augenwinkel konnte er sehen, dass der Querulant jetzt die zum Baufeld gerichtete Seite seines Hauses mit Kameras bestückt hatte, wohl um eventuelle Bauarbeiten zu dokumentieren. Das würde am nächsten Tag ein Thema für den Gemeinderat werden.

11.

Jörn Gruber war ein reicher Mann. Ein sehr reicher. Aber er zeigte seinen Reichtum nicht. Er wollte keinen Neid wecken. Und er wollte keine Menschen um sich haben, die ihn nur wegen seines Geldes mochten. Denn er war kein Typ, der durch sein Aussehen begeisterte: Er war klein und stämmig, mit kugelrundem Kopf und kahlem Schädel. So hatte Jörn Gruber nur wenige Freunde, die meisten aus Schulzeiten. Ihnen vertraute er, aber dennoch wussten auch sie nicht, wie reich ihr Freund tatsächlich war.

Jörn Gruber stammte aus kleinen Verhältnissen. Sein Vater war Streckenarbeiter bei der Deutschen Bahn gewesen, seine Mutter ging putzen. Aufgewachsen war er in einem kleinen Haus mit Garten in Maschen, gleich neben dem riesigen Rangierbahnhof, dem größten in Europa, der südlich von Hamburg den Güterverkehr verteilte. Als Kind durfte der kleine Jörn manchmal den Vater ins Stellwerk begleiten, wo, wie in einer riesigen Spielzeugeisenbahn, die Weichen gestellt wurden. Dem Jungen gefiel das Eisenbahnspiel und so planten seine Eltern auch für ihn eine Zukunft am Gleispuzzle von Maschen. Nach neun Jahren verließ Jörn die Hauptschule, aber nicht, um bei der Bahn anzuheuern, sondern bei einem Maurer in die Lehre zu gehen. Bauten interessierten ihn, aber mehr noch die Frage, wie man Bauten günstig errichtet, teuer verkauft und mit der Differenz reich wird.

Einen speziellen Ausbildungsgang gab es dafür nicht, aber Jörn Gruber lernte die Grundregeln des Bauens bei seinem Lehrherrn, er besuchte Kurse der Handelskammer und der Maklerverbände, studierte Bau- und Einrichtungszeitschriften und sparte Geld. Als er 21 Jahre alt war, kaufte er sich für ein Butterbrot an der Elbmündung bei Neufeld ein kleines, heruntergewirtschaftetes Dorfhaus. Er setzte den Bau an den Wochenenden instand, mauerte und malte, brachte den kleinen Garten in Ordnung, stellte in die Diele einen alten Schrank, den er vom Sperrmüll gerettet und restauriert hatte, und bestückte das Wohnzimmer mit einem alten Schaukelstuhl. Zwei Wochen später war das Haus als Feriensitz an Hamburger verkauft. Für 300.000 Euro. Und Jörn Gruber ging auf die Suche nach dem nächsten Haus. Vier Jahre später hatte er so viel Kapital, dass er nicht mehr selbst mauern musste. Er beschäftigte jetzt ein Handwerkerteam, das heruntergewirtschaftete Objekte in guten Lagen aufpolierte. Grubers Erfolgsrezept war die Tatsache, dass er stets genau wusste, was im Trend lag. Exakt die richtigen Kacheln im Bad, die Küche – groß oder klein, mit Kochinsel oder ohne. Viele Leute suchten, was sie in den Einrichtungszeitschriften gesehen hatten. Die kannte Gruber alle und hatte genau das verbaut, was im Trend lag.

Von den Städten hielt er sich mit seinen Aktivitäten fern. Dort waren die Grundstücke und auch die sanierungsbedürftigen Objekte zu teuer, um wirklich fette Profite zu machen. Aber auf dem Land, an den Küsten und an Seen, da wurde er fündig. Oft waren es ältere Leute, die nicht länger auf dem Dorf wohnen mochten, wo sie auf fremde Hilfe angewiesen waren, und die in betreutes Wohnen ziehen wollten. Hier konnte Gruber seinen Schnitt machen und besonders günstig kaufen, wenn er schnell zahlte. Und das konnte er, weil er über genügend Barvermögen verfügte.

Nach ein paar weiteren Jahren hielt Gruber sich mit Einzelprojekten nicht mehr auf. Er kaufte jetzt Grundstücke in Küstennähe, die er erschließen ließ, um kleine Feriensiedlungen zu bauen. So wie das seit Jahrzehnten in Dänemark florierte. Nur bot er nicht die Einzelgrundstücke an, damit die Interessenten sich das Urlaubsdomizil ihrer Wahl bauen konnten, sondern lieferte die kleinen Quartiere, als Resorts hochtrabend vermarktet, mit fertigen Häuschen an seine Kundschaft, auf Wunsch komplett eingerichtet, so wie das die großen Entwickler vormachten. Im Rahmen des Firmenwachstums hatte er sich mit einem Makler angefreundet, der für die unterschiedlichen Standorte Betreuungsteams stellte, die vom Putzen über die Gartenarbeit bis zu Einkäufen für die Nutzer oder Mieter die lästigen Alltagsaufgaben übernahmen. Bauherrin der Dörfer war Grubers BelleVue GmbH & Co. KG, wobei für die jeweiligen Projekte immer Tochterfirmen verantwortlich waren, sodass im Krisenfall eine einzelne GmbH und nicht Grubers gesamte BelleVue baden gehen würde.

Jetzt also stand wenige Kilometer hinter Langenbek das Projekt Jägersruh auf dem Plan – mit strengen Auflagen. Nicht weit entfernt gab es ein Naturschutzgebiet, die Geltinger Birk, in der auch die Zugvögel rasteten. So sollte Gruber dafür sorgen, dass kein Durchgangsverkehr entstand und die Eigentümer der Häuser ihre Wagen auf einem Parkplatz am Rande des Baugebiets abstellen mussten. Der Bauherr hatte bislang alles unter Kontrolle. Darüber hinaus gab es einen Investor, der sich an dem Gesamtprojekt beteiligen wollte. Sein Kapital sollte in die Erschließungskosten fließen, denn Gruber ging nicht gern über Gebühr an seine Geldreserven und am Ende würde der Partner dafür zwei der Ferienhäuser überschrieben bekommen.

Der laufende Fortgang der Bauarbeiten konnte dann aus dem schrittweisen Verkauf der Ferienhäuser finanziert werden. Gruber musste keine Kreditzinsen verschwenden, und für ihn bestand so kein Risiko. Im Gegenteil. Zahlte der Mitinvestor nicht termingerecht, wurde eine sechsstellige Konventionalstrafe fällig. Und genau das machte Kevin Ostrowski jetzt Kopfschmerzen, der im Überschwang der Begeisterung den Vertrag unterschrieben hatte, weil das Projekt, mit dem Meta Diederichsens Neffe die nötigen Euros für den Einstieg in das Resort an der Küste verdienen wollte, zu scheitern drohte. Das

Vermächtnis der Lehrerswitwe ließ sich nicht so einfach zu Geld machen, wie er sich das gedacht hatte. Und ein Verkauf des historischen Hauses würde nur etwa ein Viertel des Kapitals einbringen, das Ostrowski für Jägersruh benötigte.

Gruber hatte von diesen Verwicklungen keine Ahnung. Denn er wusste, dass er auf alle Fälle auf der Gewinnerseite sein würde. Wenn er 53 Häuser realisierte und bei jedem 100.000 Euro verdiente, hatte sich die Mühe gelohnt, dachte er zufrieden, als er aus seinem Hamburger Büro am Altonaer Hafenrand auf die Elbe sah. Er hatte hier eine Wohnung gemietet, die er zur Hälfte auch geschäftlich nutzte. Dreimal die Woche kam eine Sekretärin, Doris Krieger, und erledigte die Post und beantwortete die Telefonanrufe. Und da Doris mit ihren 55 Jahren froh war, überhaupt noch einen Job bekommen zu haben, saugte sie im Notfall auch noch Staub und putzte die Küche.

Es konnte nicht besser laufen für Jörn Gruber. Eine feste Freundin hatte er nicht. Und seine wechselnden Bekanntschaften ließ er nicht in seine Wohnung. Niemand sollte wissen, wie es um seine Konten stand. Er war jetzt 42 Jahre alt. Und nur einmal, das war knapp zehn Jahre her, wäre er beinahe eine Partnerschaft eingegangen. Monique hieß die junge Dame mit dem Puppengesicht, die ihn nach allen Regeln der Kunst um den Finger gewickelt hatte. Nach ein paar Wochen hatte er auch ihre Eltern kennengelernt, die ihn schnell als »Sohn« an die Brust drückten. Dann wurde er Zeuge eines Telefongesprächs, das die liebliche Monique mit ihrer Busenfreundin Rita führte und in dem sie über seinen bleichen Waschbärbauch lästerte. Da musste er erkennen, dass es die junge Dame sehr wohl auf sein Kapital abgesehen und geplant hatte, auf seine Kosten die Familie und den Freundeskreis zu sanieren. Jörn Gruber schwieg, drängte ihr aber ein paar Tage später taktisch geschickt einen Streit auf, in dessen Verlauf er ihr den

Laufpass gab. Alle Versuche, ihm mit Betteln oder Drohungen ein Schmerzensgeld zu entlocken, scheiterten. Seither war Jörn Gruber beim Anknüpfen seiner Beziehungen sehr vorsichtig.

12.

Der Briefträger außer der Reihe – das verhieß nichts Gutes. Kevin Ostrowski zeichnete das Einschreiben gegen, das ihm seine Bank gesandt hatte. Mit flauem Gefühl im Magen riss er den Umschlag auf. Das Geldinstitut teilte ihm die Kündigung seiner laufenden Kredite mit. Er war mit den Ratenzahlungen drei Monate im Verzug. Damit gerieten seine gesamten Pläne ins Wanken. Er brauchte Geld, um das Bauvorhaben auf dem Grundstück seiner Tante zu realisieren, und die beiden Häuser musste er wiederum verkaufen, um sich bei dem Projekt der BelleVue GmbH & Co. KG einzukaufen. Und jetzt? Morgen sollte am Strand bei Pommerby und Nieby das Bauschild für das kleine Feriendorf Jägersruh aufgestellt werden. So konnten sich die Interessierten schon einmal ihr Grundstück aussuchen und die erforderliche Anzahlung leisten. Damit wäre dann wiederum schon ein gewisser Teil der Mittel für die Erschließung des Grundstücks in der Kasse. Und je mehr die Partner so bei den Krediten sparten, desto höher war am Ende der Gewinn. Hätte, könnte, wäre. Ostrowski war erschöpft. Er hatte sich seinen baldigen Reichtum so schön ausgemalt. Und jetzt? Wenn sich die beiden Häuser in Langenbek nicht realisieren und verkaufen ließen, fehlte ihm nicht nur das Geld, er müsste den Altbau auch wiederherstellen und bekäme dafür nur einen Bruchteil der erwarteten Summe. Und mit Jägersruh und dem großen Profit wäre es nichts – schlimmer noch, da würde eine Konventionalstrafe fällig. Dann könnte er gleich in Insolvenz gehen.

Also war sein zukünftiger Wohlstand in Gefahr. Metas Neffe saß in seiner winzigen Zweizimmerwohnung im Hamburger Stadtteil Barmbek in einem Fünfziger-Jahre-Bau unter dem Dach. Vierter Stock, kein Aufzug. Die Wohnung war auch seine offizielle Geschäftsadresse, sodass er sein Wohnzimmer als Büro bei der Steuer absetzen konnte. Und dieses Büro bestand aus einem Schreibtisch, einem IKEA-Regal und seinem Notebook. Der silberne Porsche Panamera war gebraucht gekauft und finanziert. Wenn er den Wagen abstieße, würde kaum etwas übrigbleiben. Also war auch das nicht die Lösung. Und er brauchte den Wagen, denn der verschaffte ihm ein gewisses Flair, wenn er sich mit potenziellen Kunden und Geschäftspartnern traf. In sein Büro konnte er niemanden bitten. Die Bebauung und die Ausstattung waren mehr als einfach. In seiner jetzigen Finanzklemme besaß er auch nichts, was er hätte beleihen können. Die Wohnung war gemietet. Rücklagen gab es auch nicht.

Da fiel ihm sein Großvater ein. Der alte Herr lebte im Oldenburgischen in Niedersachsen, in der Gegend von Varel. Er hatte ihn seit Jahren nicht mehr gesehen, wusste aber von einer Cousine, dass er wohl über einen komfortablen Notgroschen verfügen musste, weil er den Enkeln, die ihn besuchten, vergleichsweise großzügige Geschenke machte. Kevin atmete auf. Er beschloss, gleich am nächsten Tag seinen Großvater in dessen Seniorenresidenz zu besuchen. Er könnte ihn doch, dachte er, auf eine Spritztour im Porsche einladen und vielleicht gab es dann die Chance, ein wenig vom Vermögen des alten Mannes abzuzwacken.

Die Depression wandelte sich in Hochstimmung. Kevin Ostrowski war zufrieden mit sich und seiner Fähigkeit, auch große Probleme zu lösen.

13.

Watson hatte sich auf der Terrasse vor Carlas Haus ausgebreitet und wartete, dass bei diesem schönen Wetter der Mittagsimbiss angeliefert wurde. Thomas Berner war nach dem ärgerlichen Treffen in seiner Redaktion in Hamburg zügig nach Langenbek gefahren und leistete dem Hund Gesellschaft. Er freute sich auf ein paar Tage in dem idyllischen Dorf, auf die Ruhe und Entspannung im Haus der alten Freundin und auf die Chance, mit ihr seine privaten Probleme zu besprechen. Carla wusste immer Rat und wenn sie einfach nur vorschlug, Entscheidungen nicht zu übereilen oder in Konflikten nachsichtig zu sein. Wenn sie aber den Eindruck gewann, dass jemand ihren Freunden schaden wollte, dann riet sie zu äußerster Konsequenz und trat auch selbst als unerschütterliche Helferin auf den Plan.

Bislang hatte der Journalist seine beruflichen Pläne und Probleme oder seine finanziellen Schwierigkeiten oder Erfolge immer mit seinem Lebensgefährten Ingo besprechen können. Doch seit der mit seiner Boutique auf Sylt Probleme hatte, war zwischen ihnen die Sprachlosigkeit gewachsen. Und Thomas hatte den Verdacht, dass Ingo ihm etwas verschwieg. Dann fand der Journalist heraus, dass Ingo offenbar mithilfe einer Vollmacht, die sie einander gegenseitig für Notfälle gegeben hatten, nicht nur seine eigene Wohnung, sondern auch die seines Lebensgefährten mit Hypotheken hoch belastet hatte. Ohne ein Wort zu sagen. Berner hatte den ersten Impuls unterdrückt, es auf einen handfesten Streit ankommen zu lassen, als Ingo seinen Nachfragen auswich. Er wollte erst die Hintergründe erfahren. Und dafür brauchte er Carla. Die war gut in solchen Recherchen.

Zudem musste er hier auf dem Dorf für seine Zeitung noch

die Liste mit Lokalthemen abarbeiten, die man ihm als Straf-arbeit für die vernichtende Konzertkritik aufgebrummt hatte. Auch da verließ er sich auf Carla, ihre Ortskenntnisse und ihre Kontakte.

Thomas Berner sah von der Terrasse der alten Villa auf den Langensee und das Gut Langen gegenüber. Immer wenn er hierherkam, beneidete er Carla um das Haus. Hier konnte er zur Ruhe kommen. Auch wenn er zwischendurch die Groß-stadt brauchte. Das jedenfalls glaubte er. So ganz auf dem Dorf zu leben, das konnte er sich noch nicht vorstellen. Außerdem musste er arbeiten. Und lukrative Aufträge für Kritiker gab es eben nur bei den großen Zeitungshäusern in Hamburg, Ber-lin, Frankfurt oder München. »Schreib doch Bücher«, empfahl Carla ihm immer wieder. Aber er hatte bislang noch nicht die Inspiration gefunden. Und auch nicht den Druck, sich journalistisch anders aufzustellen als bisher. Das änderte sich möglicherweise gerade jetzt.

In diesem Moment kam Carla mit einem großen Tablett aus der Küche – mit Schüsselchen und Tellern mit kleinen Gerich-ten, wie sie Thomas so sehr liebte. Spanische Tapas von Schin-ken über Scampi mit Knoblauch bis zu kleinen gebratenen Sardinen und Fleischklößchen, dazu Bauernbrot vom Dorf. Thomas seufzte. Carla stellte Mineralwasser und Gläser auf den Tisch. »Wenn du Wein möchtest, musst du in den Keller gehen«, sagte sie. »Ich möchte Wein, ich brauche Wein«, ant-wortete Thomas mit schiefem Grinsen. »Was ist mit Sara – soll ich für die auch etwas mitbringen?« »Die ist drüben auf dem Gut zum Reiten, und du kannst sicher sein, dass Melli sie nicht verhungern lässt.« Melissa, auch mit ihr und dem Gutsherrn Eberhardt hatte sich Thomas inzwischen angefreundet. Er ging in Langenbek, ebenso wie Carla, von Haus zu Haus und ge-hörte schon fast zur Dorfgemeinschaft.

Nach wenigen Minuten kehrte Thomas mit einer Flasche

Wein und Wasser aus dem Keller zurück. Er setzte sich, lud sich einen Teller mit Tapas auf, nahm einen Schluck Wein und schwieg. Bis Carla fragte: »Nun sag schon, Tom, was gibt es?« Thomas Berner ließ sich nicht drängen. Bedächtig kaute er an einem Fleischklößchen und nahm nochmal einen Schluck Wein, bevor er antwortete: »Eigentlich ist alles Mist. Ich habe Probleme mit Ingo und in der Redaktion.« »Erzähl«, sagte Carla. Und Thomas berichtete über den Konflikt mit seinem Lebensgefährten und die Schwierigkeiten in der Redaktion, wo der Chef Adalbert Werner versuchte, mithilfe von Schikanen seine Honorare zu drücken. Er gab die Spitzentermine an andere Autoren und ließ ihn Kleinkram schreiben, um Macht zu demonstrieren. Kleinkram zu schreiben hieß natürlich auch, Kleinkram zu verdienen. Und jetzt, Thomas war empört, sollte er als Lokalreporter auf dem Land arbeiten. Unter anderen Umständen hätte er seinen Vertrag gekündigt und sich einen anderen Auftraggeber gesucht. Aber jetzt? Er war finanziell unter Druck.

Carla lobte den Freund für seine kluge Zurückhaltung. »Es ist gut, dass du einen kühlen Kopf bewahrt hast«, sagte sie. »Lass uns eine Strategie entwickeln.« Sie kannte Thomas seit dem Kindergartenalter. Beide hatten ein geschwisterliches Verhältnis. Zwar war die Malerin bis jetzt auch Thomas' Lebensgefährten freundschaftlich verbunden gewesen, doch im Konfliktfall war ihre Loyalität klar auf Seiten des Journalisten. »Wir müssen ganz nüchtern analysieren, ob Ingo dich tatsächlich hintergeht – was er mit der Hypothek auf der Wohnung ja eigentlich schon getan hat – oder ob er wirklich Probleme hat und dich damit nicht belasten wollte, aus Rücksicht oder Scham. Und wenn er wirklich falschspielt, müssen wir sehen, dass wir ihm das Handwerk legen. Du hast das ja erlebt im vergangenen Jahr, als Melissas Mann ihre Konten plündern wollte und meine Freundinnen Elisabeth Fischer und Cornelia Marten-Lorenzen ihm die Suppe versalzen haben.« »Na ja, du hast dabei ja auch kräftig mitgemischt«, warf Thomas ein, lachte und fragte. »Hat sich der Mann, dieser Dieter Meerbusch, eigentlich je wieder gemeldet?« »Nein«, sagte Carla. »Das letzte Lebenszeichen hat die Polizei bei Paris gefunden. Danach verlor sich die Spur. Sie vermuten, dass er irgendwo unter falschem Namen lebt – allerdings nicht mit unserer Freundin Katharina van Heeren-Blum, mit der er ja angeblich durchbrennen wollte. Die hat sich allein nach Spanien abgesetzt und lebt inzwischen in Marbella mit einem reichen alten Kerl in Saus und Braus. Sie hat also ihre Taktik beibehalten. Aber lieber Freund, du solltest nicht vom Thema ablenken. Es geht ja wohl um eine Menge Geld. Fragst du mich um Rat?«

Thomas schwieg und schaute ins Unendliche. Carla ließ ihm Zeit, seine Situation zu überdenken. Der Journalist setzte sich gerade hin, sah die alte Freundin direkt an und sagte entschlossen: »Ja, ich frage dich um Rat. Ich hatte bisher einfach nur Angst vor der Wahrheit. Es ist wie bei Melissa. Ich muss da durch. Was soll ich tun?« Carla erzählte, dass ihre Anwaltsfreundin Elsa manchmal in Streitfällen wie Scheidung oder Betrug wiederholt einen Detektiv einschaltete, der ihr stets gute Dienste geleistet habe. Der Mann war auch in der Sache van Heeren-Blum tätig gewesen. »Das kostet zwar im Moment ein bisschen, aber wenn du Bescheid weißt, kannst du rechtzeitig Gegenmaßnahmen ergreifen, bevor Ingo mit deinem Geld verschwindet. Du hast es doch im vergangenen Jahr miterlebt.« Thomas nickte bedächtig und bat Carla, alles Nötige anzuschieben.

Doch die Probleme mit Ingo, berichtete er, waren nicht die einzigen Schwierigkeiten, mit denen er sich gegenwärtig auseinandersetzen musste. Und er erzählte von den Querelen in der Redaktion und seiner Strafaufgabe an der Küste. Er grub seinen Merkzettel aus: »Bauprojekt Hasenwinkel, Jägersruh mit

Marina, Mastanlage Hartwig und Sanierung Kirche Langenbek«, las er vor. »Kein Problem«, sagte Carla. »Kirchensanierung – da weiß der Pastor alles. Hasenwinkel, Marina und Mastanlage weiß Klaus Möller. Das wird ein ruhiger Job für dich. Wir fangen mit der Kirche an, das geht am einfachsten. Und gleichzeitig steigen wir in die Ingo-Recherche ein.«

Carla hatte im Konfliktfall Witterung aufgenommen wie ein Terrier. Endlich tat sich wieder etwas im Dorf. Es war fast ein Jahr vergangen, seit sie ihrer geheimen Leidenschaft frönen konnte – der Aufdeckung von Geheimnissen. Damals war es der Mord auf dem Golfplatz bei Langballig gewesen – mit weitreichenden Verwicklungen, die auch ihre Schulfreundinnen Melissa, Elsa, Conny und Katharina betrafen. Und gleichzeitig hatte sie mit zwei ihrer Freundinnen geholfen, Melissas raffgierigen Gatten zu entsorgen, der jetzt wer weiß wo untergekrochen war und nichts mehr von sich hören ließ. Jetzt endlich gab es neue Herausforderungen für sie. Und auch in Sachen Ingo, dachte sie, könnte es sein, dass sie erneut die Hilfe von Elsa und Conny brauchen würde. Es ging eben nichts über ein eingespieltes Team. Die beiden würden begeistert sein.

14.

Aus dem Büro am Altonaer Hafenrand in Hamburg drang laute Marschmusik. Es war schon später Abend an diesem Montag, doch Jörn Gruber saß noch an seinem Schreibtisch. Er schloss die letzten Vorbereitungen für das Event ab, mit dem er sein Resort an der Ostsee auf dem Immobilienmarkt platzieren wollte. Wenn er nachdenken musste und Ideen brauchte, dann half ihm Marschmusik. Er besaß eine große Sammlung von CDs mit Konzerten von Militärkapellen aus aller Welt. Und wenn seine Belastungen ganz stark waren, hörte er den Donkosaken zu, die viele Jahre unter der Leitung des winzigen Dirigenten Serge Jaroff durch die Welt gereist waren. Seine Büronachbarn in dem umgebauten alten Speicher beim Fischmarkt hatten schon mehrfach die Polizei gerufen, weil sie der Musik nach an eine Invasion aus den USA oder aus Russland dachten, denn Gruber genoss die Musik sehr, sehr laut, sodass selbst das hochmoderne Schalldämmungssystem des Hauses dagegen nichts ausrichten konnte. Wenn Jaroff die Abendglocken läuten ließ und der Bass in tiefsten Tiefen tremolierte, klirrten in den Nachbarbüros die Kaffeetassen.

Genau jetzt war so eine Stresssituation, vor der Kickoff-Veranstaltung für das Projekt Jägersruh am Strand am kommenden Sonnabend. Wenn die Veranstaltung einschlug, konnte er vielleicht sofort schon einmal zehn Häuser verkaufen und danach mit den Einnahmen den Absatz der anderen Häuser fördern. Denn es gab immer wieder unentschlossene Interessenten, die erst dann kauften, wenn sie fürchten mussten, dass andere ihnen zuvorkamen. So hatte er für das kommende Wochenende auf dem Grundstück des Resorts einen Baucontainer geordert, der als Baubüro und Informationsstelle dienen sollte. Eine große Plakatwand würde eine Animation des Resorts zeigen. Und für die Gäste des Empfangs mit lokalen Größen und potenziellen Kunden gab es Häppchen und Getränke. Gruber kontrollierte seine To-do-Liste und war zufrieden. Die Plakatwand und der Container waren bestellt. Beides sollte bereits Mittwoch aufgestellt werden. Es gab also genug Zeit, den Container einzurichten. Doris Krieger, seine Sekretärin und Putzfrau, hatte alles geplant und vor Ort eine gewisse Monika Jennerwein beauftragt, das Nötige für den Baustellenempfang vorzubereiten.

Gruber schloss seinen Terminkalender, fuhr den Computer herunter und sah auf die Elbe. »Ich habe es weit gebracht«, dachte, lächelte zufrieden und goss sich einen Whisky aus der Kristallkaraffe in ein schweres Glas. Denn Gruber achtete auch in kleinen Dingen auf Stil, weil er genau wusste, was die betuchte Klientel wollte. Das war einer der Grundsteine seines Erfolgs. Und die Basis seiner Zufriedenheit. Weil er wusste, dass er es weit gebracht hatte vom Verschiebebahnhof in Maschen in das Apartment an der Elbe. Und das genoss er – nicht nur durch Luxus, sondern auch durch den Stil, den er zelebrierte.

15.

Es war ein dickes Aktenbündel, das Stefan Kleyn im Zusammenhang mit dem alten Vermisstenfall aus Langenbek durchsehen musste. Doch die Anhaltspunkte, die er für eine Wiederaufnahme der Ermittlungen sah, waren äußerst mager. Monika Göbel war an einem heißen Augusttag vor 15 Jahren verschwunden. Sie hatte das Haus am Nachmittag verlassen. Angeblich um spazieren zu gehen. Wohin? Das wusste niemand, auch ihr Mann nicht. Arno Göbel hatte damals, drei Tage nach dem Verschwinden seiner Frau, ausgesagt, er hätte gar nicht bemerkt, dass sie das Haus verlassen hatte. Und er hatte sie auch nicht als vermisst gemeldet, sondern eine Nachbarin, die inzwischen nicht mehr im Dorf lebte. Sie war am Tag darauf mit Monika Göbel verabredet gewesen und hatte vergeblich versucht, persönlich und am Telefon, diese zu erreichen, nachdem sie nicht gekommen war.

Der Ehemann hatte damals berichtet, dass es Streit gab in der Ehe und dass seine Frau ein Verhältnis gehabt habe mit ihrem Cousin aus Hessen. Er als Ehemann sei davon ausgegangen, dass seine Frau ihn verlassen habe, weil ihr das Dorfleben nicht gefiel. Arno Göbel behauptete auch, seine Frau habe außerdem 20.000 Euro mitgehen lassen, und ihre persönlichen Papiere seien auch verschwunden. Tatsächlich hatte die Polizei damals im Hause weder Ausweis noch Wertgegenstände von Monika Göbel gefunden und auch Körperpflegeutensilien wie Zahnbürste und Schminke waren nicht mehr da. Das bestätigte den Bericht des Mannes.

Natürlich hatten die Ermittler damals auch den Cousin ausfindig gemacht und befragt. Er schwor, dass er niemals eine Affäre mit seiner Cousine gehabt und dass er sie seit Jahren nicht gesehen habe. Dem widersprach Arno Göbel und beschuldigte seine Frau und ihren Verwandten, ihn zu hintergehen. Beweise in die eine oder andere Richtung gab es nicht. Und auch im hessischen Taunus hatte niemand die Verschwundene gesehen.

»Egal«, sagte Stefan Kleyn laut, klappte die Akte zu und grinste. »Ich werde eine dringende Ortsrecherche machen.« Er verließ das Polizeipräsidium über die Treppen, sprang, die Vermisstenakte unter dem Arm, ins Auto und fuhr Richtung Kappeln. Kleyn hatte seinen Besuch nicht extra angekündigt, denn Carla war meistens zu Hause, zudem gab es immer etwas zu essen und schließlich hatte er seit ein paar Monaten auch einen Schlüssel zu ihrem Haus. Gern wäre er dort auf Dauer eingezogen, aber er traute sich noch nicht, der guten Freundin zu gestehen, dass er bis über die Ohren in sie verliebt war. Er hatte Angst, dass sie noch immer an ihrem verstorbenen Mann hing und ein Liebesgeständnis die Freundschaft zerstören könnte. Der Entschluss, Carla zu besuchen, hob einmal mehr seine Laune. Der Ärger über die Strafarbeiten, die ihm sein Chef aufgebrummt hatte, war vergessen. Sie hatten doch auch etwas Gutes.

Als der Ermittler in Langenbek vor Carlas Haus hielt, sah er, dass Thomas Berner schon da war, und er spürte, obwohl dazu kein Anlass bestand, einen Stich von Eifersucht. Dann kam ihm auch schon der Hund Watson entgegen und baute sich herausfordernd vor dem Besucher auf. »Tu nicht so, als wäre ich je ohne Mitbringsel gekommen«, sagte Kleyn und schob dem riesigen Mischlingshund ein getrocknetes Schweineohr ins Maul. Da der kiesbedeckte Hof wie eine Alarmanlage wirkte, stand Sekunden später Carla Moreno in der geöffneten Haustür. »Stefan!«, rief sie. »Ich habe mit dir gar nicht gerechnet.« Schneller, als er denken konnte, antwortete er: »Ich kann auch wieder fahren.« Carla war irritiert. Sie sah ihn an. Schaute auf Thomas' Auto und begriff in dieser Sekunde, ließ sich aber nichts anmerken. »Quatsch, du kommst genau richtig, wir haben gerade angefangen zu essen«, sagte sie. Kleyn folgte ihr ins Haus. Auf der Terrasse saß Thomas Berner schon am gedeckten Tisch. Er wirkte betroffen und erneut meldeten sich Kleyns Eifersuchtsgene. Doch nur kurz. »Gut, dass du da bist, Stefan. Wir haben hier nämlich gerade eine Krisensitzung. Vielleicht hilfst du uns bei der Analyse.« Carla wandte sich an Thomas: »Es ist dir doch recht, wenn ich unseren Chefermittler einweihe?« Und sie lachte. Kleyn entspannte sich und bat um Entschuldigung, dass er unangemeldet hereinschneie. »Ich habe von meinem Chef Strafarbeiten aufgebrummt bekommen, einen ungelösten Fall aus dieser Gegend. Vielleicht helft ihr mir denken.« »Strafarbeiten«, Thomas Berner lachte. »Da kann ich mithalten. Ich bin wegen eines – absolut berechtigten – Konzert-Verrisses zum Lokalreporter hier auf dem Land degradiert worden. Ich brauche auch Denkhilfe.«

Carla verteilte ihre Tapas-Portionen. Und nach kurzem Schweigen erzählte Thomas auch Stefan Kleyn von seinen Partnerschaftsproblemen und der Angst, von seinem Lebensgefährten nicht nur emotional, sondern auch finanziell betrogen zu werden. Der Kriminalhauptkommissar bedauerte, dass er auf Sylt über keinerlei nützliche Kontakte verfügte, die bei der Recherche in Sachen Ingo helfen könnten. »Kernpunkt ist doch die Hypothek auf deiner Wohnung, Thomas«, sagte Kleyn. »Das kann dein Ingo doch nicht ohne deine Zustimmung geschafft haben. Also: Wenn du ihm keine Vollmacht gegeben hast, dann hat er entweder eine Vollmacht gefälscht oder er hat dir mit einem Trick eine Unterschrift abgeluchst. Kannst du dich da an irgendetwas erinnern? Hast du irgendetwas Banales unterschrieben?«

Der Journalist lehnte sich zurück und schloss kurz die Augen. Nein. Er hatte nichts unterschrieben außer einer Pfingstkarte an Ingos Großmutter. Aber das war eine Karte mit Wünschen gewesen. »Dann war das vielleicht seine Vorlage für die Fälschung. Wenn ihr beide bei derselben Bank seid, dann kennen die ja deine Unterschrift und werden es bei einem schnellen Vergleich belassen haben. Ich weiß nur nicht, wie die das mit der notariellen Beglaubigung hinbekommen haben.« »Und was soll ich tun? Wir reden hier von mehr als einer halben Million Euro.« »Carla hat recht.« Der Ermittler stimmte der Malerin zu. »Setzt Elsas Detektiv in Marsch, und wenn ihr alles aus-recherchiert habt, kannst du Ingo anzeigen, und dann wird die Unterschrift bei der Bank unter die Lupe genommen.« »Ja, aber«, Thomas stockte. Und Carla fiel ihm ins Wort: »Du wirst jetzt nicht wegen einer vergangenen Liebe auf eine halbe Million verzichten! Mensch, bin ich denn nur von Dumm-köpfen umgeben. Erst lässt Melissa sich fast von ihrem Dieter enteignen, jetzt bist du der Nächste, dem sein Partner unter Leerung der Konten von der Fahne geht. So langsam reicht's. Stefan, pass wenigstens du auf deine Kohle auf.« Carla hatte ganz locker vor sich hin geplaudert. Es entstand eine Pause am Tisch und Stefan Kleyn fixierte die Hausherrin und sagte ernst: »Carla, meine Ersparnisse sind nicht in Gefahr, es sei denn, du wolltest sie einstreichen.« Wieder war Stille. Da sagte Thomas: »Mensch, Carla, sei doch nicht so schwer von Begriff. Du küm-merst dich um unser aller Liebes- und Geldangelegenheiten und merkst nicht, dass dein Polizistenfreund heillos in dich verschossen ist. Wir alle wissen das. Nur du merkst das nicht, obwohl er unentwegt mit Spanielblick hinter dir herrennt.«

Carla sah ungläubig von einem zum anderen und sagte: »Ich habe doch nie – das muss ich erstmal verdauen, ich meine.« Stefan Kleyn stand auf: »Vielleicht sollte ich lieber wieder fah-ren.« »Nein, du bleibst jetzt da, Stefan. Ich nehme Watson und gehe mit ihm zum See. In einer halben Stunde bin ich wieder da und bis dahin habt ihr geredet.« Thomas Berner stand auf, rief den Hund, griff zu Gassibeuteln und Leine und verließ das Haus.

Carla brach das Schweigen, indem sie begann, geräuschvoll den Tisch abzuräumen und die Teller in die Spülmaschine zu stellen. Auch Stefan Kleyn stand auf, ging zu ihr hinüber und sagte: »Thomas hat Recht. Wir müssen reden.« Er sah sie an. »Schlimm?« Sie schüttelte den Kopf. »Unmöglich?« »Nein, muss mich nur erst an den Gedanken gewöhnen.« »Du weißt.« »Ich weiß«, sagte er, umarmte sie brüderlich und sie fand, dass sich das gut anfühlte. Mehr wurde nicht gesprochen. Sie saßen beim Kaffee, als Thomas mit dem Hund wiederkam, und sprachen über das Schicksal, das Monika Göbel womöglich ereilt hatte. Der Journalist sah von einem zum anderen. »Alles in Ordnung?« »Alles in Ordnung«, sagten beide zugleich. Mehr konnte Thomas Berner zu seiner Enttäuschung an diesem Tag nicht erfahren. Dabei war er unglaublich neugierig und hätte gern gewusst, wie es in Carlas Haus denn so in Liebesdingen stand. »Ich könnte es Ingo erzählen«, dachte er für eine Sekunde. Aber das war ja vorbei. Und dann beschloss er, wie auch immer die Sache mit seinem Partner ausging, die Wohnung auf Sylt zu verkaufen. Er würde hier herüberziehen an die Ostsee, in die Nachbarschaft von Carla, Stefan und deren Freunden. Das war ein gutes Klima hier.

»Kann ich hierbleiben, die nächste Zeit, bis sich alles geklärt hat, beruflich und privat?«, fragte er die Freundin. »Natürlich«, sagte Carla, es gebe ja Platz genug im alten Witwenhaus. »Aber du solltest Ingo in Sicherheit wiegen, lass ihn keinen Verdacht schöpfen, dass er eventuelle Spuren vernichtet. Fahr doch kurz nach Hause, pack ein paar Sachen, vor allem die wertvollen, jammere ihm vor, wie es um deine beruflichen Probleme steht und wie die Redaktion dich unter Druck setzt. Ach ja. Und sag ihm, dass du glücklich bist, weil er dich immer unterstützt. Ruf ihn auch häufiger an, säusele ihm etwas vor. Er wird dir sowieso aus dem Weg gehen, wenn er eine neue Liebe hat.«

Stefan Kleyn strahlte Carla an. »Ich glaube, ich muss mir das alles nochmal überlegen mit dir, ob ich eine so ausgeschlafene Strategin an meiner Seite haben möchte. Das könnte äußerst anstrengend werden.« Spätestens jetzt wusste Carla, dass sie es mit ihm versuchen wollte. Und dass ihre Tochter Sara das Experiment begrüßen würde – da war sie sich ziemlich sicher.

Die drei beschlossen, auf die Terrasse hinauszugehen und mit ihren Ermittlungen zu beginnen. Thomas startete mit der Internetrecherche zu seinen verschiedenen Strafthemen und legte im Computer entsprechende Fächer an. Carla machte mit dem Pastor wegen der Kirchengeschichte für den nächsten Vormittag einen Termin aus. Und Stefan Kleyn schrieb aus den Akten über den Vermisstenfall Monika Göbel alle Details heraus, die vielleicht einen Ansatz für weitere Ermittlungen bieten würden.

Währenddessen bezog sich der Himmel. Laut Wetterbericht sollte es am Nachmittag Schauer geben, mit starkem Ostwind. Die drei Rechercheure packten ein und gingen ins Haus. Auch Watson entschwand ins Trockene, und als die ersten Regentropfen fielen, kam Sara mit dem Fahrrad vom Gut zurück. »Sie haben ein Fohlen bekommen«, berichtete sie aufgeregt. Sie hängte ihre Jacke auf und wollte schon nach oben in ihr Zimmer laufen, als Stefan Kleyn sie an der Schulter festhielt. »Ich wollte dich etwas fragen.« Sie sah ihn an und schaute dann zu ihrer Mutter und lachte. »Ist schon o. k., aber trau dich endlich. Und ich werde nicht Papa zu dir sagen.« Und weg war sie.

16.

Am Dienstagmorgen packte Kevin Ostrowski in seiner Barmbeker Wohnung zu ungewöhnlich früher Stunde eine Reisetasche. Er wollte zu seinem Großvater fahren, um mit dessen Hilfe seine Konten wieder aufzufüllen. Der alte Herr lebte, nicht weit von Varel entfernt, in Dangast am Jadebusen, scheinbar im eigenen Haus und nicht im Pflegeheim, wie er zunächst vermutet hatte. Der alte Herr war ja weit über 80. »Wahrscheinlich wohnt er in einer kleinen Hütte«, dachte Kevin. Er hatte den Vater seiner Mutter nur selten getroffen und wusste eigentlich wenig über ihn. Nur dass er etwas mit Bauen zu tun gehabt hatte. »Vielleicht Maurer«, dachte der selbsternannte Investor. Egal. Ein Sparbuch war ein Sparbuch. Und wenn er wenigstens 10.000 oder besser 20.000 Euro lockermachen konnte, war er schon einen Schritt weiter. Obwohl er im Endeffekt natürlich viel mehr brauchte. Er hatte bei Gruber großspurig eine Beteiligung von 500.000 Euro angekündigt. Jetzt musste er die Zeit bis zur Abbruchgenehmigung für Tante Metas Haus und der Neubaugenehmigung – ja sogar bis zum Verkauf der Toskana-Villen überbrücken. Aber vielleicht konnte man die Abläufe ja durch ein paar Taler beschleunigen, die man einem der Baubeamten auf den Tisch legte.

Der Weg auf die Autobahn war, wie immer zu dieser Zeit in der Hansestadt, mühsam. Auch Richtung Bremen ging es nur langsam voran. Ein Lkw fuhr hinter dem anderen und Baustellen sorgten für weitere Verzögerungen. Kevin Ostrowski war genervt. Aber er musste weiter. Er brauchte dringend Geld. So bewahrte er mühsam die Geduld bis Bremen, bog ab über Oldenburg Richtung Wilhelmshaven und erreichte dann über Varel das Örtchen Dangast, ein kleines Nordseebad mit dörflicher Umgebung. Am Ortsrand lag der Vareler Weg, an dem der Großvater wohnen sollte. Kevin Ostrowski ließ sich von seinem Navi leiten und war, als er vor der Hausnummer 3 hielt, sicher, dass er sich verfahren haben musste. Denn er stand vor einem großen, repräsentativen Oldenburger Bauernhaus.

Aber dann sah er an der Pforte das Namensschild Janßen, Walter Janßen. Sein Großvater. Einen Moment war er verärgert. Das Haus sah nach Geld aus, wenn es dem Vater seiner Mutter denn gehörte. Warum hatte ihm das niemand gesagt? Warum hatten dann seine Eltern nicht vom Wohlstand des Alten profitiert? Dann hätte er sich doch viel eher um den Großvater kümmern und vielleicht den einen oder anderen Euro abgreifen können. Er ärgerte sich, aber dann stieg seine Laune. Wenn der Alte Geld hatte, konnte er sich ja auch jetzt noch beliebt machen. Vielleicht würde ihn das retten.

Entschlossen stieg er aus, ging zum Tor und läutete. Es dauerte ein paar Minuten, bis eine ältere Frau die Haustür einen Spalt öffnete und fragte: »Was wünschen Sie?« »Mein Name ist Kevin Ostrowski, ich wollte meinen Großvater besuchen.« »Moment«, sagte die Frau und verschwand – kam kurz darauf zurück und drückte auf den Türöffner für die Pforte. Ostrowski ging zum Haus und sah sich um. Der Vordergarten war liebevoll gepflegt und in kleine Beete unterteilt, auf denen Stauden gediehen. Die zweiflügelige Haustür war dunkelgrün lackiert und mit Messingbeschlägen gefasst, die teuer aussahen. Weiter ging es in eine imposante Halle. Die Frau trippelte vor Kevin durch den Raum und zeigte in einen der benachbarten Salons. Dort saß, neben einem mächtigen Kamin in einem ausladenden Sessel, ein alter Herr mit vollem, weißem Haar, der einen sehr rüstigen Eindruck machte. Er musste – Kevin rechnete in Gedanken schnell nach – etwa 85 Jahre alt sein.

Walter Janßen sah seinen unerwarteten Besucher prüfend an. »So, du bist Kevin, der Sohn meiner Tochter Marlies. Wie komme ich zu der überraschenden Ehre?« Kevin Ostrowski spürte, dass er rot wurde. »Ich hatte in der Gegend zu tun. Und ich wollte dich schon lange einmal besuchen. Weiß auch nicht, weshalb die Familienkontakte so eingeschlafen sind. Man möchte doch wissen, woher man kommt.« »Das kann ich dir sagen, weshalb die Familienkontakte eingeschlafen sind«, erwiderte der alte Herr. »Deine Mutter und dein Vater kamen nur vorbei, wenn sie Geld brauchten. Und als ich ihnen sagte, es sei nun genug, habe ich nie mehr etwas gehört. Bist du ihr Abgesandter? Oder brauchst du selbst Geld?« Jetzt wurde Kevin Ostrowski wirklich rot und er ließ sich, obwohl der alte Mann ihm keinen Platz und auch sonst nichts angeboten hatte, in einen der riesigen Sessel neben dem Kamin fallen. »Nein, nein«, stotterte er, »ich verdiene genug.« »Was machst du denn?«, fragte der Großvater.

So erzählte Kevin Ostrowski von seinem Engagement in Immobilien und malte die Renditechancen in den rosigsten Farben aus, tat aber so, als sei das eine ganz allgemeine Beschreibung, die nicht darauf zielte, dem Großvater Geld aus der Tasche zu ziehen. Und dann machte der Enkel einen entscheidenden Fehler: Er unterschätzte den alten Mann. »Woher hast du denn das Startkapital?«, fragte Walter Janßen mit harmlosem Gesichtsausdruck. »Selbst erarbeitet und dann habe ich auch noch etwas geerbt – ein Haus auf dem Dorf von Tante Meta.« Janßen sah in seine Teetasse und ließ den Kandiszucker beim Umrühren hin- und herklirren. »Meta, meine zweite Tochter, die Schwester deiner Mutter. Und keinen Deut besser. Weißt du eigentlich, dass sie eine Erpresserin war und deshalb umgebracht wurde?« Jetzt wurde Kevin Ostrowski bleich. »Nein«, beteuerte er und hoffte, dass ihm der alte Mann glaubte. »Ich hatte keine Ahnung.«

Tatsächlich hatte er nach dem Tod der Tante das Haus bis in die letzten Winkel nach potenziellen Schätzen abgesucht. Denn angesichts der minutiösen Erpressungs-Buchhaltung hatte die Polizei die gut bestückten Konten der alten Dame geschlossen. Davon hatte er nichts bekommen. Aber eben das Haus. Weil das ehrlich erworben worden war. Denn Meta hatte es von ihrem verstorbenen Mann geerbt.

Jetzt fühlte sich der Enkel in dem großen Sessel zunehmend unwohl. Er merkte, dass sein Großvater ihn genau beobachtete. »Falls du mich zu einem Investment überreden möchtest – ich habe kein Geld. Ich lebe von einer kleinen Rente, die kaum über den Monat reicht, und das Haus gehört nicht mir, sondern der Dame, die dir die Tür geöffnet hat. Sie ist eine Industriellenwitwe, fühlt sich allein und lässt mich hier zur Gesellschaft wohnen. Sie tut damit ein gutes Werk, finde ich.« Kevin ließ die Information sacken und überlegte, wie er so schnell wie möglich wieder nach Hause käme. Dieser Tag, das wusste er jetzt, war verschwendet. Und er ärgerte sich, dass der Großvater ihn hatte derart auflaufen lassen.

Es entstand eine Gesprächspause. Kevin sah auf die Uhr. »Großvater, ich muss dann auch wieder los – habe noch einen Termin mit einem Interessenten in Varel. Wenn du mal in Hamburg bist, sag doch Bescheid, dann lade ich dich zum Essen ein. Ich lass dir meine Karte da.« Mit eleganter Handbewegung legte Kevin eine Visitenkarte auf das Tischchen, auf dem die Teetasse des Großvaters stand. »Kevin Ostrowski, Konzepte – Projekte«, stand da. Er erhob sich aus dem Sessel, reichte dem alten Mann die Hand und sagte: »Bleib bitte sitzen«, obwohl der gar nicht die Absicht gehabt hatte, sich zu erheben, verließ steifbeinig den Raum und ging zu seinem Auto.

Nach dem Abgang betrat die Dame den Raum, die Kevin als angebliche Unternehmerwitwe kennengelernt hatte. »Mensch, Walter«, sagte sie, »dem hast du aber einen Bären aufgebunden.« »Musste sein«, knurrte der alte Mann. »Der ist aus demselben Holz geschnitzt wie seine Eltern. Arbeitsscheu und nur auf der Suche nach Leuten, die sie melken können. Von dem werde ich nie wieder etwas hören. Ich wette, der brauchte Geld.« Uschi, die Haushälterin des alten Herrn, lachte und räumte die Teetasse ab.

Kevin Ostrowski steuerte derweil einen nahegelegenen Gasthof an. »Zur Tanne« hieß das Haus. Der Wirt, ein gewisser Onno, eilte herbei und nahm die Bestellung auf – Kaffee und ein kaltes Kotelett. »Sind Sie im Urlaub«, fragte Onno. »Nein, habe meinen Großvater besucht, Walter Janßen«, sagte Kevin und wollte noch hinzufügen, wie hingebungsvoll er sich um den mittellosen alten Mann kümmerte. Doch Onno ließ ihn nicht zu Wort kommen. »Der alte Herr Janßen. Ja, da haben Sie einen bemerkenswerten Großvater. Er ist eine Stütze der Gemeinde. Und wann immer jemand in Not ist, springt er ein. Sehr großzügig.« »Kann er sich ja leisten mit dem Geld der Frau Uschi Niemann im Kreuz«, erwiderte Kevin. »Nein, die Uschi hat damit doch nichts zu tun, die ist doch seine Haushälterin«, sagte Onno verwundert. »Es ist der alte Herr Janßen, der die Kohle hat. Na ja, so erfolgreich, wie der beruflich war mit seinen Klinkerwerken.«

Klinkerwerke. Natürlich. Oldenburger Klinkerwerke. Kevin Ostrowski war sauer. Sein Großvater hatte ihn geleimt. Der war nicht nur wohlhabend, sondern reich und hatte ihm den armen Rentner vorgespielt, um ihn nicht an das Geld zu lassen. Und noch einmal ärgerte er sich über sich selbst. Er hätte pro forma dem Alten Unterstützung anbieten müssen. Vielleicht hätte der dann ein paar Groschen lockergemacht. Verdammt. Es war einfach nicht sein Tag.

17.

Es war ein sehr familiäres Frühstück, das an diesem Dienstagmorgen in Carlas Haus stattfand. Sara hatte, wie üblich, schnell ein Brötchen verspeist und war zur Schule geeilt, Thomas und Stefan ließen sich von Carla bedienen und diskutierten über Thomas' Rechercheaufträge für die Norddeutschen Nachrichten und über Stefans unerledigten Vermisstenfall. Der Kriminalhauptkommissar hatte sich an diesem Morgen Zeit gelassen und beschlossen, erst später in sein Büro nach Flensburg zu fahren. Und Thomas stand unvermittelt auf und sagte: »Ich drehe jetzt eine Runde mit Watson – einmal um den See.« Denn er hatte erst für den späteren Vormittag einen Termin mit dem Dorfpastor Josua Blunck über die bevorstehende Restaurierung der historischen Orgel in der Kirche, ein Thema der Strafarbeiten, die ihm sein leitender Redakteur aufgebrummt hatte. »Willst du nicht am Nachmittag gehen – es ist doch so stürmisch heute Morgen«, sagte Carla mit Blick auf die Weiden und Erlen am See, die von den Böen tief über das Wasser gedrückt wurden. »Macht nichts«, entgegnete Thomas, solange es nicht regnet.« Watson hatte bereits die magischen Worte »Ich drehe eine Runde« gehört und sich zur Haustür begeben. Thomas folgte ihm mit Leine (für alle Fälle), Gassibeuteln und Leckerchen.

Die beiden nahmen den Weg durch Carlas Garten zum See hinunter. Wo das Schilf begann, führte ein schmaler Pfad zum Gut hinüber. Dort traf der Journalist Carlas Schulfreundin Melissa, die geschäftig irgendwelche Dinge zu den Gästewohnungen räumte. Die beiden tauschten ein paar Worte über das Wetter und das gegenseitige Wohlbefinden aus und Thomas und Watson marschierten weiter am Seeufer entlang. Inzwischen peitschten starke Böen das Wasser auf und Thomas musste sich stark gegen den Wind stemmen. Aber es blieb trocken, und es war nicht kalt. So marschierten die beiden weiter auf ihrer großen Seeumrundung. Als sie am Ende des Langensees ankamen, drückte der Sturm die Bäume, die am Ufer standen, schon so tief, dass sie ins Wasser zu stürzen schienen. Es sah aus, als ob sie nach einer unbekannten Melodie tanzten – Druck und Verbeugen und Wiederaufrichten. Und noch einmal und noch einmal, bis es einen Schlag tat. Wenige Meter vor Thomas' Route schaffte es einer der Bäume nicht, sich wiederaufzurichten. Er riss mit seinen Wurzeln eine große, runde Fläche aus dem Seeufer und krachte ins Wasser. Neben dem Weg klaffte jetzt ein tiefes Loch, über dem die Wurzeln in der Luft zitterten.

»Armer Kerl«, dachte Thomas und beschloss, gleich Eberhardt von Erben anzurufen, dass der einen seiner Gutsarbeiter schickte. Der Journalist trat näher an den Krater unter dem Wurzelwerk, um sich den Schaden näher zu betrachten, und bestaunte das Wurzelgeflecht, in dem Käfer und Würmer krabbelten. Da sah er etwas Blankes, Metallisches in der Erde und daneben seltsam helle Wurzelstränge. Er trat noch näher und setzte seine Lesebrille auf, um das blinkende Etwas zu identifizieren. Und dann erkannte er die Details: Das Metall gehörte zu einer Armbanduhr und die scheinbaren hellen Wurzeln waren die Fingerknochen einer Hand. Thomas Berner schnappte nach Luft. Er setzte sich auf einen Baumstamm, der neben dem Weg lag, und unterdrückte ein Würgen. Dann griff er zu seinem Smartphone, machte ein paar Bilder von dem Baum-Krater und rief dann seine Freundin an. »Carla«, sagte er, als sich seine Gastgeberin meldete, »sag Stefan, dass er sofort kommen muss. Ich habe eine Leiche gefunden.« Und er beschrieb ihr genau die Stelle, an der die Hand aus dem Wurzelwerk ragte. »Sag ihm auch, dass ich hierbleibe, damit niemand hier etwas anstellt.«

Der Kriminalhauptkommissar Stefan Kleyn, am Arbeitsplatz in der Vergangenheit als arrogant und unverbindlich wenig beliebt, war an diesem Dienstagmorgen bester Laune. Er hatte wunderbar geschlafen in Carlas Haus. Zwar allein, aber dennoch in der Hoffnung, dass sich das vielleicht demnächst ändern könnte. Mühsam zwar und äußerst verklausuliert hatte er am Vorabend seiner Freundin gestanden, dass er in sie verliebt war. Und das schon seit Monaten. Weil Carla aber nicht nur eine unabhängige, sondern auch eine äußerst wohlhabende Frau war, zudem nach langer, sehr glücklicher Ehe verwitwet, hatte er sich einfach nicht getraut, ihr seine Gefühle zu gestehen. Zumal solche Äußerungen ohnehin in Kleyns Verhaltenskatalog nur im Bereich der Raritäten abgespeichert waren. Erst nachdem Carlas alter Freund Thomas, der gegenwärtig bei ihr logierte, ihn quasi unter Druck gesetzt hatte, quälte er sich ein Geständnis ab. Carlas Antwort war nicht weniger verklausuliert. Und doch deutlich genug, dass Kleyn sich wie im Rausch fühlte. Das hatte er so noch nie empfunden.

Seine früheren Freundinnen waren ihm immer nach ein paar Monaten auf die Nerven gegangen. Wenn er dann unwirsch reagierte, gab es Tränen, Streit, Szenen und die Trennung. Dabei war Stefan Kleyn ein durchaus gutaussehender, smarter Mann. Mit Carla war alles anders. Carla lebte in ihrer eigenen Welt, sie erwartete nichts und sagte klar und deutlich, was sie wollte. Ohne Szenen. Und dann war da noch ihre Leidenschaft für die Entschlüsselung von Geheimnissen, die ihn bei ihrem Kennenlernen auf die Palme gebracht, ihm seither aber etliche Male genützt hatte. Zweimal war Carla sogar direkt an der Lösung von Fällen beteiligt gewesen. Und noch mehr: Sie konnten zusammen lachen und schweigen, streiten, ohne in Streit zu geraten, sie teilten Lebensfreude und Genuss. Und Carlas Tochter Sara mochte er auch. Er packte seine Sachen zusammen und wollte nach Flensburg ins Büro fahren, zu dem Stapel mit ungelösten Altfällen, den ihm sein Chef zur Neubearbeitung auf den Tisch gelegt hatte.

In diesem Moment rief ihn Carla von unten aus dem Parterre: »Stefan, du musst kommen, Thomas hat eine Leiche gefunden.« Er hielt das im ersten Moment für einen Scherz. Doch dann beschrieb sie ihm genau, wo der Journalist und ihr Hund gegenwärtig standen und auf den Ermittler warteten und dass Thomas solche Scherze nicht machen würde. Kleyn beschloss dennoch, erst selbst zum Tatort zu fahren und dann sein Team in Marsch zu setzen. Er griff nach Jacke und Tablet, sprang die Treppen hinunter, winkte Carla zu und lief zu seinem Auto. Von unterwegs rief er noch den Dorfpolizisten Hubert Metelmann an und bat ihn um Unterstützung. Kleyn fuhr auf die Dorfstraße und bog am Ende des Sees auf einen Feldweg ab. Nach wenigen Minuten war er am Ziel. Er sah Thomas Berner und Watson, der mit genervter Miene neben dem leichenblassen Journalisten saß, offenbar verärgert, weil man ihn nicht in der wunderbaren Grube graben ließ, die sich da am Seeufer aufgetan hatte und so betörend roch.

Kleyn begrüßte Thomas, mit dem er noch vor weniger als einer Stunde beim Frühstück gesessen hatte, mit einem Schulterklopfer und sagte: »Na, dann zeig mal, du Enthüllungsjournalist.« Thomas trat noch einmal an den Rand der Grube und deutete mit etwas zittrigem Finger auf eine Stelle in dem Wurzelwerk. Kleyn musste sich konzentrieren, um in dem Gestrüpp etwas zu erkennen. Doch dann sah er es: Zwischen den Wurzeln und der feuchten Erde ragten die Reste einer Hand und die Unterarmknochen eines Toten auf, und an den Knochen hing das Armband einer Uhr – ein Teil aus Metall, ein Teil aus Plastik, das über lange Zeit seine knallrote Farbe behalten hatte. Stefan Kleyn grinste. »Schlau von dem Toten, eine so auffällige Uhr zu tragen. Das wird uns bei der Identifizierung helfen«, sagte der Beamte zu Thomas Berner gewandt. Mehr als den Arm konnte er im Wurzelgestrüpp nicht sehen.

Inzwischen kam auch Metelmann angefahren und begutachtete den Fundort. »Haben Sie die Truppen schon bestellt?«, fragte er Kleyn. Der schüttelte den Kopf und griff in diesem Moment zum Telefon, um Knut Meiners Bescheid zu sagen. Der junge Beamte, der sich vorausschauend, eifrig, aber wortkarg die Wertschätzung seines Chefs erworben hatte, war gerade erst zum Kriminalobermeister befördert worden und platzte vor Stolz. Meiners versprach, alle nötigen Vorbereitungen zu treffen. Und Metelmann drehte ab mit den Worten »Ich besorg uns mal Strom«.

Auch Thomas Berner befreite sich aus seiner Erstarrung und sagte: »Ich glaube, ich bring mal den Hund nach Hause.« »Und du profilierst dich jetzt nicht als Lokalreporter!«, rief ihm Kleyn hinterher. Thomas Berner stoppte: »Daran habe ich, ehrlich gesagt, gar nicht gedacht. Aber du hast recht. Angesichts meiner journalistischen Strafarbeiten kann ich ja vielleicht etwas über den Fall berichten.« »Das kannst du, aber nur das, was ich dir genehmige. Tut mir leid, mein Freund, aber du kriegst mehr Infos als deine Kollegen, und du hast ja schon den Vorteil, dass du die Knochen aufgestöbert hast. Aber es gibt Details, die darfst du – noch – nicht schreiben. Etwa das mit der Uhr. O. k.?« Thomas nickte und marschierte mit Watson los.

Wenig später kamen Meiners und die Kollegen von der Spurensicherung. Jetzt wurde gemessen und fotografiert, gestochert und gesucht. Probengläschen füllten sich, aber nach vielen Jahren der Verwesung war es kaum wahrscheinlich, dass man hier noch direkte Täterspuren fand. Dennoch durchkämmten die Ermittler jedes Gebüsch.

Wenig später fuhr ein auffallender grüner Jeep auf die Wiese, auf der die ganzen Polizeifahrzeuge standen. Aus der Tür quälte sich ein spindeldürrer, aber baumlanger Mann – Professor Konrad Herrsching, Leiter der Rechtsmedizin in Kiel. Er war Experte für Leichen, die erst nach langen Liegezeiten, in der Erde oder darüber, gefunden wurden. Er wollte sich also offenbar den spektakulären Fall nicht entgehen lassen. In der für ihn typischen Art stakste er über die Wiese und streckte Kleyn zur Begrüßung die Hand hin. »Mein Lieber«, sagte der Wissenschaftler ungewöhnlich leutselig, »wie freundlich von Ihnen, dass Sie mich persönlich benachrichtigen ließen.« Und während Herrsching zur Grube mit dem Toten stakste, sah Kleyn zu Meiners hinüber und nickte anerkennend. Wie gewöhnlich wurde der junge Beamte puterrot.

Jetzt übernahm der Kieler Professor das Kommando am Fuß des umgestürzten Baums und lenkte seine Mitarbeiter wie ein Dirigent das Sinfonieorchester. Anonyme Wesen in hellen Schutzanzügen gingen mit winzigen Geräten ans Werk und in Kürze sah der Leichenfundort aus wie eine archäologische Ausgrabungsstätte. Da wurde gestochert, gesiebt und geputzt, damit den Ermittlern nicht das kleinste Handwurzelknöchelchen entging. Ein Mann – man sah den Bart aus der Kapuze des Schutz-Overalls herausschauen – schnitt den Unterarm mit der halben Hand aus dem Wurzelgestrüpp frei, und nach und nach arbeiteten sich Herrschings Helfer in den Untergrund vor.

Als Meiners wieder einmal die Grube umschlich, blieb er plötzlich stehen und fixierte einen Punkt auf der Uferseite. »Da sehen Sie«, sagte er zu einem der Rechercheure, der neben ihm in gebückter Haltung im nassen Untergrund stocherte. Der Mann drehte sich um und suchte. –»Da«, Meiners deutete noch einmal auf den Grubenumriss, »folgen Sie meinem Finger.« Da steckte etwas Blankes im Boden. Der Mann berührte die Stelle. Ein paar Brocken Erde lösten sich und legten eine korrodierte Schnalle frei. Der Mann stocherte weiter und fand mit der Schnalle einen Riemen und mit dem Riemen eine kleine, völlig von Erde verklebte Handtasche. Triumphierend reichte er sie seinen Kollegen hinauf, die neben der Grube werkelten. Die vermoderten Nähte der Tasche fielen auf einer Seite auseinander. Kriminalhauptkommissar Stefan Kleyn hatte die Szene beobachtet und trat näher. Vielleicht wusste er schon gleich, wer der Tote, oder nach der Tasche zu urteilen, die Tote war. Doch aus dem Beutelchen fielen lediglich ein paar durchnässte Taschentücher, ein Kugelschreiber und ein moorfarbener Schreibblock, ein Schlüsselbund, aber keine Papiere. Das war's.

Kleyn war dennoch nicht enttäuscht. Mit der Uhr und der Tasche, wenn man beides gereinigt hätte, könnte man schon einmal in der Umgebung auf die Suche gehen.

Inzwischen gab es am Tatort weitere Besucher. Zuerst kam Carla mit einem großen Picknickkorb mit Getränken und belegten Brötchen, auf die sich die Ermittler sofort stürzten. Ihre weißen Schutzanzüge waren inzwischen punktuell mit der feuchten Erde vom Seeufer zum Teil großflächig verdreckt und so standen sie wie schmutzige Wichtel um die Brötchenberge. Stefan Kleyn gewährte Carla großzügig Bleiberecht und ließ ihr sogar ein paar Informationen zukommen. Eine Ahnung, wer der oder die Tote am See sein könnte, hatte sie nicht. Dabei musste das Opfer ohnehin lange vor Carlas Ankunft ums Leben gekommen sein.

Wenig später kam auch noch die Gastwirtsfrau Hanne Möller anspaziert, getrieben von Neugier. Denn es hatte sich im Dorf herumgesprochen, dass es am See einen Leichen- oder besser Knochenfund gab. Sie begrüßte Carla und Kleyn, hielt aber Abstand von der Grube mit dem Toten und sah gebannt den Gestalten im Schutzanzug zu. Bis einer die rote Uhr und die Tasche ganz nah an ihr vorbeitrug – zu den gefundenen Knochen und Proben, die Herrsching mit nach Kiel nehmen würde, um sie näher zu untersuchen. »Oh!«, rief Hanne Möller. Kleyn sah überrascht auf. »Was gibt's?« »Darf ich das mal genauer ansehen?«, fragte Hanne. Kleyn winkte den Mann im Overall zurück. Der hielt Hanne die rote Plastikuhr unter die

Nase, und die Gastwirtsfrau wurde blass. »Genauso eine Uhr hat Monika Göbel getragen, die Frau von Arno Göbel, die vor rund 15 Jahren über Nacht verschwunden ist.« »Bist du sicher?«, fragte Kleyn. »Ja«, Hanne nickte energisch. »Ich fand das Ding so geschmacklos und habe gefragt, woher sie das hat. Und sie hat mir dann erzählt, das sei eine Swatch-Uhr, eine bestimmte Serie und die war sogar teuer. Ich kann mir nicht vorstellen, dass in unserer Gegend so viele von den Dingern unterwegs waren.« »Danke, Hanne.« Kleyn klopfte ihr auf die Schulter und sagte zu ihr und Carla gewandt: »Ich glaube, ich sollte euch auf Dauer als freie Mitarbeiter anwerben. Dann kriegen wir unsere Fälle alle ganz schnell gelöst. – Na, dann werde ich unserem speziellen Freund Arno Göbel heute Nachmittag mal einen Besuch abstatten.«

Und noch einmal sprach er direkt Hanne Möller an: »Könntest du bitte deine Erkenntnisse erst einmal für dich behalten? Das ist wirklich wichtig.« Hanne Möller nickte eifrig und machte sich auf den Rückweg. »Tja«, sagte Kleyn, »da werden wir dem Herrn Göbel wohl auf den Zahn fühlen müssen.« »Jetzt gleich?«, wollte Knut Meiners wissen. Nein, er wolle erst noch die ersten Erkenntnisse bei Herrsching abfragen. »Kann ich dann auch mitkommen?«, fragte Dorfpolizist Hubert Metelmann. »Ich habe noch ein paar Rechnungen mit Göbel offen.« Kleyn grinste und nickte zustimmend. »So langsam werde ich zum Teamplayer«, dachte er und trat noch einmal an die tiefe Grube heran. »Wie hat es der Täter geschafft, einen erwachsenen Menschen direkt unter einem Baum zu begraben, bei all diesen dicken Wurzeln«, sagte er halblaut. »Es muss nach einem Sturm passiert sein«, antwortete ungefragt sein Musterschüler Meiners. »Auch damals muss es den Baum umgeweht haben. Wenn man dann den Stamm kappt, richtet sich der Baum automatisch wieder auf, kippt in sein Wurzelbett zurück und treibt neu aus. Ich habe mir den Stamm angesehen. Da gibt es so einen Wulst. Genau das muss hier passiert sein. Der Mörder hatte das Glück, die fertige Grube für sein Opfer zu finden. Er brauchte nur noch eine Säge, Baumstamm durchtrennen und zack, war die Leiche weg. Wenn wir die Tatzeit einkreisen wollen, wird uns dabei der Wetterbericht helfen.« Meiners sah nach diesem für ihn langen Sermon bescheiden auf den Boden. Kleyn fixierte ihn aus schmalen Augen: »Ganz schön schlau von mir, dass ich Sie in unsere Abteilung geholt habe, mein Lieber«, und klopfte ihm ganz kurz auf die Schulter.

18.

Die Geltinger Birk ist ein idyllisches und kostbares Natur-schutzgebiet im Nordosten des Landes Angeln, direkt am Ausgang der Flensburger Förde. Die Landschaft mit Wiesen, Weiden und Wasserflächen ist Heimat seltener Pflanzen und Tiere, hier gedeiht der fleischfressende kleine Sonnentau und hier galoppieren Wildpferde, die kleinen, wendigen Koniks, grasen Hochlandrinder und quaken Laubfrosch und Rotbauchunke. Und im Wechsel der Jahreszeiten ist das Gebiet Station für zahllose Zugvögel. Kein Wunder also, dass sich offizielle und engagierte private Naturschützer um die Birk kümmern, um zu verhindern, dass Planungen das Biotop beeinträchtigen und Fauna und Flora stören.

Einer dieser Umwelt-Aktivisten war Gabriel Dutert. Würde er nicht in Angeln leben, wäre der 33-Jährige der ideale Kandidat für die Fernsehserie über Auswanderer – ein Glücksritter ohne richtige Ausbildung, aber mit vielen Ideen und Talenten, der Bereitschaft, etwas zu wagen, aber ohne Konzept für ein erfolgreiches und nachhaltiges Engagement. Gabriel lebte von Gelegenheitsjobs, er saß im Supermarkt an der Kasse, verkaufte im Sommer Erdbeeren an einem der zahllosen Stände in der Region, er harkte die Beete und schnitt die Hecken in den Gärten von Ferienhäusern. Und er wusste, dass er es nie zu einer Rente bringen würde. Dutert nahm das gelassen. Noch war er jung und konnte seinen Interessen nachgehen.

Dutert war in Frankreich geboren worden, im Périgord, in einem kleinen Dorf bei Bergerac. Seine Mutter war Lehrerin, genauer Waldorfschul-Lehrerin. Die hatte sich bei einer Kulturreise in einem Café vor der Kirche St. Front in Périgueux in den Kellner Patrick Dutert verliebt, ihn geheiratet, es aber keine zwei Jahre in der französischen Provinz ausgehalten, in der die Menschen so wenig Interesse an Waldorf-Pädagogik hatten und in der sie so wenig Widerhall für ihre Ideale fand. Patrick interessierte sich zwar für Kultur und war künstlerisch begabt, aber doch vor allem im Sinne von Genuss und Lebensfreude und nicht von höheren Prinzipien. So ging Annemarie Dutert, geborene Blumenschein, mit ihrem kleinen Sohn nach Deutschland zurück, um in Bielefeld wieder als Lehrerin zu arbeiten. Zu ihrem Exmann brach sie jeden Kontakt ab.

Der kleine Gabriel entwickelte sich leider so gar nicht nach den Vorstellungen der Waldorf-Pädagogin. Er verweigerte Spezial-Lerninhalte wie Eurhythmie, war aufmüpfig, verließ die Schule ohne Abschluss und kehrte bald auch seiner nörgelnden Mutter den Rücken, die beklagte, er sei genauso wie sein Vater. Gabriel verließ Bielefeld und zog nach Angeln, das er von einer Klassenreise kannte. Die Birk und die Wildpferde hatten es ihm als Junge angetan. Jetzt setzte er sich für deren Pflege und Zukunft ein. Er hielt Vorträge in dem zentralen Informationshäuschen und er machte zahllose Fotos von der Landschaft und den Tieren.

Mit ein paar gleichgesinnten Naturfreunden hatten sie gegen die Pläne für das Ferienresort Jägersruh demonstriert – vergeblich. Jetzt wollten sie noch einmal Krach schlagen, wenn die Investoren am Wochenende zu Besuch kamen. Vielleicht konnten sie deren Kauflust bremsen, wenn die Interessenten damit rechnen mussten, auf Dauer von Protestlern belästigt zu werden. Und dann würde das Projekt vielleicht doch noch scheitern – mangels Nachfrage.

Doch Gabriel Dutert rechnete sich tatsächlich nur noch geringe Chancen aus, das Projekt zu stoppen. Die Gruppe hatte bereits vergeblich versucht, den Verkauf des Grundstücks zu verhindern. Aber die rund 50.000 Quadratmeter Grünfläche waren am Rande eines Bauernhofs zu Bauerwartungsland erklärt worden. Und als der Resthof nach dem Tod des Bauern

Hannes Everts an eine Erbengemeinschaft aus Neffen und Nichten fiel, hatten die nur ein Interesse: so viel Geld wie möglich durch den Verkauf zu erlösen. Den Hof mit den umgebenden Wiesen hatte glücklicherweise ein Hamburger Anwalt gekauft, um hier für sich und seine Familie eine Wochenendoase einzurichten und vielleicht später einen Alterssitz. Aber das Grünland war da schon verscherbelt und sollte in Parzellen für Ferienhäuser, einen Spielplatz und Standorte für Kioske umgewandelt werden. Immerhin: Der Käufer des Resthofs, der Anwalt Herrmann Rathjens, hatte ebenso wie die Naturschützer ein Interesse daran, dass das Resort die Umgebung nicht beeinträchtigte, und er hatte den Naturschützern im Krisenfall juristische Hilfe zugesichert. Kostenlos.

Aber jetzt konnten sie nicht mehr tun, als aufzupassen, dass weder die Bauarbeiten noch die späteren Bewohner den Bestand und das Leben in der Birk störten. Heute hatte sich Gabriel, ein kräftiger Kerl mit dickem Pferdeschwanz und Naturburschen-Charme, mit Franz Joachim Meier, genannt Franjo, einem gelernten Kfz-Mechaniker, und Maja Blick, die in Gelting in der Bäckerei Brötchen verkaufte, zur Strategie-Besprechung in der kleinen Kneipe »Zum Leuchtturm« bei Nieby getroffen. Wenn am Wochenende Gruber sein Projekt präsentierte, würden auch sie tätig werden. Rathjens hatte sie gewarnt, das Baugrundstück zu betreten. Und deshalb hatten sie sich einen schlauen Plan zurechtgelegt: Auf einem Anhänger, den Meier besorgen wollte, sollte eine Plakatwand mit Bildern von der Birk und den Forderungen zu ihrem Schutz abgebildet werden. Den Anhänger durften sie direkt neben dem Baugrund auf Rathjens Hof abstellen. Dort konnten Gruber und seine Mitarbeiter sie nicht vertreiben. Bis Sonnabend hatten sie genug Zeit, alles vorzubereiten. Und dann würden sie im Wortsinn mit Pauken und Trompeten ordentlich Krach schlagen. Gabriel Dutert rieb sich zufrieden die Hände. So machte Protest Spaß.

19.

Es war später Nachmittag, als Kriminalhauptkommissar Stefan Kleyn endlich in seinem Büro in der Bezirkskriminalinspektion am Flensburger Hafen ankam. Er hatte kaum seine Jacke auf den Garderobenhaken gehängt, als sein Vorgesetzter, der Dienststellenleiter Lothar Auerbach, in den Raum stürmte. »Wo waren Sie den ganzen Tag? Und wo war Meiners?«, brüllte der Mann, der kaum größer war als Kleyn, dafür aber nahezu doppelt so breit. Kleyn fürchtete jedes Mal bei Auerbachs Wutausbrüchen, dass der Mann mit den Hängebäckchen tot umfallen würde. Er hatte sich viele Male über ihn geärgert, weil Auerbach nicht nur arrogant – wie Kleyn in der Vergangenheit ebenfalls –, sondern auch unsachlich und ungerecht war. Er machte die Mitarbeiter für seine eigenen organisatorischen Fehler verantwortlich und Wörter wie »bitte« und »danke« waren ihm fremd.

So schaute Stefan Kleyn jetzt auch genervt auf, als Auerbach seiner Verärgerung über was auch immer Luft machte. Doch als Zeichen seiner neuen Gelassenheit, die er dank Carla Moreno und des dörflichen Friedens in Langenbek gewonnen hatte, sagte er nur knapp: »Wir hatten zu tun.« Offensichtlich waren die Nachrichten über den Leichenfund am Langensee nicht bis nach Flensburg gedrungen oder irgendjemand hatte Auerbach bewusst nicht informiert. »Was denn?«, brüllte Auerbach. »Na, Sie hatten mir doch eine Reihe von Altfällen zur Aufklärung übertragen und da waren wir eben unterwegs«, entgegnete Kleyn mit einem winzigen Lächeln. »Sie sollen arbeiten und keine Ausflüge in die Nachbarschaft unternehmen.« Auerbach kommunizierte weiter in großer Lautstärke. Stefan Kleyn setzte ganz leise dagegen: »Aber dann hätten wir den Fall nicht geklärt.« »Welchen Fall?« Auerbachs rotes Gesicht verlor schlagartig die Farbe. »Monika Göbel, die Frau, die vor 15 Jahren verschwand. Wir haben die Leiche gefunden.« Kleyn grinste Auerbach jetzt breit und schadenfroh an. »Sobald wir konkrete Erkenntnisse haben, werde ich Sie selbstverständlich informieren. Wie immer.«

Auerbach schnaufte, drehte sich um und knallte die Tür hinter sich zu. Und Stefan Kleyn fand, dass dieser Dienstag ein besonders schöner Tag war. Auch wenn er sich mit den Ergebnissen der rechtsmedizinischen Untersuchung noch gedulden musste. Immerhin hatte er mit Herrsching vereinbart, dass er am nächsten Vormittag nach Kiel fahren würde, um sich seine Informationen persönlich abzuholen. Das war zu einem Ritual zwischen den beiden Männern geworden – dass Herrsching seine Erkenntnisse regelrecht zelebrierte und dabei Kleyns Geduld strapazierte, im Gegenzug Kleyn dem Wissenschaftler seine Bühne ließ und dafür aber mit allen Informationen bevorzugt behandelt wurde. Er hatte bei diesen Zurschaustellungen in den vergangenen Monaten eine Menge gelernt. Denn Herrsching war in seinem Fach eine Kapazität, der nichts entging. Kleyn beschloss, nach Hause zu fahren. Das hieß seit gestern nach Langenbek.

20.

Das alte Haus der Meta Diederichsen in Langenbek sah
trostlos aus. Der Garten war von den Baggerarbeiten plattge-
walzt und unter dem rechten Giebel klaffte ein großes Loch.
Dort konnte man in die Räume des Obergeschosses sehen; aus
den aufgerissenen Dachrändern hingen Teile der Dämmung,
aus den Mauern Rohre und Drähte. Nach dem vergeblichen
Bettelbesuch bei seinem Großvater in Dangast umschritt Kevin
Ostrowski jetzt das historische Haus in Langenbek, das er von
seiner Tante geerbt hatte, mit dem er sich finanziell sanieren
wollte und das ihm jetzt zum teuren Ballast wurde. Er musste
das Abbruchunternehmen bezahlen und nun auch für die Wie-
derherstellung des Giebels aufkommen. Wie teuer konnte das
werden? 10.000 Euro, 20.000 Euro oder mehr?

Der Jungunternehmer mit den großen Plänen schwitzte. Er
saß in der Klemme. Er brauchte das Geld aus dem Verkauf
der geplanten Toskana-Häuser dringend, um mit dem Projekt Jägersruh, gemeinsam mit Gruber, den großen Reibach zu
machen, so seine Schulden loszuwerden und sich ein besseres
Leben zu finanzieren. Wenn er Metas Grundstück mit dem
maroden Haus verkaufte, würde der Erlös nicht einmal für
die Schulden reichen. »Scheiß Bruchbude!« Er fluchte und trat
gegen die Mauer. Wenn die Alte wenigstens teuren Schmuck,
ein paar Antiquitäten oder ein paar Euro auf dem Konto gehabt hätte, die er sich hätte schnappen können. Aber nein, das
beträchtliche Barvermögen war eingezogen worden, weil es aus
Metas Geschäften als Erpresserin stammte. Ostrowski musste
grinsen. »Eigentlich ganz cool, die Alte«, dachte er. »Hat auf
dem Dorf gehockt, als könnte sie kein Wässerchen trüben, und
bei den netten Nachbarn abkassiert.«

Er beschloss, das gesamte Haus noch einmal abzusuchen, ob

sich nicht doch noch Verwertbares in den Räumen und Abseiten fand, was er zu Geld machen konnte. Er durfte jetzt nicht mehr wählerisch sein. Er benötigte jeden Cent. Entschlossen sperrte er die Haustür auf. Die Diele des Hauses war fast leer. Hier stand noch ein alter, aber ruppiger Kleiderschrank, der nur noch als Feuerholz taugte. Das Haus war teilunterkellert. Kevin Ostrowski beschloss, sich von unten nach oben zu arbeiten. Er öffnete die Tür, zog den Kopf ein und stieg die Treppe hinunter in den einen finsteren Raum, der nur durch eine schwache Glühbirne erleuchtet wurde. Auch hier war offenbar nichts zu holen. In den Regalen standen ausrangierte Küchengeräte und alte Gläser, die hier wohl für die nächste Marmeladensaison bereitgestellt worden waren. Verstaubte Koffer, ein dreibeiniger Tisch, der einmal vier Beine gehabt hatte, ein Entsafter, ein Staubsauger und ein staubiger Karton mit alten Fotos und Briefen. Den nahm der Erbe an sich. »Wer weiß«, dachte er, »vielleicht finden sich hier noch nützliche Informationen, die man zu Geld machen kann«. Zum Beispiel darüber, warum seine Eltern und Meta bis aufs Blut verfeindet gewesen waren. Warum – das hatte er nie erfahren. Sowohl die Tante als auch seine Eltern, zu denen er selbst keinen Kontakt mehr pflegte, hatten eisern geschwiegen.

Im Parterre stand noch immer ein Teil von Metas Möbeln. Alles, was auch nur einen Hauch von Wert besaß, hatte Kevin bereits verscherbelt. Doch das hatte ihm nur ein paar hundert Euro gebracht. Die Bücherwand im Wohnzimmer war bis unter die Decke bestückt. Aber wer wollte schon alte Romane der 50er Jahre kaufen. Bibliophile Kostbarkeiten gab es hier nicht. Die Bücher waren ein Fall für die Mülltonne. Und auch bei Geschirr und Wäsche gab es keine Interessenten. »Auch die armen Leute möchten Ihre alten Sachen nicht haben, sondern wünschen sich neue«, hatte Kevin Ostrowski bei einer karitativen Einrichtung erfahren. So dachte er ursprünglich, dass er mit dem Abbruchschutt auch das Inventar des Hauses entsorgen lassen könnte. Aber damit wurde es ja nun nichts. »Also lasse ich die Bude räumen und sehe zu, ob ich sie an einen Architekturliebhaber verkauft kriege«, beschloss der inzwischen ziemlich schlecht gelaunte Erbe.

Im ersten Stock gab es in Metas Schlafzimmer nichts außer alten Klamotten. Und in dem zweiten großen Raum unter dem Dach, in dem Kevin auch als kleiner Junge zuweilen übernachtet hatte, klaffte das Loch am Giebel. Vorsichtig durchquerte er den Raum zur Hälfte. Er war nicht sicher, ob der Boden noch tragfähig war. Er sah sich um. Die schäbige Truhe, die an der Dachschräge stand, hatte er schon durchsucht. Sie barg ebenfalls nichts Wertvolles. Daneben befand sich eine äußerst geschmacklose Stehlampe mit Plastikschirm. Aber was war da am Boden? »Vorsichtig, Kevin«, ermahnte er sich selbst und ließ sich auf die Knie nieder, um näher nachzusehen. Ein Stück Diele war als Folge der Zerstörungen am Giebel wie eine Tür aufgeklappt und darunter sah Ostrowski etwas Helles. Er rutschte näher an die Öffnung im Boden. Die Dielen knarzten. Er schob sich weiter voran und streckte die Hand aus. In einer Vertiefung unter dem Fußboden, in einem Loch so groß wie ein Schuhkarton, lagen mehrere dünne und dicke Briefumschläge, Fotos und zwei oder drei Kladden.

Kevin Ostrowski bewegte sich ganz vorsichtig und langsam. Er hatte Angst, durch das Loch im Giebel nach draußen oder mit dem gesamten Boden ins Parterre zu stürzen und unter Schutt begraben zu werden. Der Boden knirschte. Vorsichtig barg der Mann den Inhalt des provisorischen Safes unter den Dielen, Umschlag für Umschlag, Heft für Heft und Fotostapel für Fotostapel. Kevin Ostrowski schwitzte und zitterte. Was das wohl zu bedeuten hatte? Vielleicht war heute sein Glückstag. Vorsichtig rutschte er auf den Knien zurück in die unbeschädigte Hälfte des Hauses. Er stapelte das Bündel in seinen

Pullover und eilte hinunter in die Küche, zog sich einen Stuhl an den Tisch und machte sich daran, seine Beute zu sichten. Kevin Ostrowski war vor Aufregung außer Atem. Ein brauner Umschlag enthielt einen Stapel von Notizzetteln mit Daten und Stichworten und Namen, die ihm so nichts sagten. Das würde er in Ruhe untersuchen müssen. Das waren offenbar Unterlagen von den erpresserischen Aktivitäten seiner Tante, die der Polizei entgangen waren. Seine Aufregung stieg. Was, wenn darunter etwas Brauchbares wäre, das er zu seinem Vorteil nutzen konnte?

Dann ein Stapel Fotos von Menschen, die er nicht kannte, darunter auch ein paar Bilder von Paaren in verfänglichen Situationen. Die Bilder waren offenbar heimlich und aus der Hand gemacht worden, und sie konnten so alt nicht sein. Auch für diese Fotos galt, dass sie vielleicht noch Profit abwerfen könnten. Meta Diederichsen war vor zwei Jahren ermordet worden. Also waren potenzielle Affären noch lange nicht verjährt. »Danke, liebe Tante, danke. Vielleicht ist das meine Rettung«, dachte Ostrowski. Auch in den drei Kladden aus dem Fußboden-Versteck fand der junge Mann Daten und Aufzeichnungen, die die Beobachtung von Menschen dokumentierten. Solche Hefte hatte die Polizei bei den Mordermittlungen zu Dutzenden im Hause der Lehrerswitwe gefunden. Sie belegten Metas Erpressungen und sie hatten auch zur Klärung des Mordes an der Erpresserin geführt. Warum seine Tante ausgerechnet diese Hefte und Belege unter den Dielen versteckt hatte, während die anderen eher griffbereit in der Abseite lagen, konnte Ostrowski auf den ersten Blick nicht erkennen.

Der größte Umschlag der Beute, der besonders schäbig aussah und den Metas Erbe deshalb zunächst an die Seite gelegt hatte, bescherte ihm die größte Überraschung: Geldbündel. Dicke Geldbündel. Kevin Ostrowski hielt den Atem an und sah auf den Papierberg, der da vor ihm auf dem Küchentisch lag. Das waren Euronoten aller Farben vom Zehner bis zum Fünfhunderter. »Ich bin gerettet«, dachte er und fing sofort an, die Scheine zu sortieren. Er bildete saubere Stapel von Zehn-, Zwanzig-, Fünfzig-, Hundert- und Fünfhundert-Euro-Scheinen und fing an zu zählen. Am Ende lagen 178.790 Euro auf dem Küchentisch. Damit konnte er umdisponieren. Ostrowski beschloss, das Toskana-Haus-Projekt zu kippen und das alte Haus, so wie es war, zügig zu verkaufen. Mit dem Erlös und Metas vergessenem Schatz könnte er, wie geplant, beim Projekt Jägersruh einsteigen. Und das sofort. Wie gut, dass er den Bagger bestellt hatte. Sonst wäre das Geld vielleicht verloren gewesen. »Tante Meta«, dachte er, »wie zum Teufel hast du den Leuten so viel Geld abnehmen können?«

21.

Nachdem die Naturschützer ihre Proteststrategie für das Wochenende festgelegt hatten, machte sich Gabriel Dutert noch einmal auf in die Birk. Er wollte noch ein paar Fotos machen und nachsehen, wo die Konik-Pferde standen, die zur Landschaftspflege in dem größten Naturschutzgebiet des Kreises Schleswig-Flensburg gehalten wurden. Er schlenderte den Weg am Wasser entlang. Dort, wo die alte Mühle Charlotte stand, kam ihm ein Mann entgegen, ganz in Schwarz gekleidet, muskelbepackt. Der Mann blieb stehen und sprach ihn an: »Entschuldige, wo sind denn hier die Pferde?« Der Spaziergänger sprach einwandfrei Deutsch, hatte aber einen harten osteuropäischen Akzent. Gabriel Dutert gab bereitwillig Auskunft und erzählte, dass die Tiere meistens auf Distanz zu den Spazierwegen standen. Das kantige Gesicht des Fremden verwandelte sich in ein freundliches Lächeln. »Ich möchte die so gern sehen. Damals, bei meinen Großeltern in Russland, hatten wir auch Pferde. Ich liebe Pferde.« Er machte eine Pause. »Ich bin übrigens Peter«, sagte er und hielt Gabriel Dutert eine mächtige, durch Kampfsport gestählte Pranke hin.

Gabriel Dutert freute sich über das Interesse des Fremden und erzählte bereitwillig von seinem Engagement für den Naturschutz, über das Gebiet und die Sorgen, die er sich wegen des Neubauprojekts Jägersruh machte. Da wurde der Russe ganz aufmerksam. »Erzähl mir alles«, sagte er. »Vielleicht kann ich helfen.« Dutert schlug vor, in die Kneipe zum Leuchtturm zu gehen, wo er sich mit seinen Mitstreitern getroffen hatte. Der Naturschützer genehmigte sich ein Bier, Peter, der früher Pjotr Sergejewitsch Mironow geheißen hatte und aus der Gegend des Kaukasus kam, hielt sich an Tee. Er sei in der Immobilienbranche tätig, könne jederzeit Informationen beschaffen und gegebenenfalls auch mit ein paar Euro aushelfen, erklärte der Mann mit dem Narbengesicht knapp.

Tatsächlich hätte Peter mit sehr vielen Euros aushelfen können, denn er war bis vor einem Jahr der Gorilla des Immobilienhais Bertold Kaiser gewesen, der von einem Konkurrenten auf dem Golfplatz erschlagen worden war. Kaiser hatte seinem treuen Mitarbeiter ein geheimes Vermögen vermacht, von dem die Steuerbehörden zum Teil nichts ahnten, und er hatte ihm dazu die Verwaltung umfangreicher Immobilienbestände übertragen, die er in eine Stiftung eingebracht hatte. So war Peter, der ein sehr diskretes Leben führte, nicht nur ein sehr reicher, sondern auch ein einflussreicher Mann. »Ich brauche alle Informationen über das Projekt und die Entwickler«, sagte er. »Dann sehen wir weiter. Ich möchte nicht, dass jemand die Pferde stört. Melde dich.« Er drückte Gabriel Dutert eine Visitenkarte mit seinem Vornamen, einer Mobiltelefonnummer und einer E-Mail-Adresse in die Hand. Mehr Informationen gab er nicht preis. Er stand auf und verließ das Gasthaus mit elastischen Schritten. Gabriel Dutert kippte seinen letzten Schluck Bier hinunter und sah dem schwarzen Mann ratlos hinterher. Ob er wohl je wieder etwas von dem hören würde? Auf alle Fälle wollte er diesem Peter das erbetene Informationspaket schicken. Dann würde er ja sehen.

22.

Am Dienstagabend tagte der Gemeinderat von Langenbek im Gasthaus Seewirt. Es fügte sich perfekt, dass Klaus Möller gleichzeitig Gastronom und Bürgermeister war. So kostete der Versammlungsraum den Gemeinderat nichts, aber der Wirt verdiente an der Zeche der Mitglieder. Es war schon kurz nach 20 Uhr, als die Runde vollständig war und Klaus Möller den Merkzettel mit der Tagesordnung auf den Tisch legte. Zum Treffen erschienen waren neben Möller der Pastor Josua Blunck, Bauer Peter Kruse, Tierarzt Johannes Lorenzen und der Dorfarzt Fred Muncke, der seine Praxisräume in Langenbek gleich neben der Kirche hatte, sich professionell aber auch um die gesundheitlichen Belange der Bewohner in den Nachbarorten kümmerte. »Erstmal Prost, Jungs«, sagte der Bürgermeister, »und dann lasst uns zur Sache kommen. Viel haben wir ja heute nicht auf dem Zettel. Aber leider wird es uns viel Arbeit machen.«

In der Sache ging es um die Frage der Verkehrsberuhigung im Verlauf der Dorfstraße. Die kurvenreiche Strecke war vor allem im Frühjahr eine bevorzugte Piste für Motorradfahrer und deshalb auch ein Unfallschwerpunkt. Weil das historische Kopfsteinpflaster aus der Dänenzeit bei Feuchtigkeit äußerst glitschig war, flogen hier immer wieder die Biker aus der Kurve. Dr. Muncke war viele Male aus seiner Praxis an den Straßenrand geeilt, um erste Hilfe zu leisten. Doch mit dem Antrag an die übergeordnete Verkehrsbehörde des Landes, die Straße auf Tempo 30 zu begrenzen, waren Möller und seine Mitstreiter gescheitert. Arno Göbel hatte Widerspruch eingelegt mit der Begründung, das würde die Kunden seiner Elektrowerkstatt abschrecken, obwohl es diese Kunden gar nicht mehr gab. Er hatte bei den Ämtern dennoch Recht bekommen. In der Tat hatte der Querulant das Talent, Fremde für sich einzunehmen und mit seinen Argumenten zu überzeugen, mochten sie auch noch so unlogisch sein. Er zitierte Quellen, die es nicht gab, und führte Paragraphen an, die für seine Belange gar keine Gültigkeit hatten. Gegenargumente nahm er nicht zur Kenntnis, sondern wiederholte seine Positionen, bis die anderen es leid waren und ihm zustimmten.

Und jetzt war das Dilemma mit der Dorfstraße da. Umbauten zur Drosselung der Geschwindigkeit dürfte die Gemeinde nicht vornehmen. Das Straßenstück mit der Kirche und dem Pfarrhaus, der Schule und der alten Schmiede stand als Ensemble unter Denkmalschutz. »Wir könnten doch Pflanzkübel aufstellen«, sagte Peter Kruse. »Du vergisst den Denkmalschutz«, antwortete Möller, »wir dürfen die Straße nicht antasten.« »Machen wir doch auch nicht«, widersprach Kruse. »Wir stellen große Pflanzkübel bis an den Kantstein des Fußwegs. Und dann setzen wir da Büsche rein, die hübsch in die Breite wachsen, Kirschlorbeer zum Beispiel. Der ist immergrün und kann sich schön breitmachen. Ich glaube, die Motorradfahrer möchten es nicht so gern haben, dass ihnen die Zweige um die Ohren klatschen. Und glaubt ihr wirklich, dass die hier aus dem Kreis oder aus Kiel kommen, um zu prüfen, ob wir unsere Büsche schneiden?«

»Das ist genial«, sagte Lorenzen. »Peter, ich geb' dir einen aus.« »Und wenn sich wirklich jemand beschwert, sagen wir, dass wir die Büsche gerade jetzt beschneiden wollten«, setzte Kruse noch hinzu.« »Punkt 1 ist abgehakt«, notierte Klaus Möller zufrieden auf seinem Tagesordnungszettel. »Punkt 2 ist unser Wasserwerk. Da muss die eine Pumpe ausgetauscht werden. Wir sollten eine Umlage machen, damit wir das finanzieren können. Ich möchte dafür keinen Kredit aufnehmen, auch wenn die Zinsen gegenwärtig niedrig sind. Ich habe einen Kostenvoranschlag eingeholt. Jeder der 89 Grundstückseigentümer, die das Wasserwerk nutzen, müsste 70 Euro zahlen. Können wir das beschließen?« »Das machen wir so, Klaus«, sagte Dorfarzt Muncke. »Ich schlage nur vor, dass wir die drei Leute, die sich damit schwertun werden, ihr wisst schon, wen ich meine, aus der Rechnung rausnehmen und deren Anteil auf alle anderen umlegen. Darüber reden wir gar nicht lange.« »Einverstanden«, sagte Möller, »und wenn irgendwer meckert, teilen wir die dreimal 70 unter uns auf. Ich geb' dann auch einen aus.«

Punkt 3 – Metas Haus. Klaus Möller suchte nach Carlas Zettel mit den historischen Details und den Informationen zum Dorfbild. »Metas Neffe hat ja nun versucht, das Haus plattzumachen und damit vollendete Tatsachen zu schaffen. Ich finde, wir sollten alle Möglichkeiten ausschöpfen, um das zu verhindern. Denn zum einen steht das Haus unter Denkmalschutz, weil es aus der Dänenzeit stammt. Und dann liegt es genau in der Kurve hinter der Kirche, sodass es auch ein Blickpunkt im Dorfbild ist. Zwei Toskana-Häuser passen an dieser Stelle überhaupt nicht. Seid ihr einverstanden, dass wir da zur Not auch einen Anwalt einschalten? Carla hat mir hier schon mal was aufgeschrieben zu dem Haus, und die hat auch eine juristische Freundin mit scharfen Eckzähnen, die uns aber nicht das Fell über die Ohren ziehen würde.« Die Teilnehmer der kleinen Runde murmelten zustimmend.

»Und jetzt zu Punkt 4, unserem Baugebiet. Auch da haben wir ja Gegenwind von Arno Göbel. Und da die Zufahrt direkt an seinem Grund vorbeiführt, hat er auch da gute Chancen, unsere Pläne zu torpedieren. Er argumentiert mit dem Baustellenverkehr, der dann noch zusätzlich zu den Belästigungen durch Heizung und Anlagen Holst entstehen würde. Hat jemand eine Idee, wie wir das abbiegen könnten?« »Vielleicht finden wir etwas, womit wir Göbel unter Druck setzen können, sodass wir ihm einen Handel vorschlagen könnten«, meinte

Dorfarzt Muncke. »Nee, das klappt niemals«, widersprach der Pastor, »der Typ ist wie ein Aal. Den kriegst du nicht zu fassen. Mit dem würde ich keine Absprachen treffen. Der würde sich auch nicht an Vereinbarungen halten oder einen neuen Ausweg finden, um uns über den Tisch zu ziehen. Können wir das nicht irgendwie planerisch lösen?«

»Na klar!«, rief Kruse, der an diesem Abend offenbar in Hochform war. »Wir legen die Bau- und Zufahrtsstraße um.« Seine Gemeinderatskollegen drehten sich wie elektrisiert zu Kruse um. »Das ist doch alles nicht so einfach«, wandte Klaus Möller ein. »Doch«, sagte Kruse. »Das ist ganz einfach. Denkt doch mal nach. Bei den sommerlichen Konzerten lassen wir die Zuschauer doch auch über meine Wiese fahren, die an das Land des Grafen grenzt. Wenn wir diesen Weg ausbauen, können wir ihn von Süden her an das Baugebiet heranführen. Göbels Grundstück ist davon überhaupt nicht berührt. Er hat keine Chance auf Widerspruch, weil er nicht mehr als Betroffener gilt. Ich gebe euch das Land für die Straße ab, und der Graf wird sicherlich auch etwas dazutun, denn ihm nützt der Weg auch wegen seiner Konzerte. Und der liebe Arno guckt in die Röhre.« »Genial«, jubelte Lorenzen. »Aber die Kosten«, gab der Bürgermeister zu bedenken. »Der andere Grund, auf dem wir bislang die Straße bauen wollten, ist Gemeindeland. Wir haben kein Geld, dir das Land abzukaufen.« »Ihr schlagt mir irgendwo an anderer Stelle wieder ein Stück Land zu, dann gleicht sich das aus«, sagte Kruse.

Der Bauer, der sonst ziemlich knurrig werden konnte, wenn es um seine Interessen ging, war hochgradig beflügelt, weil er endlich die Chance sah, seinem unangenehmen Nachbarn Arno Göbel eins auszuwischen. Nach seiner Ansicht war der Mann schon viel zu lange mit seinen Sticheleien, Beleidigungen und Machenschaften durchgekommen. »Tja«, sagte Klaus Möller, »da können wir uns alle nur bei dir bedanken. Das ist eine Superidee. Das machen wir genau so. Ich spreche gleich morgen mit dem Grafen. Und dann sollten alle hübsch den Mund halten, damit Arno Göbel das Ganze erst mitkriegt, wenn die Bagger anrollen.« »Auf das Gesicht freue ich mich schon«, sagte Muncke und grinste breit. »Punkt 4 – abgehakt, meine Herren.« Klaus Möller lehnte sich in seinem Stuhl zurück und aus der Küche kam Möllers Frau Hanne mit einem Tablett mit Gulaschsuppen. Der Bürgermeister sah seine Frau an und öffnete den Mund. Doch bevor er etwas sagen konnte, kam sie ihm zuvor: »Nein, Klaus, ich verspreche es. Ich sage nichts.« Und auch sie grinste breit.

23.

Stefan Kleyn war früh aufgestanden an diesem Mittwoch. Er wollte nach Kiel in die Rechtsmedizin fahren und sich über alle Details des Leichenfundes am See informieren lassen, bevor er am Nachmittag gemeinsam mit Meiners und dem Dorfpolizisten Hubert Metelmann Arno Göbel in die Zange nehmen würde. Bestens aufgelegt, bereitete er das Frühstück vor für Carla und Sara, für Thomas und sich. Eine Tatsache, die sämtliche Lebensgefährtinnen und Freundinnen des Kommissars aus der Vergangenheit als pure Illusion bezeichnet hätten. So aber werkelte der Beamte wie selbstverständlich in Carlas Küche herum. Und als die Hausherrin aus dem Bad herunterkam, war alles fertig. Carla rieb sich die Augen und Sara, die dazukam, lachte und sagte: »Du kannst bleiben.«

Inzwischen schlappte auch Thomas an den gemeinsamen Frühstückstisch. Er sah übernächtigt aus, weil er noch lange über die Ereignisse des vergangenen Tages geschrieben hatte. Mit Stefan Kleyn war er übereingekommen, sich zunächst nur an die Fakten des offiziellen Polizeiberichts zu halten. Und so hatte er für die Norddeutschen Nachrichten noch am Dienstag eine kleine Meldung über den Leichenfund am See geschrieben. Dass es nicht mehr wurde, hatte sein Chef mit einem telefonischen Wutausbruch kommentiert. Aber Thomas hatte sich dumm gestellt und verschwiegen, dass er die Tote gefunden hatte. All das würde er erst später veröffentlichen. Und wo – das wollte er sich erst noch überlegen. Inzwischen konnte er sich durchaus vorstellen, dass das nicht bei den Norddeutschen Nachrichten sein würde. Stefan Kleyn gegenüber gelobte Thomas Berner Verschwiegenheit. Und der Kriminalhauptkommissar wusste nun, dass er bei seinen Ermittlungen nicht nur seine neugierige Lebensgefährtin im Schlepptau hatte, sondern auch deren nicht minder neugierigen schwulen Freund. Stefan Kleyn lächelte, während er sich ein Stück Spiegelei in den Mund schob. Carla sah ihn fragend an. Und er antwortete: »Schon seltsam, vor zwei Jahren hätte ich dir noch liebend gern den Hals umgedreht. Irgendetwas stimmt nicht mit diesem Dorf.«

Es war schon fast 9 Uhr und Sara hatte sich längst zur Schule verabschiedet, als Kleyn sich auf den Weg nach Kiel machte. Thomas Berner wollte an diesem Mittwoch sein Treffen mit Pastor Josua Blunck nachholen, das wegen des Leichenfunds am Vortag geplatzt war. Von Blunck wollte er alles über die Orgel in der Langenbeker Kirche erfahren, die angeblich ein vergessenes Werk des berühmten Orgelbauers Arp Schnitger (1648–1719) war und nun aufwendig restauriert werden sollte. Das Thema war eine seiner Strafarbeiten, die ihm der Redaktionsleiter aufgetragen hatte. Die Aufgabe gefiel ihm. Er beschloss, daraus eine spannende Geschichte zu machen, wie ein kleines Dorf in Angeln zu einem Kunstwerk von Weltrang kam. War die Orgel wirklich für Langenbek gebaut worden oder stammte sie aus einer Kirche in den Städten der Region, wo man sie dann irgendwann als unmodern ausgebaut und aufs Land verfrachtet hatte, wie das in der Vergangenheit auch mit mittelalterlichen Altären geschehen war?

Carla Moreno war allein im Hause zurückgeblieben. Sie saß noch immer am Küchentisch, trank Kaffee und versuchte, ihre Gedanken zu ordnen. Innerhalb weniger Tage war ihr Leben völlig aus dem Takt geraten. Sie hatte sich seit dem Tod ihres Mannes mit ihrer Tochter hier auf dem Dorf geruhsam eingerichtet. Sie verdiente gut als Malerin. Sie war in die Dorfgemeinschaft eingebunden. Sara hatte Freunde gefunden und quasi über Nacht war dieser Mann aufgetaucht, arrogant, anmaßend und schlecht gelaunt und nun liebenswürdig, fürsorglich und fröhlich. Sie hatte Angst vor dem Scheitern dieser scheinbar unmöglichen Partnerschaft. Aber, verdammt noch einmal, sie würde das Risiko eingehen. Entschlossen stand sie auf und ging hinüber in ihr Atelier, um, wie gewohnt, eine Aufgabenliste für den Tag zu schreiben. Und ganz oben stand der Name Watson. Sie würde wieder eine Runde durchs Dorf machen, vorbei an Metas Haus, um nachzusehen, ob der Bau noch stand, vorbei am Leichenfundort und überall in Erwartung potenzieller Informanten, die ihr vielleicht weitere dörfliche Geheimnisse verraten könnten.

Stefan Kleyn war auf dem Weg nach Kiel. Auch auf der Straße merkte man ihm seine neue Gelassenheit an. Er fuhr nicht über die Autobahn, sondern über Kappeln und Eckernförde, und das war eine Strecke, die ohnehin jeden Autofahrer zur Geduld zwang. Denn es gab nur wenige Stellen, an denen man Langsamfahrer überholen konnte, ohne sein Leben zu riskieren. Hatte der Ermittler früher auch gern einmal den Linksabbiegerstreifen als Überholspur genutzt, sagte er sich jetzt, dass es ja auf fünf Minuten mehr oder weniger nicht ankomme. So schaffte er den Weg vergleichsweise stressfrei, fuhr ins Parkhaus und holte schnell noch beim Bäcker gegenüber zwei Rosinenschnecken und zwei große Kaffeebecher, denn das braune Gebräu, das der Institutsleiter Professor Herrsching seinen Gästen vorsetzte, war ungenießbar und magenfeindlich.

Es war ein glücklicher Zufall, dass gerade ein Institutsmitarbeiter vorbeikam, als Kleyn mit Kaffeebechern und Kuchentüte vor Herrschings Tür stand. Der junge Mann klopfte und öffnete die Tür und Herrsching, der, lang und schlaksig, wie er war, in seinem Bürostuhl lümmelte, war sprachlos, als er den Flensburger Ermittler grinsend mit Bechern und Tüte vor sich stehen sah. »Was ist denn mit Ihnen los?«, fragte er. Kleyn zuckte mit den Schultern. »Habe meinen netten Tag. Nein, im Ernst, es ist die pure Eigenliebe. Der Pulverkaffee, den Sie hier austeilen, ist lebensgefährlich.« Er stellte dem Rechtsmediziner seinen Kaffeebecher vor die Nase und legte die Kuchentüte aufgerissen daneben.

Damit hatte er den Wissenschaftler, der seine Erkenntnisse stets nach einem dramaturgisch ausgefeilten Kanon vortrug, vollkommen aus dem Konzept gebracht. So richtete Herrsching seinen Körper mühsam in einem rechten Winkel auf, als fiele es ihm schwer, seine langen Extremitäten zu sortieren, griff zum Kaffeebecher und biss in das rosinenbesetzte Gebäckstück. »Interessanter Fall, die Dame«, sagte Herrsching und versuchte, den Faden seiner Dramaturgie wieder aufzunehmen. »Sie sagten ja bereits, dass Sie eine Ahnung haben, wer das Opfer sein könnte. Wir haben aber schon einmal wegen des Zahnstatus unsere Fühler ausgestreckt.«

Herrsching beschrieb in gewundenen Sätzen, dass das Opfer auf einer Seite des Kiefers komplizierte Implantate getragen hatte. Und da die Frau, ja, es war eine Frau nach der Form der Knochen, ja angeblich aus Hamburg aufs Land gezogen sein sollte, hatte sein Institut bereits Kontakt zur Zahnärzteschaft der Hansestadt aufgenommen. Weitere Erkenntnisse: Die Tote musste etwa 50 Jahre alt gewesen sein. Kleyn rutschte jetzt doch etwas ungeduldig auf seinem Behördenstuhl herum. Er wartete, ob der Experte Erkenntnisse über die Todesursache hatte. Doch er wusste, dass Herrsching sich nicht drängen ließ. Der verbreitete sich noch über den körperlichen Zustand der Dame, darüber, dass sie außer Knochen nur noch ein paar Reste von der Bekleidung gefunden hatten. Und das war ganz interessant: Das Opfer hatte einen Jeansrock und ein T-Shirt getragen. Sie war also offenbar im Sommer ums Leben gekommen.

»Haben Sie eine ungefähre Vorstellung von der Todeszeit?«, fragte Kleyn dazwischen. »Genau können wir das natürlich nicht sagen. Aber wenn das potenzielle Opfer so etwa vor 15 Jahren verschwunden ist, könnte das hinkommen.« »Arno Göbel«, sagte Kleyn leise. »Wie bitte?«, fragte Herrsching. »Arno Göbel, das ist der Ehemann der potenziellen Toten. Er hat sie damals nicht als vermisst gemeldet, als sie verschwand, und alle seine Nachbarn sind überzeugt, dass er sie umgebracht hat.« Kleyn fragte bewusst nicht weiter nach und verdarb dem Rechtsmediziner so den Spaß an seiner Dramaturgie. »Wollen Sie denn gar nicht wissen, wie die Frau gestorben ist?« »Natürlich«, sagte Kleyn und sah sein Gegenüber mit frommem Blick an. »Ich wollte Sie nur nicht drängen.« Monika Göbel, berichtete Herrsching, war gleich dreimal gestorben: Kerben an den Rippen belegten, dass jemand sie mit dem Messer attackiert hatte. Das Zungenbein, das sich mit Schlamm und Geweberesten im Kopf gehalten hatte, war gebrochen. Sie war also auch gewürgt worden. Und schließlich klaffte im Schädeldach ein großes Loch von einem Schlag mit einem schweren Gegenstand. »Da war jemand richtig sauer auf die Dame«, sagte Herrsching.

Beide schwiegen einen Augenblick. Kleyn bedankte sich für die Vorabinformationen und verabschiedete sich. »Zurück nach Flensburg?«, fragte Herrsching. »Nein, nach Langenbek, an den Ort des Geschehens. Ich besuche jetzt den potenziellen Mörder.« »Scheint ja ein gefährlicher Ort zu sein. Das ist jetzt schon die vierte Leiche, die Sie mir aus der Gegend servieren. Vielleicht sollten Sie sich da ein Zimmer suchen. Dann sind Sie in Zukunft schneller am Tatort«, spottete Herrsching. Kleyn wurde rot. »Habe ich schon gemacht«, sagte der Ermittler und ging zur Tür. Der Rechtsmediziner holte tief Luft: »Sagen Sie nicht, dass Sie sich die hübsche Brünette geschnappt haben!« »Genau die. Sie lädt Sie bestimmt gern mal ein.« Kleyn schloss die Tür hinter sich, verließ das Gebäude über die Treppen, spurtete zu seinem Auto und machte sich auf den Rückweg. Er wusste, dass Herrsching eine Klatschbase war. Der würde es sich nicht nehmen lassen, von Kiel bis Flensburg zu verbreiten, dass eine kleine Spanierin den biestigen Kleyn, den notorischen Weiberfeind, an die Kandare genommen hatte. Und er fand, dass ihn das überhaupt nicht störte.

24.

Später als geplant machte sich Carla mit Watson auf den Rechercheweg ins Dorf. Sie hatte sich gleich am Morgen, als sie ihren Tagesablauf plante, doch noch an ihren Arbeitstisch gesetzt und mit weichem Bleistift eine Skizze vom Leichenfund am See gemacht. Das Bild war ihr nicht aus dem Kopf gegangen, wie der bleiche Knochenarm aus der Grube ragte, mit der roten Uhr als skurrilem Versatzstück. Sie war zufrieden. Das Blatt war ihr gelungen. Die düstere Szene beschrieb genau die Atmosphäre der Fundsituation.

Es waren oft diese ganz spontanen Zeichnungen, die eine große Wirkung erzielten. Das wusste sie. Und deshalb ließ sie eine solche Chance nie verstreichen, wenn sie ein Bild vor Augen hatte. Sie musste es dann sofort zu Papier bringen, sonst verblassten die Eindrücke.

Aber jetzt marschierten sie los, bei schönstem, aber nicht zu heißem Wetter, wie immer Richtung Langensee. Carla war den Weg mit dem Hund tausende Male gegangen und dennoch erschien er ihr immer wieder neu. Weil die Farben wechselten, je nach Wetterlage, weil immer andere Pflanzen sprossen und blühten, weil der See mal spiegelglatt, mal vom Wind aufgewühlt war. Zügig marschierte sie zu Meta Diederichsens Haus, das die Dörfler noch immer so nannten, obwohl Meta schon zwei Jahre tot war. Am Zustand des Hauses hatte sich seit Wochenbeginn nichts geändert. Im Giebel klaffte ein großes Loch. Sicherungs- oder gar Rettungsmaßnahmen, die ja von Amts wegen angeordnet waren, hatten noch nicht begonnen. Carla sah nach oben und wunderte sich über die Dummheit des Eigentümers. Wenn das Dach jetzt einstürzte und in der Folge vielleicht noch ein Teil des Hauses, würden die Rettungsmaßnahmen noch viel teurer werden. Und wenn Metas

Neffe glaubte, dass er durch einen solchen Einsturz eine Abbruchgenehmigung ertrotzen könnte, war er dümmer, als sie geglaubt hatte. So wie der Stand der Dinge war, würde er den Urzustand auf jeden Fall wiederherstellen müssen, auch wenn das Haus morgen komplett pulverisiert wäre.

Weil sie sich den Schaden etwas genauer ansehen wollte, betrat Carla, nachdem sie sich vorher nach allen Seiten umgesehen hatte, von der Seeseite vorsichtig das Grundstück, inspizierte den Garten und ging ums Haus. In dem vom Bagger planierten Vorgarten sah sie frische Reifenspuren. Offenbar war der Eigentümer oder sein schnöseliger Architekt noch einmal hier gewesen. Von der Vorderseite sah man nichts von dem Baggerschaden. Carla wollte mit Watson schon weitergehen, da sah sie etwas im Blumenbeet neben dem aufgerissenen Giebel. Zwei kleine Fotos und eine Handvoll winziger Merkzettel, nass vom Tau, aber gut erhalten. Blitzschnell bückte sich die Malerin und ließ die Fundstücke in der Jackentasche verschwinden. Sie schaute sich noch einmal um – niemand in Sicht.

»Komm, Watson«, sagte sie, und der Hund trottete hinter ihr her zur Dorfstraße. Sie überlegte einen Moment, ob sie bei den Möllers hineinschauen sollte, aber im Gasthof begann demnächst das Mittagsgeschäft. Mit der Apothekerin stand sie lediglich auf Grüßfuß. Seit August Harder vor zwei Jahren wegen illegaler Drogengeschäfte verhaftet worden war und Carla seiner Frau Lore wegen deren nicht öffentlich gewordener Mitwisserschaft die Leviten gelesen hatte, war das Verhältnis der Frauen eher distanziert. Also barg auch die Apotheke keine Informationsquelle für Carla auf ihrem morgendlichen Rundgang.

Im Pastorat neben der Kirche residierte als Pastorenfrau die liebenswürdige Ella Blume. Aber sie lebte erst seit knapp zwei Jahren im Dorf, konnte Carla deshalb auch nicht mit tiefschürfenden Informationen aus der Vergangenheit dienen. Es war zum Auswachsen. Sie brauchte Details über Arno Göbel, aber auch über Metas Neffen Kevin. Immerhin hatte der früher häufiger seine Sommerferien in Langenbek verbracht. Genau in diesem Moment sah sie am Supermarkt neben der Kirche Erika, die Frau des Bauern Kruse, der auch im Gemeinderat saß, bestens über alle Dorfdetails informiert war und vermutlich auch seine Frau weitgehend eingeweiht hatte.

Carla winkte, als die Bauersfrau herübersah, und Erika eilte ihr über die Straße entgegen, um zunächst Watson zu begrüßen und dann Carla. Die kam ohne Umschweife zur Sache und fragte, ob sich denn die Geschichte mit dem Leichenfund schon herumgesprochen hatte. Natürlich war Erika informiert, aber bislang wusste niemand, wer der oder die Tote war. Hanne Möller hatte also tatsächlich dichtgehalten, dachte Carla anerkennend. Und so ließ sie sich auf ein Spekulationsspiel ein mit Überlegungen, wer denn nun die Leiche sein könnte – ein Tourist vielleicht, oder hatte jemand einen Toten hier abgelegt, der weit entfernt umgebracht worden war? Da schlug Erika mit Verschwörermiene genau das Thema an, das Carla auch gern besprochen hätte: »Ich habe schon überlegt, ob das nicht Monika Göbel sein könnte«, sagte sie leise. »Sie und ihr Mann hatten ja damals, bevor sie verschwand, reichlich Streit. Wir haben manches Mal die Schreierei gehört. Und ein paarmal hat sie gesagt, sie wolle sich scheiden lassen. Wäre schön blöd gewesen für ihn.«

»Vielleicht war er ja froh, dass sie weg war«, sagte Carla. »Weg – ja, aber nicht nach Scheidung. Denn das wäre teuer geworden für ihn.« »Ich habe zwar gehört, dass er seine Werkstatt in Hamburg verkauft hat. Aber ging es denn da um so viel Geld?«, wollte Carla wissen. Das Gespräch lief ganz nach ihrem Geschmack. »Na ja«, Erika Kruse genoss es sichtlich, ihre Erkenntnisse weiterzugeben an jemanden, der die Informationen zu schätzen wusste. »Ja, er hat seine Werkstatt gut verkauft und sich von dem Geld hier eine neue eingerichtet – die aber nie richtig gelaufen ist. Das wirklich Wertvolle am Hamburger Standort aber war das Grundstück. Das lag nämlich in einem Gewerbegebiet, das in ein Wohnviertel umgewidmet wurde. Deshalb mussten die da auch weg. Das Grundstück war Millionen wert. Und das Grundstück gehörte ihr – sie hatte es von ihren Eltern geerbt.«

»Dann hätte sie im Scheidungsfall nicht mit ihm teilen müssen«, sagte Carla. »Genau.« Erika guckte triumphierend. »Ich habe das damals schon gesagt, aber alle meinten, dass ich spinne. Und bei diesem Grundstück hier steht auch sie im Grundbuch. Oder besser stand. Denn im Zweifel wird er das inzwischen korrigiert haben.« »Ich lasse mal einen Tipp an passender Stelle fallen«, sagte Carla und drehte gleich noch einmal an der Rechercheschraube: »Sag mal, Erika, der Neffe von Meta Diederichsen, dieser Kevin, kennst du ihn? Ich habe den am Montag gesehen, das scheint ja ein ziemlicher Schnösel zu sein.« Auch dieses Thema interessierte die Bauersfrau. Und so erzählte ihr Carla, blumig ausgemalt, von dem Zusammentreffen vor Metas Haus, von dem vergeblichen Versuch, das alte Gebäude abzubrechen und durch modische Toskana-Häuser zu ersetzen, und von der Auflage, den Bau nach den widerrechtlichen Abbruchmaßnahmen wiederherzustellen. Dabei sparte sie auch den Part des überdrehten Architekten nicht aus, ebenso Metelmanns knallharten Auftritt. Und am Ende schloss sie ganz beiläufig die Frage »Weißt du was über den?« an.

Ja, Erika wusste auch über Kevin Ostrowski etwas. »Das dauert aber einen Moment«, sagte sie. »Aber du hast doch diesen Polizisten-Freund. Vielleicht hilft das ja. Lass uns schnell einen Becher Kaffee trinken«, sagte sie und lotste Carla und Watson hinüber zum Supermarkt, wo es im Eingang Brötchen und Getränke gab. »Es war nämlich so«, sagte Erika nach einem großen Schluck Kaffee. »Metas Schwester hieß Marlies. Die beiden kamen wohl aus einem ganz durchschnittlichen, wohlsituierten Haus, irgendetwas mit Bauen oder so in Oldenburg oder Ostfriesland. Und dann hat Marlies diesen Ostrowski geheiratet, der immer so tat, als sei er adelig. Hat aber nur krumme Geschäfte gemacht und immer am Rand der Existenz und des Knastes gelebt. Marlies' Vater muss wohl mehrfach Geld zugeschossen, dann aber sein Portemonnaie verschlossen haben. Und der Kevin kam ganz nach seinem Vater. Hat mal gedealt und 'ne Jugendstrafe bekommen und war immer wieder in den Ferien bei Meta. Die hat ihn vergöttert, hatte ja keine eigenen Kinder. Und Kevin hat sich immer so durchgeschnorrt. Die Polizei bekam ihn aber nicht zu fassen. Das Geld vom Haus, wenn er es denn erstmal verkauft hat, wird der schnell verbraten.« Erika sah Carla triumphierend an. Und Carla versprach, die Informationen an Stefan Kleyn weiterzugeben. »Vielleicht möchte er auch noch einmal mit dir sprechen«, sagte sie. Erika war sichtlich geschmeichelt. Und Carla schlenderte mit Watson nach Hause. Dieser Vormittag, dachte sie, hatte sich gelohnt.

Inzwischen kam auch Thomas Berner von seiner Kirchenrecherche zurück. Er war ganz begeistert von dem Gebäude und der Orgel. Die Ursprünge des Gotteshauses mit dem Feldsteinsockel gingen bis weit ins Mittelalter zurück. Außerdem gab es ein romanisches Taufbecken aus Granit mit Reliefschmuck, der zwar eher grob ausgeführt, aber mit Arkadenbögen am Beckenrand und Löwenköpfen sehr hübsch war. Und die Orgel. Thomas Berner geriet ins Schwärmen. Das barocke Instrument im schlichten Kirchenraum war optisch und klanglich eine Offenbarung. Als der Orgelbaumeister Arp Schnitger 1707 ein Instrument für die Nikolaikirche in Flensburg geschaffen hatte, soll er auch für die kleine Kirche in Langenbek tätig geworden sein. Die entsprechenden Zeichnungen und Belege waren erst kürzlich im Landesarchiv Schleswig-Holstein aufgetaucht, abgelegt zwischen Inventaraufnahmen von Leuchtern bis zu Bänken und Bildern. Fest stand allerdings, dass die Orgel nicht aus einer anderen, größeren und bedeutenderen Kirche stammte, sondern tatsächlich für das Gotteshaus von Langenbek gebaut worden war. Warum der große Meister in einem so kleinen Ort gearbeitet hatte, musste erst noch geklärt werden. Der Pastor vermutete, dass damals die Grafen den künstlerischen Glanz finanzierten. Aber belegt war das noch nicht. »Vielleicht wollte sich jemand einen Platz im Himmelreich erkaufen«, mutmaßte Thomas.

Jetzt sollte das kostbare Instrument restauriert werden. Mehrere Orgelpfeifen mussten ausgetauscht werden, am Orgelprospekt waren Ornamente und Gold aufzufrischen. Der Auftrag war an einen Restaurator aus Frankreich gegangen, der sich bereits mit Werken von Arp Schnitger profiliert hatte, darunter in Portugal und in den Niederlanden. Der Meister würde demnächst anreisen; dann wollte Thomas Berner eine weitere Geschichte schreiben, über das Restaurieren historischer Orgeln. Damit dachte er, im Feuilleton der Norddeutschen Nachrichten wieder Punkte zu machen.

»Vielleicht warst du zu lange weg von der Basis der Geschichten«, gab Carla zu bedenken. »Du hast deine Kritiken von höherer Warte aus geschrieben, hast nach der reinen Kunst gesucht und alles verdammt, was dir nicht optimal erschien. Vielleicht musst du mal wieder Geschichten erzählen, nicht nur den Vortrag oder das Werk betrachten, sondern das gesamte Ereignis, die Atmosphäre und das Vergnügen.« Sie legte eine Kunstpause ein. »Ich finde sowieso, dass du dich langsam umorientieren solltest. Mach Bücher, schreib Kurzgeschichten!« »Du hast gut reden«, konterte Thomas leicht angestoßen. »Du bist saniert, du kannst dir die Kunst leisten, ich muss für Wohnen und Essen bezahlen.« »Nun mach aber einen Punkt, Thomas. Ich habe auch nichts geerbt. Mein Vater ist bankrott, hat das jahrhundertealte Familienvermögen verschleudert. Ich habe für Brot und Butter in Spanien Kommoden restauriert und Wände gekachelt und hier male ich jetzt Schön-Bilder für die Salons irgendwelcher Neureicher. Aber ich habe mir meine Nische mit den Bildern geschaffen, die ich nach meinen Vorstellungen gestalte. Die müssen sich nicht verkaufen und die müssen auch keinem Galeristen gefallen, nur mir. Das solltest du auch machen. Verfass' Werbetexte fürs Brot und schreib Kurzgeschichten für dich. Oder Reiseberichte. Oder was auch immer.«

Thomas Berner schmollte eine Weile, sagte aber dann: »Du hast ja recht. Ich kann nicht bis zu meinem Lebensende Kritiken für ein Provinzblatt schreiben und mich dann auch noch schlecht behandeln lassen.« »Schlecht behandeln ist mein zweites Stichwort«, sagte Carla. »Hast du etwas von Ingo gehört?« »Jetzt willst du mir nach meinem wunderbaren Arp-Schnitger-Erlebnis unbedingt die Laune verderben, was?« Thomas Berner grinste. »Nein, ich will dir helfen. Es geht doch um ein paar hunderttausend Euro. Also: Hast du was gehört?« »Nicht wirklich«, antwortete der Journalist. »Wir haben telefoniert, aber Ingo hat nur von Problemen und Stress geredet und gefragt, ob ich nicht noch ein paar Taler nachlegen könnte, es sei ja für unsere gemeinsame Zukunft. Der hält mich wirklich für blöd.«

»Du musst jetzt etwas unternehmen«, sagte Carla. »Wir haben dir doch von dem Detektiv erzählt, der im Vorjahr sehr erfolgreich meine Schulkollegin Katharina van Heeren-Blum und deren Liebhaber Dieter Meerbusch ausspioniert hatte. Hast du da schon etwas unternommen?« Thomas Berner schüttelte den Kopf. »Der Mann machte einen sehr guten Eindruck. Ich denke, wir sollten ihn jetzt schnell auf Ingo ansetzen. Denn es ist doch sehr seltsam, wie eine Hypothek auf deine Wohnung ins Grundbuch eingetragen werden konnte, ohne dass du dazu eine einzige Unterschrift geleistet hast.«

»Ich habe doch diese Glückwunschkarte für Ingos Tante unterschrieben«, sagte Thomas Berner und sah Carla unglücklich an. »Thomas, nochmal zum Mitschreiben – eine Hypothek, das bedeutet Bank und Notar. Das kann man nicht mit dem Namenszug von einer Glückwunschkarte regeln. Ingo muss dabei Helfer gehabt haben. Und das soll doch mal der Herr Hoffmann herausfinden. Was meinst du?« Der Journalist nickte, holte Luft, aber bevor er etwas sagen konnte, fiel ihm Carla ins Wort: »Ich lege das aus und basta. Und wenn du dein Geld zurückhast, kannst du mir die Auslagen erstatten.«

Thomas nickte und sah sie ergeben an. Carla ging zum Telefon und rief Leonhard Hoffmann an, mit dem sie zuvor schon Kontakt aufgenommen hatte. Eine halbe Stunde später traf der Detektiv ein. Carla komplimentierte ihn in die Küche und verteilte Kaffeebecher. Hoffmann fragte systematisch die Details ab, die er für seine Recherche brauchte – es ging um Ingo Hetkämper, 34 Jahre, Boutiquebesitzer in Westerland auf Sylt. Lage, Details zu den Wohnungen, eine partnerschaftliche Abmachung für den Krankheitsfall – all das schickte ihm Thomas Berner auf das I-Pad. Dazu Bilder. »Ich habe gerade Zeit und fahre noch heute hinüber«, sagte Leonhard Hoffmann. »Keine Angst, ich habe dort eine billige Unterkunft.« Er klappte sein Notizbuch zusammen, nahm das Tablet und verschwand.

Carla wollte sich in ihr Atelier zurückziehen, um noch einmal die Zeichnung vom Morgen zu betrachten, da fielen ihr auf halbem Weg die Schnipsel ein, die sie aus Meta Diederichsens Blumenbeet gesammelt hatte. Sie ging zurück und holte ihre Jacke. Am Schreibtisch breitete sie dann ihre Beute aus. Da war ein Ausriss aus einer Broschüre, das Porträt eines blendend aussehenden Mannes mit dem Wortfetzen »Pfleged...«, dann ein gelber Merkzettel »St. Johannes Bremen«, ein anderer: »Wie heißt Monika Göbels Cousin?« Und dann – Carla lachte laut auf: »Charlotte von Roehl – der Vater ist pleite.« Ob Meta vorgehabt hatte, auch sie zu erpressen? Es blieb ein Haufen Schnipsel. Die würde sie am Abend zusammenzupuzzeln versuchen. »Mein lieber Stefan, dabei kannst du helfen«, sagte sie und fegte die Schnipsel in einen Briefumschlag.

25.

Auf dem Weg von Kiel nach Langenbek stellte Kriminalhauptkommissar Stefan Kleyn seine Truppen auf: Er wollte Arno Göbel befragen, um den Tod von dessen Frau Monika aufzuklären. Dabei stand der Werkstattbesitzer auf der Liste der Verdächtigen ganz oben. Kam hinzu, dass Kleyn bei der Befragung sicher nicht unvoreingenommen sein würde. Denn Göbel war nun einmal in Langenbek höchst unbeliebt, weil er ein Querulant war, der sich mit jedem anlegte. »Es gibt Menschen, die jeden gegen sich aufbringen«, hatte Carla ihm berichtet. »Und Göbel ist so jemand. Er versteht es, mit scheinbar belanglosen Sätzen Leute herauszufordern und zu beleidigen und dann so zu tun, als hätte er nichts gesagt.« Und sie berichtete von einem Treffen, bei dem der Förderverein der Freiwilligen Feuerwehr seinen Jahresabschluss vorgelegt hatte und Göbel einen unbeteiligten Prüfer verlangte. Denn niemand könne wissen, ob nicht der Schatzmeister bei den Spenden gemogelt hätte, weil er doch gerade ein neues Dach bekommen habe. Damals hatte wohl nicht viel gefehlt und Bauer Kruse hätte seinem Nachbarn die Nase zurechtgerückt, denn der Landwirt war ein ehrenwerter Mann, der eher die Kasse aufgefüllt als geplündert hätte. Als Kruse damals die Fäuste ballte, hatte Göbel höhnisch gelacht und gesagt, man wisse ja nie. Diesen Typen wollte sich Kleyn genauer betrachten. Schließlich war Langenbek ja jetzt auch ein wenig sein Dorf. Und selbst wenn Göbel unschuldig sein sollte, könnte er ihn vielleicht ein wenig zwiebeln. Carla würde es ihm danken.

Den Kollegen Metelmann, das hatten sie so abgesprochen, wollte Kleyn auf dem Weg zu Göbel abholen, wenn er bei der kleinen Polizeistation von Langenbek vorbeikam. Knut Meiners, sein eifriger Helfer, sollte von Flensburg aus dazustoßen.

Es war früher Nachmittag, als die Beamten bei Göbels Haus ankamen, in dem auch die jetzt ungenutzte Werkstatt lag. Das Grundstück war ungepflegt. Der Elektro-Experte schien von Rasenmähen oder Unkrautjäten nichts zu halten. Das fiel in einem Dorf wie Langenbek besonders auf, wo die Bewohner mit hübschen Gärten und gepflegten Auffahrten und Hofplätzen konkurrierten. Neben der Werkstatt stand allerlei Gerät herum, vom Kühlschrank über den alten Röhren-Fernseher bis zum Aufsitz-Rasenmäher, der offenbar längst seinen Geist aufgegeben hatte und durch dessen Motor Efeu wuchs.

Als Stefan Kleyn mit Metelmann ankam, stand Meiners schon vor dem Haus – allerdings diskret um die Ecke. Er wollte den Verdächtigen nicht warnen. Gemeinsam gingen die drei Männer zur Eingangstür, die versteckt an der Seite des Hauses lag. Kleyn läutete energisch. Es dauerte eine Weile, bis der Hausherr erschien, und die Beamten hörten ihn, bevor er öffnete, räsonieren, wer da denn wohl am Nachmittag störe.

Göbel riss die Tür auf und blaffte: »Was wollen Sie?« »Kriminalhauptkommissar Kleyn, Kriminalobermeister Meiners und Herrn Metelmann werden Sie ja kennen. Wir haben ein paar Fragen im Hinblick auf Ihre Frau.« »Für so einen Scheiß hab' ich keine Zeit. Die Alte ist vor 15 Jahren mit ihrem Cousin abgehauen, keine Ahnung, wo die steckt.« Göbel wollte die Tür wieder schließen, aber Kleyn hatte den Fuß in der Öffnung. »Sie können hier und jetzt mit uns reden oder ich lasse Sie nach Flensburg vorladen. Und wenn Sie dann nicht pünktlich kommen, lasse ich Sie holen. Also – wie wollen wir's halten?« Kleyn lächelte den Mann kühl an und verstand, warum der Elektronikschrauber so unbeliebt war. Er hatte eine ebenso aggressive wie überhebliche Art. Göbel brummelte etwas von Amtsanmaßung und Erpressung, doch der Mann gehörte offenbar zu den Persönlichkeiten, die stets testen, wie weit sie gehen können. In Kleyn hatte er seinen Meister gefunden. Doch ganz aufgeben wollte er nicht. »Sie kommen nicht ins Haus. Gehen wir nach hinten auf die Terrasse«, sagte er. Und: »Allein haben Sie sich ja offenbar nicht getraut.«

Kleyn teilte Göbel kühl mit, dass sie seine verschwundene Ehefrau gefunden und dank des Zahnarztes bereits identifiziert hätten. »Was hat sie denn hier am See gewollt, ich dachte, sie wäre mit ihrem Cousin auf Mallorca«, sagte der Mann und versuchte offenbar, in seinem Gesicht einen Anflug von Überraschung und Trauer zu schaffen. »Vom See hatte ich nichts gesagt!«, sagte der Kommissar und dachte, er hätte Göbel bereits in der Zange. Doch der war wie ein Aal. »Haben Sie sie denn nicht in unserem Dorf gefunden? Das liegt doch schließlich am Langensee«, erwiderte der Verdächtige und grinste den Ermittler unverschämt an. »Wir haben Ihre Frau in der Tat direkt am See gefunden. Ich bin der festen Überzeugung, dass Sie sie umgebracht haben.« »Dann beweisen Sie's«, sagte Göbel und grinste süffisant, »und bis dahin verlassen Sie mein Grundstück!«

Stefan Kleyns Begleiter hatten bislang wortlos danebengesessen. Als sie jetzt aufstanden, sagte Hubert Metelmann: »Arno, ich behalte dich im Auge.« Wie die beiden anderen drehte er sich grußlos um und ging. Wieder auf der Straße, sagte er zu Kleyn: »Na, hab' ich Ihnen zu viel versprochen? Ist das nicht ein unglaublicher Kotzbrocken?« Doch der Kriminalhauptkommissar brummte nur. Er war in Gedanken, wie er dem unbeliebten Nachbarn beikommen sollte. Knut Meiners hatte schon eine eigene Strategie. »Der Typ ist schlampig. Was da alles rumliegt. Wir müssen unbedingt in das Haus. Vielleicht finden wir da noch ein Kleidungsstück mit Blut oder einen Schraubenschlüssel oder Papiere.« Kleyn schüttelte den Kopf. Er war skeptisch. Und sauer. »Fast«, dachte er, »fast habe ich ihn gehabt.«

26.

Bestandsaufnahme. Kevin Ostrowski hatte die Beute aus dem lädierten Haus in Langenbek in seiner Wohnung in Hamburg vor sich auf dem Tisch ausgebreitet. Das Geld, die Fotos und die Papiere. Es war sozusagen Metas Backoffice. Einmal die Rücklagen, die sie aus ihren Erpressungen gebildet hatte, und dann offenbar noch Geschäftspapiere von Fällen, die sie noch nicht genug oder noch gar nicht ausgebeutet hatte. Da aber vor zwei Jahren die Polizei fast alle Kladden, die die Lehrerswitwe mit ihren einträglichen Beobachtungen gefüllt hatte, mitgenommen hatte, würde es ein ordentliches Stück Arbeit werden, die Fotos zu identifizieren und die Notizen den Bildern zuzuordnen. Wie gut, dass die Zeitungen ausführlich nicht nur über den Mord, sondern auch Metas Machenschaften und über ihre Opfer geschrieben hatten, die aber zum Teil selbst Täter waren. Darunter der pädophile Makler Hermann Knudsen, der sich fast ins Ausland abgesetzt hätte, und der Apotheker Dr. August Harder, der mit verbotenen Pillen gedealt hatte. Beiden hatte Meta beträchtliches Schweigegeld abgeknöpft. Aber auch den jüngeren Sohn des Grafen von Erben-Werthern, Heinrich, hatte seine Tante am Haken gehabt – wegen Unfallflucht. Da würde auf Ostrowski umfangreiche Internetrecherche zukommen, wenn er das Potenzial der Unterlagen ausschöpfen wollte.

Metas Neffe sah zunächst die Bilder durch. Einige Personen erkannte er. Da war zum Beispiel ein Schnappschuss des Pastors Josua Blunck mit einer jungen Frau. Ostrowski nahm eine Lupe und betrachtete das Paar. Er erinnerte sich. Der fromme Mann hatte seine damalige Gattin betrogen, ihr aber den Seitensprung gebeichtet und die Ehefrau, sie hieß Henriette, war empört abgezogen. Meta hatte an der Affäre nichts verdient.

Weiter gab es ein Bild von einem rothaarigen jungen Mann,

das Ostrowski nicht zuordnen konnte, und eine weitere Aufnahme von einem sehr eleganten Herrn vor einem dunkelblauen Jaguar. Das war's, was die Fotos anging. Er richtete sich auf und beschloss, zwei Telefonate zu führen, bevor er die Papiere sichtete: Er rief den Baulöwen Gruber an und bot ihm, da sein Toskana-Haus-Projekt stockte, spontan 50.000 Euro in bar an. Gruber nahm an und versprach, ihn weiter im Geschäft zu lassen. Das zweite Gespräch galt seinem gefährlichen Freund Harry Heberer, dem er noch über 100.000 Euro schuldete. Und auch ihn konnte er fürs Nächste ruhigstellen – mit 20.000 Euro. Denn Harry kannte keine Verwandten, wenn es um Geld ging. Ostrowski rieb sich die Hände. So hatte er aus Metas Unternehmungen noch rund 100.000 Euro Reserve für Notfälle.

Nun wandte er sich wieder den geschäftlichen Hinterlassenschaften der Lehrerswitwe zu. Er sortierte die Zettel nach Daten und nach Namen. Auch hier fand er Bekanntes, Metas Opfer aus dem Dorf, aber auch Namenskürzel, die er nicht kannte. Und auf einem abgerissenen Stück Packpapier stand: »Dr. Bernhard Braun« und ein Smiley und »Ich hab' dich wiedererkannt.« Drei Ausrufezeichen.

Google. Dr. Bernhard Braun. Bernhard Brauns gab es viele, aber nur einen Doktor. Kevin Ostrowski klickte schnell weiter. Da war er. Dr. Bernhard Braun. Eine Schönheitsklinik in Kiel. Sah klasse aus und lag in einer der Villen nordöstlich der Innenstadt. Das roch nach Geld. Was um alles in der Welt hatte Meta da wohl entdeckt? Kunstfehler? Abrechnungsbetrug? Kevin Ostrowski spürte Jagdfieber und nahm sich die Website genau vor. Das Team. Da sah man den Chef, Dr. Bernhard Braun, Spezialist für sanftes Facelifting und straffe Brüste, ein sympathischer Mann, der sicher ein feines Händchen im Umgang mit Schönheit suchenden Damen hatte, ein Typ mit Starqualitäten.

Er sah gut aus, dieser Dr. Bernhard Braun, groß, dunkelhaarig mit grauen Schläfen, eine Persönlichkeit, der es bereits durch Handauflegen gelingt, die Patientinnen glücklich zu machen. Auch das übrige Team wirkte nett und vertrauenerweckend. Die kleine Klinik bot Hotelkomfort, und eine lange Liste von Auszeichnungen verhieß eine Versorgung auf höchstem Niveau. Zumal der Chef nicht nur in München Medizin studiert, sondern auch in Amerika an der Mayo-Klinik gearbeitet hatte. Die Urkunden waren an die Wände getackert. Ja, dachte Kevin, da wurde Geld verdient. »Aber was, Tante Meta, hast du entdeckt, das dir Geld bringen sollte oder schon gebracht hat?«

Der erfolglose Jungunternehmer streckte seinen Rücken und blätterte jetzt systematisch Metas Notizzettel auf. Eine Telefonnummer aus Kiel – in der Tat, das war die Klinik. Die Guten ins Töpfchen, dachte Kevin Ostrowski. Dann waren noch Daten von den Treffen des Pastors Josua Blunck mit seiner damaligen Freundin und heutigen Frau. Das konnte er entsorgen. Auch Anmerkungen zum Apotheker Dr. August Harder und zum Makler Hermann Knudsen konnte er ins Altpapier werfen. Die Herren saßen im Knast. Man konnte sie nicht mehr erpressen. Dann hatte Meta wohl versucht, den Handwerksbetrieb Holst auf potenzielle Schwarzarbeit zu durchleuchten. Der Versuch, ein paar Euro abzugreifen, war misslungen. Und eine anonyme Anzeige hatte zwar die Fahnder in Marsch gesetzt, aber die hatten nichts, aber auch gar nichts gefunden. Doch Meta wollte damals offenbar nicht aufgeben. Sie hatte sich schon weitere Baustellen des Unternehmens notiert.

Das legte der Neffe auf die Seite. Eventuell würde er dort noch einmal nachforschen. Es war sozusagen die Wiedervorlage im Erpresserbüro. Schwarzarbeit oder nicht? Das konnte ja nicht so aufwendig sein. Dann waren da noch ein paar Notizen und Bilder zu Besuchern der sommerlichen Konzerte auf Gut

Langen, von älteren Herren mit jüngeren Damen, die ihnen wahrscheinlich nicht offiziell angetraut waren. Auch die Bilder legte Kevin Ostrowski an die Seite. Die Identifikation würde schwierig werden. Und wer weiß, ob am Ende bei den Herrschaften Geld, viel Geld zu holen sein würde. Er nahm einen großen, braunen Umschlag und legte die unerledigten Unterlagen hinein und beschloss, sich dem Herr Dr. zu widmen. Zurück zu den restlichen Zettelchen. »Bremen. Klinik St. Johannes«, stand da. Kevin erinnerte sich. In dem Krankenhaus hatte Meta Diederichsen gelegen. Sie hatte ihre Eltern besucht und war wegen Nieren- oder Gallensteinen zusammengebrochen und sofort in der Klinik versorgt worden. Aber das war viele Jahre her.

»Danke für die nette Fürsorge«, hatte sie aufgeschrieben und dazu einen Smiley. Und dann hatte sie die Adressen, Websites und Telefonnummern der Uni München und der Mayoklinik notiert. »Okay, Tante Meta, sehen wir doch mal nach, was du da gesucht und gefunden hast.« Fast eine Stunde forschte Kevin Ostrowski nach den akademischen Spuren des Doktor Bernhard Braun. Am Ende war offenbar: Bernhard Braun hatte weder studiert noch promoviert und die Mayo-Klinik hatte er höchstens als Tourist besucht. Der Mann war wohl ein begnadeter Pfleger gewesen und hatte sich zu Höherem berufen gefühlt. Auf dem Papier. So wie es aussah, beschränkte er sich in seiner Klinik auf Botox- und Hyaluron-Behandlungen und ließ die Facelifts von seinen angestellten Ärzten durchführen. Offenbar brummte der Laden.

Kevin Ostrowski lehnte sich in seinem Stuhl zurück und grinste. »Danke, Tante Meta«, sagte er. Und dann suchte er noch einmal nach dem Ursprungszettel, der seinen Verdacht begründet hatte. »Dr. Bernhard Braun« und ein Smiley und »Ich hab' dich wiedererkannt.« Drei Ausrufezeichen. Den Zettel steckte er in die Tasche, griff nach seinem Autoschlüssel und machte sich auf den Weg in ein Internetcafé beim Hamburger Hauptbahnhof. Kevin Ostrowski hatte für halblegale Geschäfte eine eigene E-Mail-Adresse: GoedekeMichels@pom. de. Der Name stand für den um das Jahr 1400 aktiven Freibeuter. In dessen Namen gedachte Kevin Ostrowski, den falschen Schönheitschirurgen um ein paar Euro zu erleichtern. Er schrieb »Dr. Bernhard Braun« und ein Smiley und »Ich hab' dich wiedererkannt«. Drei Ausrufezeichen. So, wie Tante Meta es schon entworfen hatte. »Jetzt ist Zahltag. Freitagabend, 20 Uhr. 100.000 Euro in gebrauchten Hundertern, damit ich deine pflegerischen Talente vergesse.«

Und dann beschrieb er den Treffpunkt beim Bauschild des Projekts Jägersruh, das nicht weit entfernt lag vom Leuchtturm von Falshöft. Das Gelände am Strand konnte er gut überblicken. Beim Bauschild stand, wie er gesehen hatte, eine Kiste, in der die Bauarbeiter Schaufeln und Streusand verwahrten. Dort sollte das Geld in einem braunen Umschlag abgelegt werden. Kevin Ostrowski kontrollierte den Text. Ja, das war gut so. Absenden – mit Lesebestätigung. Morgen oder übermorgen würde er das Postfach kontrollieren und nachsehen, ob der Doktor zahlungswillig war. Notfalls musste er dann noch etwas nachlegen bei den Drohungen. Und dann würde er gleich den Preis erhöhen. Kevin Ostrowski meldete sich ab und achtete die ganze Zeit im Internetcafé darauf, dass er den Kopf mit dem Basecap gesenkt hielt. Er hatte wenig Lust, sich auf Überwachungskameras zu verewigen.

Beflügelt fuhr Ostrowski zurück in seine Barmbeker Wohnung. Dort goss er sich einen Whiskey ein und träumte vom großen Reichtum. Von jetzt an, dachte er, würde er Teilhaber der Kieler Schönheitsklinik werden.

27.

Dr. Bernhard Braun hätte jedes Casting für eine Arztserie im Fernsehen um Längen gewonnen. Er sah smart aus, immer leicht gebräunt, mit dichtem, dunklem Haar und einem Hauch Grau an den Schläfen. Und er hatte das gewisse Etwas, das Ärzte zu erfolgreichen Ärzten machte: Er konnte lächeln und seinen Patientinnen die Hand auf die Schulter legen, sodass diese sich sofort besser fühlten. Braun war die personifizierte Droge Arzt. Im Geschäft mit der Schönheit war das ein unbezahlbares Kapital. In über zehn Jahren hatte Braun sich in Kiel seine kleine, exklusive Klinik aufgebaut. Eine finanzielle Goldgrube. Er hatte ein Händchen für den Umgang mit Frauen. Er schmeichelte ihnen, blieb aber immer glaubwürdig. Er verkaufte ihnen viele kleine, teure Verschönerungen, die aber kein Behandlungsrisiko darstellten. Am Ende war das Erfolgsgefühl stärker als die Effekte. Und die strahlenden Damen waren gern bereit, auch ihren Freundinnen die schön machende Villa in schönster Kieler Lage zu empfehlen.

Dr. Bernhard Braun hatte ein erstklassiges Team um sich versammelt, das auch erfolgreich operierte. Straffe Brüste zum Beispiel gab es im Hause Braun von Feinsten, allerdings nicht beim Chef, sondern bei einem Kollegen aus dem Iran namens Farhat Merizadi. Braun selbst hatte es beim Botoxen zu wahrer Meisterschaft gebracht, weil er seine Patientinnen überzeugen konnte, eben nicht zu viel spritzen zu lassen, sodass die Gesichter beweglich blieben, Hängebäckchen und tiefe Furchen aber vermieden wurden.

Und die Villa an der Förde war geschmackvoll, aber nicht protzig eingerichtet, alles hatte Stil, das Mobiliar, die Patientenzimmer, die Bibliothek und das Geschirr in der kleinen Cafeteria.

Das alles war jetzt in Gefahr. Dr. Bernhard Braun hatte eben erst die E-Mail gelesen, die ihm ein gewisser GoedekeMichels@pom.de geschickt hatte. Aus dem Nichts. Das war nun schon das zweite Mal, dass jemand versuchte, ihn zu erpressen. Vor gut zwei Jahren hatte er schon einmal vergleichbare Post bekommen. Damals hatte ein gewisser Hippokrates jr. Wiedergutmachung für sein Tun gefordert, war aber mit einem Preis von 50.000 Euro noch vergleichsweise bescheiden geblieben. Auch damals hatte er sich auf eine Übergabe vorbereitet, dann aber von Hippokrates nichts mehr gehört. Ob die beiden etwas miteinander zu tun hatten? In jedem Fall würde er auf die Forderung eingehen, aber nicht wirklich bezahlen. Denn er wusste, das würde ein Fass ohne Boden werden. Nein, er würde das Geld zwar besorgen und bereitlegen, aber nicht bezahlen.

Da er viele Patientinnen und Patienten aus dem Ausland hatte, war auch ein diskretes Geldfach in seiner Klinik stets wohlgefüllt, das in Abständen seine Auslandskonten fütterte. Und die Steuer hatte daran keinen Anteil. Aber er dachte gar nicht daran, seinen Wohlstand mit einem Schmarotzer zu teilen. Er würde dem Erpresser eine Falle stellen. Er hatte Zeit genug, sich etwas einfallen zu lassen. Doch was ihm Sorgen machte, war, dass trotz seiner sorgfältigen Strategie irgendjemand den Fehler in seiner Karriere gefunden haben musste. Wie konnte das geschehen sein?

Er hatte bis vor gut zehn Jahren als Pfleger in Bremen, in der Klinik St. Johannes gearbeitet. Die Patienten hatten ihn geliebt und immer wieder gesagt, er sollte doch eigentlich Arzt sein, so mitfühlend und aufmerksam, wie er war. Das wäre er auch gern geworden. Leider hatte er das Abitur nicht geschafft, weil er panische Prüfungsangst hatte. Aber dumm war er nicht. So kündigte er im Krankenhaus, ging ins Ausland, arbeitete in Seniorenheimen und Arztpraxen und bildete sich weiter. Und er fand entgegenkommende Freunde, die ihm halfen, die akademischen Ehren zu Papier zu bringen, die er im Alltag nicht geschafft hatte. Seine Zeugnisse und Abschlüsse sahen perfekt aus, aber in ein Krankenhaus hatte er sich damit nicht getraut. Da er ein Gespür für Mode, Kosmetik und Frisuren hatte – sein Vater war Friseur gewesen – ,beschloss er, es mit der Schönheit zu versuchen und eine Klinik zu eröffnen. Geschäftssinn hatte er auch, und als ihm eine alte Tante noch ein angenehmes Erbteil hinterließ, richtete er sich in Kiel ein. Für die Operationen stellte er fähige Kollegen an, und er selbst trug seinen Doktorgrad als Zierde und beschränkte seine medizinischen Tätigkeiten auf die Begutachtung und Beratung der Schönheit-Suchenden und leichte Eingriffe wie Botox-Behandlungen. So hatte er ein gutes Gewissen, dass er nichts riskierte, was seiner Kundschaft schaden könnte.

Aus den Andeutungen in den Erpresserschreiben vermutete er, dass irgendjemand, der ihn aus Bremen kannte, ihn in Kiel wiedergesehen haben musste. Und wenn dieser Jemand dann in München und den USA genauer nachgefragt hätte, wäre sein Schwindel natürlich aufgeflogen. Er musste diesen Kerl oder diese Frau schnappen und unschädlich machen. Es ging nicht anders. Er spürte den Stress, die aufsteigende Hitze. Wenn sein Schwindel aufflog, würde er alles verlieren, seinen Reichtum und seine Reputation und vor allem seine Frau Annegret und die Kinder. Annegret, sie nannte sich Anne mit stummem E am Ende, weil sie angeblich französische Wurzeln hatte, hätte ihn nie geheiratet, wenn er nicht Arzt und promoviert gewesen wäre. Sie legte Wert auf – nein, sie forderte gesellschaftlichen Glanz und Statussymbole. Von der Mitgliedschaft im Golfclub bis zum kleinen Mercedes-Cabrio. Sie war schön wie Barbie, lieblich wie eine Elfe und knallhart wie eine Amazone in der Verfolgung ihrer Ziele. Dr. Bernhard Braun konnte sich lebhaft vorstellen, wie schnell sie verschwunden sein würde, wenn auch nur ein Schatten auf seine Existenz fiel. Bislang gaben sie ein perfektes Bild ab: der gutaussehende Schönheitsdoc mit seiner bildschönen Frau und den beiden kleinen, niedlichen Kindern, die sie weitgehend dem Au-pair-Mädchen überließ. Nicht auszudenken, was aus den Kindern würde, wenn man ihm auf die Schliche käme. Nein, er musste handeln. Rigoros.

Der selbsternannte Schönheitschirurg legte sich die Fingerspitzen an die Schläfen und lehnte sich zurück. Er musste nachdenken. Er brauchte einen Plan. Einen perfekten Plan. Heute war Mittwoch, Freitagabend sollte die Geldübergabe stattfinden. Es musste alles schnell gehen. Gut, das Geld hatte er griffbereit, darum musste er sich nicht kümmern. Braun beschloss, schon am morgigen Donnerstag gleich in der Frühe den Ort des Geschehens zu inspizieren und sich einen Platz zu suchen, an dem er sich verstecken konnte. Er rechnete damit, dass der Erpresser am Freitag zeitig zum Treffpunkt kommen würde, um selbst die Szene zu kontrollieren und, wenn der Überbringer des Umschlags verschwunden sein würde, das Geld zu holen. Womöglich erst in der Nacht. Braun beschloss, weit vor dem Erpresser vor Ort zu sein und sich zu verstecken. Den Umschlag mit dem Geld würde er mit einem Taxi oder einem Boten losschicken. Er müsste sich bei Auftragsvergabe dann nur komplett tarnen, damit ihn niemand später als potenziellen Mörder beschreiben könnte. Dr. Bernhard Braun atmete durch. Genau so würde er es machen. Am morgigen Donnerstag das Terrain sondieren. Am Freitag in aller Frühe den Boten beauftragen und dann am Treffpunkt in Stellung gehen. Und wenn der Erpresser die Finger nach dem Geld ausstreckte, würde er ihn ausschalten.

28.

Die Herren des Gemeinderats hatten sofort gehandelt und ihre Baupläne geändert. Auf der Flurkarte war bereits die neue Zuwegung für das geplante Einfamilienhausgebiet eingezeichnet. Das Projekt war als Flächenreserve geplant, um das Dorf Langenbek am Leben zu erhalten. Sommerhäuser, die womöglich über weite Teile des Jahres leerstehen, sollten hier möglichst nicht gebaut werden. Klaus Möller und seine Mitstreiter wünschten sich vielmehr junge Familien, die sich die vergleichsweise günstigen Grundstückspreise leisten und vielleicht ein Fertig- oder Typenhaus bauen konnten. Mit der neuen Führung der Zufahrtsstraße konnte ihnen Arno Göbel keinen Strich mehr durch die Planungen machen, denn er würde weder durch den Baustellenverkehr noch durch die späteren Bewohner belästigt werden. Also hatte er keine Chance auf einen Widerspruch gegen die Pläne auf Kreisebene.

Bürgermeister Klaus Möller hatte eine Ideallinie für die neue Straße gefunden und ein Konzept, wie sich die Grundstücke nach und nach verkaufen ließen, ohne dass die späteren Bauherren die bereits ansässigen störten: Sie würden mit dem Grundstücksverkauf und den Bauplänen am Ende des Gebietes beginnen und sich schrittweise zur Dorfstraße vorarbeiten. Da aber erfahrungsgemäß die Interessenten unterschiedliche Grundstücksgrößen bevorzugten, mussten sie diese auch Schritt für Schritt anbieten. Als Klaus Möller seinen Mitstreitern an diesem Mittwochnachmittag den Plan bei einem spontanen Treffen präsentierte, waren alle einverstanden. Auch Peter Kruse, der ein Stück seiner Kuhweide abgab. Tierarzt Lorenzen, der seinen freien Nachmittag für den Termin geopfert hatte, klopfte Möller anerkennend auf die Schulter. Und Klempner Karl Holst jr. rieb sich vor Schadenfreude die Hände.

Er hatte den meisten Ärger mit Arno Göbel, der ihn wohl ein Dutzend Mal wegen Lärmbelästigung angezeigt hatte, weil angeblich seine Mitarbeiter zu laut über die Dorfstraße fuhren. Es war das erste Mal, dass der unliebsame Nachbar den Kürzeren zog. Aber noch wusste er es nicht.

Kam hinzu, dass er sich mit den Ermittlungen über den Tod seiner Frau auseinandersetzen musste. »Glaubst du, Klaus, dass der Arno das war?«, fragte der Tierarzt den Bürgermeister. Lorenzen war außerordentlich neugierig. Und weil er ständig auf den Höfen unterwegs war und bei Hausbesuchen auch hinter die Kulissen der Dörfler und ihrer Nachbarn sehen konnte, bekam er stets Stoff genug, um auch bei seinen Stammtischbrüdern mit der einen oder anderen Information aus den Nachbardörfern punkten zu können. Aus Langenbek, betonte er gern, gebe es ja seit dem Mord auf dem Gut nichts mehr zu berichten. Damals, vor zwei Jahren, als der junge Graf ein Verhältnis mit der Tochter des Tankwarts anfing und der alte Graf sich in die Exfreundin seines zweiten Sohnes verliebte; als der Apotheker mit Drogen handelte und der Makler hinter kleinen Jungs herlief, hatte Lorenzen die Ereignisse wie im Rausch erlebt.

Doch jetzt war Ruhe eingekehrt. Makler und Apotheker saßen ein, der alte Graf hatte seine junge Freundin geheiratet und der junge Graf lebte mit einer wohlhabenden Frau seines Alters zusammen, mit der er wahrscheinlich auch schon verheiratet wäre, wenn sich nicht deren Ehemann nach Nirgendwo abgesetzt hätte, sodass sie sich nicht scheiden lassen konnte. Sie hatte zwei wohlerzogene Kinder mitgebracht, die sich mit der halbwüchsigen Tochter des Grafen und dem kleinen Grafenenkel bestens verstanden. Nichts los also in Langenbek, was man hinter vorgehaltener Hand weitertratschen konnte, um dafür kleine Geheimnisse als Gegenleistung zu erfahren.

Da war der Fund der toten Monika Göbel geradezu ein

Lichtblick. Denn jetzt würde es Ermittlungen geben, die sicher nicht nur ein paar Tage dauerten und die hoffentlich ein paar neue Geheimnisse ans Tageslicht bringen würden. Zu gerne hätte der Viehdoktor ja auf dem Grundstück von Arno Göbel herumgeschnüffelt. Doch der hatte außer Wühlmäusen und ein paar fetten Ratten leider keine Haustiere.

Dennoch war der Leichenfund auch für die anderen Gemeinderatsmitglieder ein Thema. Als direktem Nachbarn wollten sie von Peter Kruse wissen, ob der vor 15 Jahren etwas von den Streitereien der Eheleute Göbel mitbekommen hatte. »Sie soll doch angeblich ein Verhältnis mit einem Cousin gehabt haben«, sagte Lorenzen. »Keine Ahnung«, erwiderte Kruse. »Sie hat ja gar nicht so lange im Dorf gewohnt und war schon bald verschwunden. Ich fand sie nett und habe mich gewundert, wieso sie mit einem solchen Armleuchter verheiratet sein konnte.« »War denn dieser sagenhafte Cousin – ich glaube, er stammte aus Hessen – hier oben mal zu Besuch?« Auch das wusste Kruse nicht. Aber sie waren alle sicher, dass sie bald neue Informationen bekommen würden. Denn schließlich hatten sie Carla Moreno im Dorf, der nichts entging. Und nun war die auch noch mit genau dem Kriminalhauptkommissar befreundet, der die Ermittlungen im Fall Monika Göbel leitete. »Der ist ja inzwischen sowieso mehr hier bei uns als in Flensburg«, sagte Lorenzen. »Meint ihr, da geht was? Der andere Freund, der häufiger bei ihr wohnt, soll ja schwul sein.« »Mensch, Kollege«, schaltete sich jetzt der Dorfarzt Fred Muncke ein, »gönn ihr doch ein wenig Spaß. Sie ist 'ne hübsche Frau und schon so lange allein. Oder bist du selbst interessiert?« »Um Himmels willen, nein, das wäre mir zu anstrengend«, Lorenzen ruderte wild mit den Armen, um jeden Verdacht zu entkräften, dass er vielleicht ein Auge auf die spanische Witwe geworfen haben könnte.

»Wir sind dann ja auch durch für heute«, sagte der Bürgermeister Klaus Möller, um die Runde zu beenden. Für den Wirt gab es noch genug zu tun. »Wenn die neue Trasse der Straße vermessen und verlässlich eingetragen ist, können wir das Projekt gleich Anfang nächster Woche einreichen und dann vielleicht schon im Herbst die ersten Grundstücke für das Quartier Hasenwinkel verkaufen.« Die Chancen, meinte Möller, stünden gut. Denn für Arbeitnehmer waren Wege bis nach Flensburg, Schleswig und Eckernförde durchaus vertretbar. Sogar nach Kiel kam man in weniger als einer Stunde. Und die Grundstückspreise waren hier weit niedriger und die Umgebung ruhig und schön. »Außerdem beginnt bald die Konzertsaison. Vielleicht bringt uns das auch ein wenig Werbung für unser Projekt.«

Die Runde löste sich auf. Lorenzen wollte auf dem Weg nach Hause noch bei einem kranken Kalb vorbeischauen. Muncke musste noch Abrechnungen machen und Kruse zerbrach sich den Kopf, wie um alles in der Welt er an Informationen über Monika Göbel und ihr Verschwinden kommen könnte. Ob es da wohl noch Spuren in Göbels Haus und in den angrenzenden Schuppen gab? Die Neugier peinigte den Bauern jetzt mindestens ebenso wie den Tierarzt. Er würde zu gerne ein wenig spionieren, wusste aber nicht, wie er das anstellen sollte. In Gedanken lief er von der Dorfgaststätte nach Hause. Da sah er Carla, die in ihrer Auffahrt Unkraut jätete. Kurz entschlossen lief er hin. »Krieg ich ein Bier?«, fragte er. »Klar, Peter«, sagte Carla und grinste. »Komm rein.« Sie lotste den unerwarteten Gast durchs Haus auf die Terrasse, stellte ihm eine Bügelflasche aus der Region vor die Nase und nahm sich selbst ein Glas Wein.

»Wegen der Sache mit der Monika Göbel«, druckste der Bauer herum. »Ich mochte die. Habe nicht verstanden, weshalb die den Arno genommen hat. Der ist doch mein Nachbar. Und der hat da ja einen ziemlichen Saustall auf seinem Grundstück.

Meinst du, ich könnte da mal nachsehen, ob ich da was finde?« Das war für Peter Kruse, der auch gern einmal cholerisch reagierte, wenn er sich in seinem Alltag oder seinen Belangen gestört fühlte, eine ziemlich lange und ziemlich gedrechselte Rede. Carla lehnte sich zurück und lächelte zufrieden. »Peter«, sagte sie, »ich finde, das ist eine hervorragende Idee.« Und dann besprachen sie wie eingefleischte Verschwörer die Strategie. Im Wohnhaus und in der Werkstatt müssten im Ernstfall die Ermittler auf die Suche gehen, wenn sich der Verdacht gegen den Handwerker verstärken sollte. Aber in die Nebengebäude könnten sie mit einigem Geschick kommen. Das waren alte Tore und Türen, die man leicht öffnen könnte.

Aber nachts und im Dunkeln würde es vielleicht auffallen, wenn jemand mit der Taschenlampe die Scheune durchsuchte. Man wusste ja nie, ob Göbel vielleicht aus dem Fenster sah. Allerdings war bekannt, dass der unbeliebte Mann im Nachbarort Barsbek eine Freundin hatte, eine – wen wunderte es – wohlhabende Witwe aus Hamburg, Jana Breitner, mit der er zuweilen nachmittags spazieren ging. Oder er saß bei ihr auf der Terrasse, denn sie hatte ein Haus im Nachbarort. Leider wusste man nie, wie lange der balzende Göbel unterwegs war. Carla und Kruse beschlossen nun, dass Kruse sich, sobald der Verdächtige am nächsten Tag sein Haus Richtung Barsbek verließe, auf Scheunen-Tour begeben würde, während Carla mit Watson einen Spaziergang ebenfalls Richtung Barsbek machen würde, um den Bauern zu warnen, wenn der Hausherr von seinem Balz-Ausflug zurückkäme. Beide waren zufrieden. Kruse stand auf, um nach Hause zu gehen. Er war schon in der Tür, als er sich noch einmal umdrehte: »Carla, wir waren am Anfang nicht nett zu dir. Tut mir leid.« Und weg war er.

29.

Unterdessen kam Carlas erster Untermieter nach Hause, Thomas Berner. Auch der war bester Stimmung, und die Malerin dachte bei sich, wie sehr doch ein Todesfall die Kommunikationsbereitschaft der Leute stimulierte. Thomas hatte zwei Flaschen Champagner dabei; für später, sagte er und förderte auch noch eine große Tüte mit Fischspezialitäten zu Tage. »Ich gebe später einen aus.« Carla sah ihn verständnislos an, erfuhr dann aber, dass der Journalist in Ermangelung weiterer Details zum Leichenfund am Langensee eine atmosphärische Geschichte über die rätselhafte Tote geschrieben hatte. Und die war bei der Zeitung so gut angekommen, dass er jetzt weiter in der Provinz nach journalistischen Trüffeln suchen sollte. »Ich kann hierbleiben, muss die Armleuchter in der Zentrale nicht mehr sehen, schreibe hier fröhlich meine Geschichten und schicke denen die Rechnungen nach Hamburg. Jetzt muss ich nur noch meine Ingo-Problematik lösen und dann lasse ich mich hier nieder.«

Carla atmete tief durch. Sie hatte ja gern Gäste, aber auf einen Dauer-Untermieter, der sich auch noch gern bedienen ließ, wollte sie sich eigentlich nicht einstellen. So überlegte sie schon, wie sie diplomatisch den alten Freund an eine neue Adresse lenken könnte, da präsentierte er schon die Lösung: »Meinst du, ich könnte eines von Eberhardts kleinen Häuschen mieten? Dann hätte er eine Dauer-Einnahme und ich würde nicht länger dein Gästezimmer blockieren, wäre aber dennoch hier bei euch allen in der Nachbarschaft.« Carla entspannte sich. »Gute Idee. Du solltest so bald wie möglich mit ihm sprechen.« Gerade in der jetzigen Phase, in der Stefan Kleyn und sie ihren gemeinsamen Alltag aufbauten, war es ihr nicht unrecht, den alten Freund ein wenig auf Distanz zu bringen.

Da fiel ihr noch etwas ein: »Ach, übrigens, Herr Hoffmann, der Detektiv, hat angerufen. Er will morgen am späten Nachmittag vorbeikommen – hat angeblich schon etwas gefunden, was dich weiterbringen wird.«

30.

Als Kriminalhauptkommissar Stefan Kleyn wenig später aus Flensburg in sein neues Beinahe-Zuhause nach Langenbek kam, war er frustriert. Er hatte in der Sache Arno Göbel keine neuen Erkenntnisse gewonnen. Zwar war der Mann nach wie vor verdächtig, seine Ehefrau vor rund 15 Jahren gewürgt, niedergestochen, erschlagen und am Langensee unter einem Baum vergraben zu haben, doch es gab dafür keinen einzigen Beweis. Und die Tatsache allein, dass Göbel bei seinen Nachbarn unbeliebt war und auch Kleyn ihn hochgradig unsympathisch fand, war noch nicht wirklich belastend. Der Ermittler hatte auch Sorge, dass er sich durch die dörflichen Gegebenheiten auf eine falsche Fährte leiten lassen würde. Wer zum Teufel hatte die Frau am Seeufer vergraben? Und wo war dieser Cousin, mit dem sie angeblich ein Verhältnis gehabt haben sollte? Kleyn ließ sich in einen von Carlas gemütlichen Sesseln fallen und versuchte abzuschalten. Er beschloss, am nächsten Morgen noch einmal Bilanz zu machen und sich für diesen Abend den Delikatessen zuzuwenden, die Thomas Berner mitgebracht hatte.

Nach dem Besuch der Kriminalbeamten hatte Arno Göbel seine Wohnräume bis in den letzten Winkel durchsucht. Gab es hier noch Hinterlassenschaften seiner Frau? Er wollte sichergehen, dass nichts die Geschehnisse von damals auch nur im Ansatz beleuchten konnte. Zwar war er überzeugt, dass er schon vor 15 Jahren alles entsorgt hatte, was an Monika erinnerte. Er hatte nur die Papiere aufgehoben, die ihm vor fünf Jahren zu seinem Erbe und der Lebensversicherung verholfen hatten. Denn zehn Jahre nach ihrem Verschwinden hatte er sehr diskret seine Frau für tot erklären lassen. Damit war ihm das Haus, das er mit dem Geld seiner Frau erworben hatte, sicher und niemand konnte mehr dagegen protestieren, dass er sich und nicht sie ins Grundbuch hatte eintragen lassen. Außerdem war da noch die schöne Lebensversicherung in Höhe von 300.000 Euro, die ihm ein bequemes Zubrot zu seiner Rente lieferte. Er erklärte beim Notar an Eides statt, dass er als Ehemann der einzige Erbberechtigte sei. Das Testament seiner Frau, das deren Tochter zur Alleinerbin machte, hatte er verschwinden lassen. Und seltsamerweise wurde von niemandem nach weiteren potenziellen Erben geforscht.

Wäre damals tatsächlich jemand auf die Tochter gestoßen, hätte Göbel behauptet, nichts von deren Existenz gewusst zu haben. Der Mann hatte immer, wenn man ihn ertappte, eine Notlüge parat. Dann hätte er eben mit der Tochter teilen müssen. Aber alles war gutgegangen. Er hatte Haus und Geld für sich eingestrichen. Jetzt ging Göbel noch einmal langsam und sorgfältig vor, sichtete Schränke, Kommoden und Abseiten. Aber er fand nichts mehr. Kein Schmuckstück, kein Kleidungsstück, keinen Brief, keine alte Fotografie. Er war zufrieden mit sich, weil sich einmal mehr bestätigte, dass er, wenn es darauf ankam, ein sehr ordentlicher und sorgfältiger Mensch war. Sollten die Polizisten doch ermitteln. Er hatte nichts zu befürchten. Die Mär, dass seine Frau mit ihrem Liebhaber verschwunden sei, ließ sich nicht erschüttern, nicht durch einen einzigen handfesten Beweis.

31.

Es war noch sehr früh am Morgen, als ein dunkler Mercedes von Gelting aus über die gewundene Landstraße in Richtung Falshöft fuhr. Nicht weit entfernt von dem historischen Leuchtturm war das Resort Jägersruh geplant. Und genau dort sollte Dr. Bernhard Braun das Geld für seinen Erpresser hinterlegen. Dort gab es, so die Beschreibung, ein Bauschild für das Projekt und daneben eine Kiste, in der der örtliche Gemeindearbeiter das Handwerkszeug für seine Reinigungsarbeiten an der Zufahrt und am Strand verwahrte. Diese Kiste war stets offen und dort sollte Dr. Braun am nächsten Tag den Umschlag mit dem Geld deponieren.

Der Klinikchef und selbsternannte Arzt war gespannt. Langsam fuhr er bis zu dem Treffpunkt. Die Straße war menschenleer. Die Touristen waren noch nicht aufgestanden und auf den Feldern ästen noch Rehe. Als er das Bauschild und die Kiste gesichtet hatte, wendete er seinen Wagen, fuhr ein Stück zurück und parkte abseits der Straße in einem Gebüsch. Dann machte er sich auf den Weg. Er hatte abgetragene Trainingskleidung und Sneakers angezogen, um nicht aufzufallen. Dr. Braun wanderte zurück zum Strand. Er sah sich um. Die Gegend gefiel ihm nicht. Sie war dörflich, durch Landwirtschaft und Viehhaltung geprägt. Hier gab es kein wirklich elegantes Restaurant und einen noblen Golfclub würde man wohl auch vergeblich suchen. Das war nichts für den eleganten Doktor, der den Luxus und die Schönheit schätzte und sich auch deshalb nicht vom kleinsten Teil seines Vermögens trennen wollte.

Braun fand die Kiste, die er mit Geld füttern sollte, und marschierte dann in seiner Tarnkostümierung an den Strand, der neben dem Projektgebiet lag. Hier ragte über dem Sand die Uferkante etwa drei Meter hoch auf und war durch die häufigen Stürme stark ausgewaschen. Der Klinikchef sondierte das Terrain und fand, dass er sich hier sehr gut einen Unterschlupf einrichten konnte, von dem aus er den Übergabeort für das erpresste Geld überwachen konnte. Er fand eine Nische, die weit in die Uferkante hineinragte und von dichtem Gebüsch bewachsen war. Hier konnte er buchstäblich untertauchen. Er müsste nur am nächsten Tag viele Stunden lang hier ausharren, denn womöglich würde auch der Erpresser irgendwo vor dem Übergabetermin in Stellung gehen und den Ort beobachten, bevor er sich seine Beute holte. Braun sah zum Himmel, der heute grau war und Regen versprach. »Hoffentlich ist es morgen genauso«, dachte der Mann, der gerade einen Mord plante. »Dann laufen hier keine Touristen herum.«

32.

In Flensburg lieferte derweil Kriminalhauptkommissar Stefan Kleyn einen weiteren Beweis seiner neuen Teamfähigkeit. Zur Verwunderung seiner langjährigen Kollegen fragte er nach Meinungen und Ideen zum Fall Monika Göbel und der eifrige Knut Meiners trug alle Stichworte auf dem Whiteboard ein. Da wurde nach Verbindungen gesucht und über Hinweise diskutiert. Der hinterbliebene Gatte galt allen als Hauptverdächtiger, aber niemand sah den Hauch eines Beweises. Die Tatsache, dass Göbel nach dem Verschwinden seiner Frau selbst keine Vermisstenanzeige erstattet hatte, galt den einen als Bestätigung für den Verdacht, den anderen als Hinweis auf die Unschuld: Göbel sei eben sicher gewesen, dass seine Frau ihn verlassen hatte. Warum also sollte er die Polizei bemühen? Der frischgebackene Kriminalobermeister Knut Meiners meldete sich mit rotem Kopf zu Wort: »Wir müssen diesen Cousin finden und wir sollten das Leben von Monika und Arno Göbel aus der Zeit vor dem Umzug nach Langenbek unter die Lupe nehmen.« Kleyn lächelte zufrieden und lobte den Musterknaben. Meiners solle alle Daten, die es in den Akten und Archiven von Behörden gab, zusammentragen. Da musste doch etwas zu finden sein.

Fast zur gleichen Zeit hatte Carla Moreno dieselbe Idee und beschloss im Rahmen ihrer morgendlichen Hunde-Runde mit ihrem Alibi-Begleiter nach Spuren in Arno und Monika Göbels Vergangenheit zu suchen. Sie beschloss, einen Bogen zum Gasthaus des Bürgermeisters zu schlagen und Hanne Möller auszufragen. Die hatte ja immerhin gewusst, dass Monika Göbel eine Armbanduhr mit rotem Band getragen hatte. Vielleicht wusste sie noch mehr, eventuell auch etwas über den sagenhaften Cousin, mit dem jene doch angeblich in den Süden verschwunden sein sollte. Und auf dem Weg wollte sie gleich nochmal beim Haus von Meta Diederichsen vorbeischauen. Ob das noch stand nach dem Angriff des Abrissbaggers? Reine Routine, bescheinigte sie sich selbst, keine Spur von Neugier. Tatsächlich waren am Giebel von Metas Haus Bauarbeiter beschäftigt, das Mauerwerk abzustützen. »Oh«, dachte sie, »hat dieser Kevin Ostrowski sich doch eines Besseren besonnen?« Watson trabte derweil auf einen Bauarbeiter zu, der offenbar nicht nur hundefreundlich, sondern auch unerschrocken war, weil er den grauen Riesenhund sofort kraulte. Carla sah ihre Chance, dem freundlichen Arbeiter noch ein paar Informationen zu entlocken, und erfuhr, dass nicht Kevin Ostrowski, sondern Klaus Möller der Auftraggeber der Arbeiten war. Allerdings würde die Rechnung für den Aufwand an den Jungunternehmer gehen, der ohne Genehmigung versucht hatte, das Denkmal schleifen zu lassen. Gut zu wissen. So hatte sich der kleine Umweg doch schon gelohnt. »Gut gemacht, Klaus«, dachte Carla und pfiff nach Watson, der sich von seinem Bauarbeiter gar nicht loseisen lassen mochte, als würde er zu Hause nie gestreichelt. Er sah sich noch einmal mit seelenvollem Blick nach dem Mann um und Carla sagte: »Du bist ein charakterloses Vieh; als würdest du bei uns nicht gestreichelt und mit den besten Leckerbissen gefüttert.«

Wenige Minuten später streckte Carla den Kopf durch die Eingangstür des Gasthauses, das um diese Zeit noch nicht für das Mittagsgeschäft geöffnet hatte. Hanne Möller hantierte hinter der Theke. »Störe ich?«, fragte die Malerin. Hanne Möller strahlte. »Nein, komm rein – oder besser: kommt rein!« Gleichzeitig verschwand sie für Sekunden in die Küche und kam sofort mit einem Würstchen zurück, das sie Watson vor die Nase hielt und das dieser scheinbar mit einem Lächeln entgegennahm, um sich in die Ecke der Gaststube zu fläzen und die Beute zu verspeisen.

Carla kam gleich zur Sache und fragte nach der Vergangenheit von Arno und Monika Göbel. Hanne Möller konnte sich aber nur erinnern, dass Arno Göbel aus Hamburg kam, wo er irgendwo auf der Elbinsel Wilhelmsburg eine Werkstatt gehabt haben sollte. Den geheimnisvollen Cousin hatte sie auch nicht gesehen. Er sollte aber aus der Gegend von Frankfurt kommen. Hanne Möller konnte sich noch schwach erinnern, dass der Ort so ähnlich wie Ruprechts- oder Rupertshain hieß. Darüber hatte Monika einmal gesprochen. »Monika Göbel, geborene Linke«, sinnierte Carla, »vielleicht heißt der Cousin ja genauso. Dann könnte man den vielleicht ganz leicht finden – Telefonbuch.« »Nee«, widersprach Hanne Möller. »Die Monika war schon einmal verheiratet und der Cousin war mit angeheiratet. Da hieß sie …« Hanne Möller sah an die Decke und dachte nach. »Das war ähnlich wie Göbel, Günter, Münter – nein, Grüttner. Grüttner hieß sie. Der Mann ist gestorben. Und aus der Ehe hatte sie auch eine Tochter, aber die brach den Kontakt ab, als die Mutter Göbel geheiratet hat. Die Tochter, Nora hieß sie, muss auch irgendwo in der Frankfurter Gegend wohnen. Aber vielleicht ist die längst verheiratet und heißt ganz anders.«

Hanne Möller starrte wieder vor sich hin, hantierte mit der Kaffeemaschine und stellte erst Carla und dann sich selbst einen Espresso hin. Und plötzlich wurde sie wieder lebendig. »Jetzt weiß ich es wieder. Der Cousin hieß mit Vornamen Lothar und er war von Beruf Klavierstimmer. Nachnamen weiß ich nicht, ob das auch Grüttner war. Aber Lothar, das ist sicher. Und Klavierstimmer. Hab damals noch gedacht, wie man wohl davon leben kann. Aber dem ging es wohl ganz gut, weil der für Künstler gearbeitet hat.« Carla war sprachlos. Sie trank ihren Kaffee und sah Hanne völlig konsterniert an. »Du bist ja vielleicht klasse.« Carla hatte sich die Daten blitzschnell in ein kleines Heft notiert, das sie stets bei sich trug, um Ideen festzuhalten. »Damit müssten die doch herausfinden können, ob sich dieser Cousin in den Süden abgesetzt hat, allein oder in Begleitung. Und wenn sie ihn finden – vielleicht weiß der ja noch etwas, was die Ermittler damals noch nicht erfragt haben, als es nur um eine verschwundene, nicht aber um eine getötete Frau ging.«

Bester Laune machte sich Carla auf den Weg nach Hause. Sie hatte kaum die Schuhe abgestellt und sich einen Kaffee gemacht, da trudelte auch Thomas Berner wieder ein, den sie noch unterwegs bei der Recherche nach seinen Geschichten vom Land vermutet und gegen Mittag erwartet hatte. Auch Thomas war bestens gelaunt, denn er hatte sich soeben eine neue Bleibe verschafft. »Ich habe mir ein Häuschen auf dem Gut gemietet«, jubelte er. »Zwei Zimmer, Küche Bad. Ich habe das Haus ganz außen mit Blick auf die Wiesen und ein Stückchen vom See.« Noch am Nachmittag wollte der Journalist seine Sachen packen und hinüberziehen. »Dann kann ich mir gleich meinen Arbeitsplatz einrichten. Und wenn mein Kühlschrank leer ist, komme ich zu dir.«

Carla war erleichtert. Es war gut, dass der alte Freund wieder seine eigene Umgebung hatte und so auch seine Partnerschaftsprobleme lösen und verarbeiten konnte. Dabei hoffte sie, dass auch ihre Schulfreundin Melissa Meerbusch Thomas moralisch unterstützen würde. Denn auch sie hatte erlebt, dass ihr Partner sie um erhebliche Beträge zu erleichtern versucht hatte. Glücklicherweise vergeblich. Das hatte sie mit Hilfe ihrer Freundinnen erreicht. Und so konnten sie jetzt vielleicht alle zusammen auch Thomas' untreuem Freund die Tour vermasseln.

Während Carla, gefolgt von Watson, mit einer Zeitung und ihrem Kaffee auf die Terrasse ging, packte Thomas seine Sachen zusammen. Und kurz darauf kam, wie angekündigt, der Detektiv Leonhard Hoffmann, der sich in Westerland an die Fersen von Thomas' Noch-Partner Ingo geheftet hatte, um erste Ergebnisse seiner Arbeit vorzulegen.

Der Mann war sachlich, professionell und bestens organisiert. Das hatte Carla bereits festgestellt, als er, vor etwa einem Jahr, ihre einstige Schulkollegin Katharina van Heeren-Blum im Auftrag ihres Gatten bespitzelt hatte. Gemeinsam setzten sie sich an den Küchentisch, um die Bilder auf Hoffmanns Tablet-Computer besser sehen zu können als draußen im Sonnenlicht.

»Ich habe Klarheit, aber keine guten Nachrichten«, sagte Hoffmann kühl. »Ich zeige Ihnen, was ich schon herausgefunden habe, aber ich muss noch einmal nacharbeiten, damit Sie dann alle notwendigen Fakten so verlässlich und gerichtsfest vorliegen haben, um gegen Ihren Partner vorgehen zu können.«

Der Detektiv war in Westerland fleißig gewesen. Er hatte recherchiert, dass die Boutique, die Ingo Hetkämper in bester Lage betrieb, entgegen dessen Behauptungen bestens lief. Dabei hatte Ingos Lebensgefährte die nicht abgesprochene Kreditaufnahme auf die Wohnungen mit geschäftlicher Schwäche begründet. Das war also schon einmal gelogen. Es stimmte auch nicht, dass Ingo seine eigene Wohnung hoch beliehen hatte. Das Grundbuch des Appartements war blütenrein. Gleichzeitig stand das Objekt bei einem Makler im Angebot – und das schon seit ein paar Wochen.

Darüber hinaus hatte der smarte Boutique-Besitzer offenbar eine neue Liebe gefunden. Der Mann betrieb die Bar Nautilus in Westerland. Vom Typ her hätte er ein Bruder von Thomas Berner sein können, nur ein wenig jünger, muskulöser und mit Tattoos auf den Armen. Der Mann hieß Albrecht Mönch, genannt Ali. Seine außerordentlich gut gehende Bar hatte er bereits zum Ende der Saison verkauft. Was mit Ingos Boutique war, hatte Hoffmann noch nicht erfahren. Die beiden wollten Sylt offenbar in Kürze verlassen. Das Ziel hatte Hoffmann noch nicht herausgefunden. Auch um die rätselhafte Kreditaufnahme hatte der Detektiv sich gekümmert. »Der Banker und der Notar schwören, dass Sie eigenhändig unterschrieben haben, Herr Berner«, sagte Hoffmann. »Anfangs habe ich, ehrlich gesagt, vermutet, dass Sie das nur nicht wahrhaben wollten, über den Tisch gezogen worden zu sein. Nachdem ich aber diesen Ali Mönch gesehen habe, vermute ich, dass die beiden das so gedeichselt haben, dass sie sich Ihren Ausweis ausgeborgt haben und Mönch als Thomas Berner unterschrieben hat. Denn er sieht Ihnen verdammt ähnlich. Aber die Details müssen wir noch recherchieren – und beweisen. Wir brauchen eine Kopie von der besagten Unterschrift. Und dann können wir feststellen, ob Sie unterschrieben haben oder nicht. Denn so lange kann er gar nicht üben, dass ein Experte den Unterschied nicht feststellt.«

Der Detektiv machte eine Pause und sah Thomas Berner direkt an. »Gestatten Sie die Frage – haben Sie Ihrem Lebensgefährten noch irgendwelche Vollmachten gegeben oder Dinge oder Wertgegenstände zur Nutzung überlassen? Denn das sollten Sie natürlich ebenso schnell wie diskret rückgängig machen.« Thomas Berner erschrak. Tatsächlich hatten Ingo und er sich gegenseitig Generalvollmachten für den Notfall ausgestellt. Testamente auf Gegenseitigkeit gab es auch. Und natürlich hatte der Freund einen Schlüssel für Thomas Berners Wohnung in Westerland und damit Zugriff auf sämtliche Wertgegenstände. Der Journalist wurde blass. »Gut, dass Sie das ansprechen, ich hätte gar nicht daran gedacht.« So vereinbarten sie das weitere Vorgehen. Leonhard Hoffmann würde nochmal die weiteren Pläne erforschen. Thomas Berner wollte zum Wochenende nach Westerland fahren, sich gegenüber Ingo dumm stellen und Wertgegenstände und wichtige Papiere von der Insel in sein neues Häuschen am Langensee bringen. Darüber hinaus beschloss er, alles Weitere mit Elisabeth Fischer zu besprechen, der gemeinsamen Freundin und Anwältin. Die sollte die Vollmachten widerrufen und die Sache mit den Unterschriften klären. Das Testament wollte er vernichten. Hoffmann schickte alle Daten, Details und Bilder per Mail an seinen Mandanten und verabschiedete sich. Und Thomas Berner ging weiter packen.

Carla schwirrte der Kopf. Das war ein ereignisreicher Tag für jemanden, dessen Spezialität Geheimnisse waren. Sie nutzte die Zeit der Ruhe, um sich noch einmal Notizen zu machen. Schließlich hatte sie es jetzt mit gleich zwei Problemfällen zu tun – der toten Monika Göbel und dem betrogenen Thomas. Und da war es weit mehr als Neugier, was sie bewegte, sondern ein Gerechtigkeitsgefühl. Wer auch immer die Frau von Arno Göbel getötet hatte, er sollte zur Rechenschaft gezogen werden. Und wenn Ingo Hetkämper genug hatte von seinem Lebensgefährten Thomas Berner, dann sollte er sich von ihm trennen und nicht auch noch dessen Konten leeren. Das waren die Fälle, in denen sich Carla Moreno einmischte.

33.

Letzte Vorbereitung für den Protest am Strand. Gabriel Dutert und seine Mitstreiter trafen sich erneut in der Kneipe zum Leuchtturm. Franjo Meier hatte bereits für einen kleinen Kfz-Anhänger ein Gestell gebaut, an dem sie ihr Protest-Plakat befestigen wollten. Und das wiederum brachte jetzt Maja Blick mit. Sie hatte es in Flensburg drucken lassen. Alle drei waren zufrieden, als sie das Poster entrollten: »Kein Platz für Luxus-Bungalows« stand da. »Die Birk gehört uns!« Und Maja hatte ein hübsches Bild kreiert, mit Wildpferden, Reihern und Rehen auf den Wiesen zwischen Knicks. Und unten in Rot das Spruchband: »Stoppt das Projekt Jägersruh!« »Das wird sie umhauen!«, sagte Dutert. »Ich habe mir das angesehen – wir können mit dem Wagen ganz nah an den Ort der Präsentation rangieren. Das Grundstück des Rathjen-Hofs liegt ja in einer leichten Senke und geht an dieser Stelle wieder hoch genau bis zum Gelände des Projekts. Das heißt im Klartext, dass sie gern die Polizei holen, uns aber nicht vertreiben können, weil der Grundeigentümer uns die Anwesenheit mit unserem Wagen gestattet hat.«

»Aber wir sollten schon ein bisschen Krawall machen, vielleicht ein paar Böller abschießen oder so«, schlug Franjo Meier vor. »Wir werden nichts dergleichen tun«, sagte Dutert bestimmt, »weil wir sonst Ärger bekommen. Stattdessen müssen wir so viele Leute wie möglich einladen, und dann tragen wir unsere Argumente vor, während die potenziellen Hauskäufer auf dem Nachbargrundstück stehen. Und die verlieren vielleicht die Lust an den Häusern, wenn sie wissen, dass sie in der Nachbarschaft unerwünscht sind.« Die Naturschützer trugen ihre Protest-Ausstattung zusammen: ein Megaphon, ein Podest, Schleswig-Holstein-Fähnchen und einen Ordner, der das Projekt und die Kritik an den Plänen dokumentierte, falls sich jemand der Schaulustigen genauer informieren wollte. Und Franjo Meier hatte eine Trompete mitgebracht, von seinem Großvater. »Die Präsentation am Sonnabend ist von 14 bis 17 Uhr geplant. Wir bauen gegen 13 Uhr auf und mit der Protest-Rede beginnen wir um 15 Uhr. Sagt das den Leuten, die ihr einladet«, sagte Dutert und schloss die Versammlungsrunde.

34.

Die Einladungen waren verschickt, das Buffet bestellt. Monika Jennerwein sichtete ihre To-do-Liste und hakte ab, was erledigt war für die Präsentation des geplanten Ferienprojekts Jägersruh bei Gelting. Rund 100 potenzielle Interessenten waren persönlich angeschrieben worden, die einen, die schon vorher in Ferienresorts investiert hatten, um ihr Kapital sicher anzulegen, die anderen, die ganz persönlich auf der Suche nach einem Wochenendsitz oder einer Ferienadresse waren. Darüber hinaus hatte es Inserate in lokalen und überregionalen Zeitungen für die Präsentation gegeben. Interessenten sollten sich anmelden. Sonst gab es keine Chance auf den Begrüßungssekt und die leckeren Häppchen. Ein Baucontainer war bereits aufgestellt. Er nahm eine kleine Ausstellung auf: Da gab es den Lageplan des Gebietes und den Entwurf für die Anlage mit dem Erschließungsplan für das Gelände. Und dann die Häuser: leicht gebaut, ein- oder zweigeschossig, Einzel- oder Doppelhäuser. Wenn die Interessenten wollten, konnten sie sich gleich die ersten Parzellen mit den entsprechenden Domizilen sichern. Alle Bilder waren natürlich sonnig, das Gelände eingefasst von schönen Grünflächen und Gehölzen. Zudem lagen Kataloge bereit, in denen sich die potenziellen Käufer gleich noch die Ausstattung für ihre Ferienobjekte aussuchen konnten. Das ging von den Sanitärobjekten in den Bädern über Küchen bis zur kompletten Ausstattung von Schlaf- und Wohnzimmern.

In den Luxusvarianten boten die Häuser auch kleine Wellnessbereiche mit Sauna und Kamin, innen und außen, sodass die Urlauber auch auf der Terrasse sitzen und das Kaminfeuer flackern lassen könnten. Monika Jennerwein legte auf einem Tischchen im Container alle Unterlagen bereit für den großen

Tag. Sie war seit gut zehn Jahren Veranstaltungsmanagerin, wie sie sich nannte, organisierte aber normalerweise eher kleine Verkostungen von Wein und Delikatessen bis zu Jubiläumsfeiern für den Lebensmittelladen in der Kleinstadt. Auf diese Veranstaltung war sie stolz. Sie hoffte, dass sie mit dem Resort, das sie weiter betreuen durfte, wenn der Auftakt gelang, den Einstieg in lukrativere Veranstaltungen wie Grundsteinlegungen und Richtfeste für größere Bauvorhaben schaffen könnte.

Mit ihrem aktuellen Auftraggeber, dem Entwickler Jörn Gruber, hatte sie alle Details abgesprochen. Er war kein leichter Kunde, denn er verlangte beste Qualität, wollte aber nur begrenzt investieren. Da war es ein Glücksfall, dass der Unternehmer aus der Hansestadt auch an hanseatische Preise gewohnt war, sodass Monika Jennerwein ihm das Büfett, das im Freien gereicht werden sollte, zu Provinzpreisen leichter schmackhaft machen konnte.

Auch Gruber hatte sich auf das Event vorbereitet und eine flammende Rede auf sichere und renditeträchtige Investments entworfen, wobei er die Vorteile heimischer Standorte im Hinblick auf Rechtssicherheit hervorheben wollte. Die Leute sollten ihr Geld gefälligst in seine Bauten an deutschen Stränden stecken, statt sich für viel Geld auf Mallorca oder anderswo einzukaufen. Klar, südliche Sonne war ein schlagendes Verkaufsargument. Aber wenn man sein Geld dauerhaft investieren wollte, war es gerade im Hinblick auf Streitfälle verlässlicher, seine Immobilien in heimatlichen Gefilden zu suchen. »Machen Sie Ferien am Mittelmeer, aber suchen Sie sich Ihren Zweitwohnsitz zu Hause!« Damit wollte Gruber seine Kundschaft ködern. Er war zuversichtlich, dass ihm das auch gelang. Denn die Lage und Ausstattung seiner Häuser war überaus ansprechend. Und wenn die Käufer ihre Feriendomizile vermieteten, war die Rendite glänzend. Sie lag bei zehn Prozent und mehr.

Allerdings gingen davon noch die Verwaltungskosten ab. Doch auch die konnten die Eigentümer wiederum geltend machen, und verglichen mit anderen Investments, die entweder unsicher oder wenig lukrativ waren, ließen sich die Zahlen allemal sehen. Gruber konnte nur hoffen, dass der Run auf deutsche Ferienregionen bei den Urlaubern und Käufern noch lange anhielte. Er würde seine Rede auf einem kleinen Podest halten und dann die Gäste zur Information in den Container bitten. Wenn die sich die kleine Ausstellung zu Gemüte geführt haben würden, könnten er und sein Kompagnon Kevin Ostrowski die Detailinformationen liefern, um so schnell wie möglich zum Abschluss zu kommen. Er hoffte nur, dass dieser Ostrowski endlich mit dem Geld ankäme, das er für seine Beteiligung einzahlen sollte. Ansonsten würde er, Gruber, das Geschäft allein durchziehen. Zwar hatte er momentan nicht so viel Eigenkapital, aber angesichts der historisch niedrigen Hypothekenzinsen würde sich das Projekt auch dann noch für ihn lohnen.

Er grinste. Sollte er mit sich eine Wette abschließen, wie viele Einheiten er schon am Sonnabend verkaufen konnte? »Zehn«, sagte er laut. »Du schaffst zehn.« Mit den Anzahlungen der Käufer und dem Anteil von Kevin Ostrowski an dem Projekt hätte er dann schon Geld genug für die Grundstückskosten und die Erschließung. Und mit den weiteren Verkäufen und den Anzahlungen konnte er dann den Bau der ersten Häuser finanzieren, ohne seine eigenen Konten zu belasten. Gruber rieb sich die Hände. Das war ein Glücksgriff gewesen, dieses Grundstück. Umgewidmetes billiges Bauernland, direkt am Wasser, keinerlei störendes Gewerbe in der Umgebung und ein wunderbares Naturschutzgebiet mit Wildpferden in unmittelbarer Nachbarschaft. Das wirkte preissteigernd. Und neben dem Projekt lag noch ein alter Resthof, der einem Städter gehörte. Den hätte Gruber auch noch gern gekauft. Dort könnte man Gastronomie und ein paar Gästezimmer einrichten. Gruber rieb sich noch einmal die Hände. Ja, den Hof würde er auch noch bekommen. Irgendwie.

35.

Pling. Peter Mironow sah von seiner Teetasse auf und tippte auf das Touchpad seines aufgeklappten Notebooks. Er hatte Post bekommen. Absender Gabriel Dutert – der Umweltschützer, den er am Vortag in der Geltinger Birk getroffen hatte. Der Mann hatte Wort gehalten. Peter stellte seine Teetasse ab und öffnete die E-Mail. Dutert hatte ihm eine ganze Reihe von Anhängen gesandt, die das Bauvorhaben Jägersruh beschrieben. »Na, da wollen wir mal sehen, ob wir den wilden Pferden in der Birk nicht helfen können«, sagte der Russe, der es vom Muskelmann für besondere Fälle zum reichen Immobilienunternehmer gebracht hatte. Er bewohnte jetzt ein Penthouse in Kiel, in dem er auch sein Büro hatte, und verwaltete die Bestände einer Stiftung, die sein früherer Chef, der Immobilienhai Berthold Kaiser, eingerichtet hatte. Er selbst hatte sich an dessen Seite nicht nur umfangreiches Immobilienwissen angeeignet, sondern auch ein hübsches eigenes Vermögen aufgebaut. Kaiser, der knallharte Geschäftsmann, hatte ihm eine Chance gegeben. Und so revanchierte Peter sich mit absoluter Loyalität über Kaisers Tod hinaus. Statt Konkurrenten mit Gewalt zu überzeugen, konnte er es sich inzwischen leisten, seine Geschäfte seriös abzuwickeln.

Seine Lebensweise hatte er aber nicht geändert. Er war ein Einzelgänger, misstrauisch, er kleidete sich weiter komplett schwarz und setzte seine Muskeln in Szene, sodass ihm selten jemand zu widersprechen wagte. Sein Geschäft betrieb er allein, nur für wichtige Schreiben hatte er, obwohl neben Russisch auch Deutsch seine Muttersprache war, eine Hilfe. Wie Kaiser hatte Peter ein Herz für Schwache und engagierte sich für benachteiligte Kinder und für Tiere. Dass in Zukunft Touristen am Rande eines Naturschutzgebiets Sommerfeste feiern sollten, wo wilde Pferde grasten und Zugvögel Rast machten, ging ihm gegen den Strich. Und so war es ihm ernst mit dem Angebot, Dutert und seine Protestlergruppe im Kampf gegen das Projekt Jägersruh zu unterstützen. Da das Bauvorhaben bereits in die Verkaufsphase gehen sollte, war Peter sich darüber im Klaren, dass er in diesem Fall vielleicht doch etwas deutlicher agieren musste als mit forschen Geschäftsbriefen.

Der Deutschrusse sichtete die Unterlagen. Initiator Jörn Gruber, beteiligt Kevin Ostrowski, die Entwürfe für die Erschließung des Areals, die Aufteilung der Grundstücke – 53 Häuser – das bedeutete, dass hier zeitweilig 200 und mehr Personen wohnen würden. Und das so nahe an der Birk? Peter beschloss, dass dieses Bauvorhaben nicht realisiert werden sollte. Mit dem Grundstück konnte man Besseres veranstalten. Er ließ sich in seinem breiten Bürostuhl zurückfallen, schloss die Augen und dachte nach. Irgendeine Inszenierung von Natur und Umwelt, überlegte er. Das wäre hier richtig. Mehr als das kleine Informationszentrum in der Birk. Ein Lehrpfad, eine Anlage, in der Kinder an die Tier- und Pflanzenwelt herangeführt werden könnten. Vielleicht auch mit Übernachtungsmöglichkeiten. Unterstützung wollte er über Kaisers Stiftung bieten und er selbst wollte dem Planer das Grundstück abkaufen. Natürlich zum ursprünglichen Preis. Die Planungskosten sollten die Herren gefälligst selbst tragen. Als Strafe für den geplanten Eingriff in die Natur.

Pjotr Sergejewitsch Mironow suchte Informationen über Gruber aus dem Internet zusammen und machte sich ein Bild von dessen Aufstieg, Unternehmen und Potenzial. Danach rief er ihn an und teilte ihm in kurzen Sätzen mit, dass aus dem Projekt Jägersruh nichts würde. »Das passt nicht dort«, blaffte er mit langem, hartem R. »Ich kaufe Ihnen das Grundstück ab. Notieren Sie meine Telefonnummer. Es gibt kein zweites Angebot.«

Gruber begriff gar nicht so schnell, worum es ging. Aber er spürte, dass ihm Gefahr drohte, und brachte eine ganze Serie von gestammelten Einwänden von »aber« und »jedoch« bis zu »Ich verstehe nicht« vor. Peter ließ ihn nicht zu Wort kommen. »Wir machen das so, wie ich sage. Sonst gibt es Ärger.« »Wer sind Sie denn, wo finde ich Sie?«, fragte Gruber atemlos. »Ich bin Peter. Das reicht. Rufen Sie an, wenn wir das Geschäft machen. Sie haben eine Woche.« Der Russe legte auf, grinste und nahm einen Schluck Tee. »Kein Rückgrat, diese Leute. Er wird verkaufen.« Wieder lehnte er sich zurück, schloss die Augen und versuchte, sich an zu Hause zu erinnern, an das Holzhaus seiner Großeltern, an den Gemüsegarten, die Hühner und an die kleinen Pferde. Das war so lange her.

36.

Im alten Witwenhaus des Gutes Langen läutete das Telefon. Carla, die gerade Salat für den Abend geschnippelt hatte, legte das Messer beiseite und spurtete nach oben. Es war Peter Kruse. »Unser Freund Göbel ist gerade mit seiner neuen Freundin spazieren gegangen. Wollen wir uns mal umsehen?« »Bin in drei Minuten da.« Carla beendete das Gespräch, sprang in ihre Sneakers und vertröstete Watson, den sie ursprünglich als Spionage-Stütze hatte mitnehmen wollen. »Wir gehen später. Du bist doch zu auffällig.« Sie rannte durch den Garten und über die nahen Wiesen bis zu Kruses Haus. Der Bauer hatte sich unauffällig an eine Mauerecke seiner Scheune gelehnt und sah Carla mit Verschwörermiene an. »Die sind an der Straße entlang Richtung Barsbek gegangen. Bleiben sicher eine Weile weg. Ich denke, du musst nicht hinterherlaufen, um die beiden zu überwachen. Lass uns lieber den Schuppen zusammen durchsuchen. Dann wird das nicht so lange dauern.«

Die beiden Hobby-Detektive schlichen an den Sträuchern entlang, die Kruses Grundstück von dem Arno Göbels trennten. Dahinter standen eine Scheune und ein alter, etwas windschiefer Schuppen. »Schuppen oder Scheune?«, fragte Kruse. »Schuppen«, sagte Carla, »da würde man sicher eher etwas verstecken. Ich jedenfalls.« Der Schuppen war in Schreberlaubengrün gestrichen, die Tür mit einem Vorhängeschloss gesichert, das sich aber durch leichten Seitendruck öffnen ließ. Carla hängte es verschlossen wieder in seinen Bügel, sodass man von außen nicht sehen konnte, dass dieses Schloss geknackt worden war.

Im Schuppen war es dunkel. Aber weitsichtig hatte Carla zwei kleine Taschenlampen mitgebracht. »Du links, ich rechts«, kommandierte sie und beide begannen die Regale zu sichten.

»Eins muss man Göbel lassen – so schlampig er draußen ist, so ordentlich sehen seine Regale aus«, dachte Carla und inspizierte Plastikschachteln mit Nägeln und Schrauben unterschiedlicher Größen, Farbtöpfe, Beschläge, Kleister, Bindfäden, Bast, Klebestreifen. Alles war ordentlich sortiert und verpackt. Auf Kruses Seite war das Handwerkszeug sortiert, Hämmer und Kneifzangen, Bohrer und Beitel, Raspeln und Hobel. Die Werkstatt war gut sortiert. Carla ging systematisch vor. Ganz gleich, was auf den Schachteln und Dosen stand – sie öffnete jede einzelne und kontrollierte, ob bei den Stahlnägeln, die auf der Schachtel ausgezeichnet waren, auch tatsächlich Stahlnägel lagen. Peter Kruse hatte es da einfacher. Er musste nur hinter und unter die Gerätschaften sehen. Danach nahm er sich die Regale mit den Farbtöpfen und Tuben vor, mit den Pinseln und dem Schmirgelpapier, mit den Kabeln und Steckern.

Unter dem untersten Brett in Carlas Regal stand eine Reihe von Keksdosen. In der ersten fand die Malerin eine Sammlung von Knöpfen, wie sie Hausfrauen gern für den Fall der Fälle aufheben, dass man einen von ihnen noch einmal brauchen könnte – was in der Regel nie der Fall war. Und dennoch hob man die Knöpfe manchmal jahrzehntelang auf – von Hemden und Pullovern, von Jacken und Mänteln. Vielleicht fiel ja doch mal ein Knopf ab und man hätte womöglich einen passenden Ersatz, den es sonst nirgendwo mehr gibt. Carla ließ einmal die Knöpfe in der Dose durch ihre Finger laufen. So etwas hatte sie auch zu Hause; da waren noch Knöpfe von ihrer Mutter, ihrer Großmutter und mehrerer Tanten dabei. Aber so etwas sammelte kein Elektroinstallateur. Das musste von Monika Göbel sein. Aber wieso befand sich das in diesem Schuppen? Carla hielt die Dose kurz Peter Kruse hin. Der nickte wortlos. Vielleicht waren sie auf der richtigen Spur.

Die nächste Dose war höher und breiter. Carla öffnete sie und stieß ein leises »Wow« aus: Hier lagen Papiere. Briefe und

Dokumente. Auf den Umschlägen stand der Name Monika Göbel – als Adresse oder Absender. Volltreffer. Das musste sich die Polizei durchsehen. Vielleicht gab es darin Hinweise auf ein potenzielles Mordmotiv. Aber einfach mitnehmen konnten sie die Büchse ja nicht. Während die beiden Verbündeten noch beratschlagten, waren Arno Göbel und seine Freundin Jana Breitner von ihrem Spaziergang zurück. Sie bogen eben auf den Hof ein. Carla und Kruse saßen in der Falle. Doch die beiden hatten Glück, sie bekamen unerwartete Hilfe.

Just in dem Augenblick, als Carla durch ihren Garten geschlichen war, hatte auf dem Gut Butler Franzius aus dem Küchenfenster geschaut – und er war stehengeblieben. Da er aus eigener Erfahrung Carlas geheime Leidenschaft, alles genau wissen zu wollen, kannte, hatte deren heimlichen Ausflug zu Kruse beobachtet und danach gesehen, wie die beiden Göbels Schuppen enterten. Franzius zog eine Jacke über und ging gemessenen Schrittes hinüber zu Arno Göbel und stellte sich ihm in den Weg. »Herr Göbel, haben Sie unseren roten Kater gesehen? Ich glaube, der ist in Ihre Scheune gelaufen. Können wir mal eben nachsehen?« Arno Göbel stutzte. Denn Franzius, der zuweilen sehr hochmütig auftreten konnte, als sei er in 36. Generation Butler bei einem englischen Herzog, hatte dem Nachbarn bislang noch nicht einmal einen guten Morgen gewünscht in mehr als 15 Jahren. Jetzt lenkte er Göbel demonstrativ zur Scheune, sah aber zum Schuppen hinüber, in dem Carla und ihr Komplize schwitzten.

Als Franzius den Nachbarn in die Scheune gelotst hatte, in der natürlich kein Kater hockte, schlüpften die beiden hinaus und Carla richteten das Vorhängeschloss mit zitternden Händen wieder so her, wie sie es vorgefunden hatten. Und in Windeseile verschwanden sie hinter den Sträuchern auf Kruses Grundstück. Monika Göbels Keksdose mit den Dokumenten hatten sie wieder unter dem Regal abgestellt. »Dein Kommissar muss so schnell wie möglich den Schuppen durchsuchen«, flüsterte Kruse Carla zu, als sie sich in Sicherheit brachten. »Vielleicht finden sich in den Papieren Informationen, die ihren Tod klären.« Carla nickte energisch. »Und in die Scheune müssen wir auch noch«, sagte sie. »Vielleicht sollten wir Franzius gleich um Hilfe bitten.« Und sie lachten beide.

Derweil giftete Arno Göbel den Butler vom Gut an, durch dessen Besuch er sich gestört fühlte. »Was sollte das Theater? Hier ist weit und breit kein Kater.« Franzius sah den Querulanten kühl an. »Ich habe ihn hier gesehen. Sollten Sie dem Tier etwas angetan haben, werden Sie das bereuen.« Er wandte sich zum Gehen – drehte sich aber noch einmal halb um: »Sehr bereuen«, setzte er hinzu und legte einen filmreifen Abgang hin.

37.

In der Flensburger Polizeidirektion herrschte an diesem Nachmittag gedämpfte Stimmung. Kriminalhauptkommissar Stefan Kleyn und seine Mitarbeiter hatten alle Details zusammengetragen, die sie im Fall Monika Göbel kannten. Und das waren wenige genug. Sie hatten den Fundort, aber keinen Tatort. Sie wussten nur, dass die Frau vor etwa 15 Jahren zu Tode gekommen sein musste und dass ihr jemand den Schädel eingeschlagen hatte. Wegen der zusätzlichen Würge- und Messerspuren konnte es kein Unfall gewesen sein. Die Tat musste nach einem Sturm geschehen sein, weil der Täter sein Opfer in das Wurzelbett eines umgestürzten Baums gelegt hatte. »Die Dame hat sich ja wohl kaum selbst unter den Wurzeln begraben.« So fasste Kleyn seine Bilanz sarkastisch zusammen.

Der Hauptverdächtige war natürlich der Ehemann, der eine stattliche Lebensversicherung einstreichen konnte, nachdem er seine Gattin für tot erklären lassen hatte. Aber sie hatten noch immer nichts, was sie ihm nachweisen konnten. Und da sie das genaue Todesdatum nicht kannten, konnten sie ihn auch nicht nach einem Alibi fragen. Mit seiner Behauptung, die Gattin habe ihn mit ihrem Freund verlassen, stand er bestens da. »Meiners«, sagte Kleyn zu seinem engsten Mitarbeiter, »wir müssen in das Haus.« »Der zuständige Richter gibt uns nie und nimmer einen Durchsuchungsbeschluss, nicht bei der Beweislage«, sagte Meiners. »Da müssen wir uns etwas einfallen lassen.« »Ich denke nach.«

Kleyn ging zurück an seinen Schreibtisch, um die aktuelle Post zu sichten. Polizeibericht, Nachrichten, ein Angebot zur Weiterbildung, Rundschreiben – und ein Hilfsersuchen aus Frankreich. Die Polizei aus dem Departement Eure-et-Loire bat um Unterstützung bei der Identifikation eines bislang unbekannten Unfallopfers, das aus Deutschland stammen sollte. Der Mann war vor knapp einem Jahr bei einem Autounfall ums Leben gekommen, angeblich ein gewisser Rüdiger Baumann aus Zwickau. Außer seinen Papieren hatte er nichts hinterlassen. Aber der Rüdiger Baumann aus Zwickau, dem die Papiere gehört hatten, war schon lange vorher in Deutschland gestorben. Wer also war der Unfalltote aus der Gegend von Chartres, der den Ausweis des Toten bei sich trug? Das zerstörte Auto war ein Leihwagen aus Frankreich gewesen. Ein Foto war angehängt. Mechanisch öffnete Kleyn das Bild und dachte noch: In einem Kaff bei Chartres gegen den Baum gefahren. Schön blöd.

Das Foto öffnete sich und Kleyn erstarrte: Das war Dieter Meerbusch. Melissas Ehemann, der sich im vergangenen Jahr aus dem Staub gemacht hatte. Er hatte seine Maklerfirma gegen die Wand gefahren und vergeblich versucht, Melissa um ein paar Millionen zu erleichtern. Deshalb also hatte sie nichts mehr von ihm gehört. Er war nicht, wie alle vermutet hatten, mit Melissas Freundin Katharina van Heeren-Blum nach Spanien verschwunden, sondern in Frankreich gegen einen Baum gefahren. »Wenn ich das Carla erzähle«, sagte Kleyn in Gedanken. »Was?« Meiners war wie immer auf Sendung und hochgradig aufmerksam. Kleyn informierte ihn in wenigen Sätzen. »Na prima«, sagte der junge Beamte, »da können wir den Kollegen in Frankreich helfen und Frau Melissa kann ihren Grafen heiraten.« Kleyn lächelte. »Jetzt wird der auch noch romantisch«, dachte er und druckte sich die Unterlagen aus. Meiners sah das. »Soll ich mitgehen?«, fragte er. »Ich denke, wir lösen das auf familiärer Ebene und ich nehme Frau Moreno mit«, sagte Kleyn und wollte sich gerade erst wieder setzen, als sein Telefon klingelte. Es war Carla, atemlos und im Stakkato-Ton: »Stefan, ganz kurz, du wirst jetzt nicht rummeckern, aber Peter Kruse und ich haben uns in Arno Göbels Schuppen verlaufen und was gefunden, aber alles am Ort gelassen.« Sie holte tief Luft. Kleyn sagte nur: »Ich komme.« Meiners sprang auf und rief: »Wir kommen.«

Einen Moment lang herrschte Totenstille im Raum. Kleyns langjährige Mitarbeiter hielten den Atem an und rechneten fest damit, dass der Kriminalhauptkommissar in die Luft ging. Und fast schien es, als würden sie recht behalten. Doch der neue Stefan Kleyn verzog das Gesicht nur kurz, um dann zu lächeln. »Ist recht, Meiners, kommen Sie mit. Ich kann Sie vielleicht gut gebrauchen.« Als die beiden das Büro verlassen hatten, sagte die Sekretärin Dörte Schubert zu dem jungen Kriminalmeister Holger Pieper: »Diese Frau Moreno würde ich gern mal kennenlernen. Was hat die dem Kleyn nur in den Kaffee getan, dass der so friedlich ist.«

Unterdessen machten Kleyn und Meiners sich im Eiltempo auf den Weg nach Langenbek. Der Kriminalhauptkommissar schwieg eisern und schien komplett konzentriert. Er überlegte, mit welchem Trick sie in den Schuppen kommen könnten, und er war hochgradig verärgert, als sie ankamen, denn er hatte bislang nicht den Hauch einer Idee. So bremste er in alter Kleyn-Manier in Carlas Vorgarten, dass der Kies spritzte, und sprang aus dem Auto. Meiners folgte ihm wie ein Dackel und Carla kam den beiden schon entgegen.

»In dem grünen, windschiefen Schuppen steht unter dem rechten Regal eine große, lackierte Keksdose voller Dokumente von Monika Göbel.« »Und woher weißt du das?«, fragte Kleyn streng. »Mein Gott, Peter Kruse und ich wollten mal gucken, ob wir da nicht irgendetwas finden, was Licht in den Fall bringt. Und ihr habt doch keinen Durchsuchungsbeschluss, hast du gesagt. Und da dachten wir ...« »Carla, das geht so nicht. Der Kerl ist gefährlich. Und ihr könnt uns hier nicht ins Handwerk pfuschen.« »Aber, aber«, jetzt mischte sich Meiners kleinlaut ein: »Jetzt wissen wir doch wenigstens, wo wir suchen sollen.« »Aber damit sind wir noch immer nicht in dem vermaledeiten Schuppen. Und ich kann kaum den Richter um einen Durchsuchungsbeschluss bitten mit der Begründung ›Meine Freundin hat da schon mal mit ihrem Nachbarn nachgesehen, und die haben was gefunden, was wir uns dringend ansehen sollten, Herr Richter‹. Verdammt, Carla!«

Doch die ging gar nicht auf seine Tirade ein. »Gut, dass ihr so schnell gekommen seid. Und gut, dass Sie auch da sind, Herr Meiners. Wir haben doch nur vorgearbeitet, Peter Kruse und ich. Wir müssen ihm nur schnell Bescheid sagen. Kommt rein. Ihr kriegt einen Tee und dann können wir losschlagen.« Die beiden Männer folgten Carla ins Haus und Kleyn sagte auf dem Weg zu seinem Untergebenen: »Meiners, wenn Sie auch nur ein Wort von dem hier austratschen, lasse ich Sie nach Kamtschatka versetzen. – Also, Carla ...« »Erst Tee«, sagte die Malerin und lachte. »Zur Beruhigung. Lasst mir doch meine kleine Verschwörung, Stefan. Peter Kruse verbrennt gerade auf seinem Grundstück neben Arno Göbels Schuppen ein wenig Laub. Und wenn ihr Göbel gleich nochmal wegen einiger dämlicher Fragen besucht, vielleicht, um nach der Telefonnummer des Cousins zu fragen oder so, dann seht ihr – oder besser, dann sehen Sie, Meiners, dass da Flammen lodern, und Sie eilen hin, um den Schuppen vor dem Untergang zu retten. Sie dürfen Peter Kruse ordentlich zusammenfalten, alles, was Sie wollen, aber Sie müssen die dunkelrote Keksdose vom Regal unten rechts retten und am besten fallen Sie damit hin, damit wir die Papiere wieder aufsammeln können.« Carla grinste zufrieden. Meiners lächelte wie ein Heiliger. Er war durch Carlas Plan vollkommen hypnotisiert. Und Stefan Kleyn beharrte: »Das ist Blödsinn. Das können wir nicht machen.« »Hast du eine bessere Idee? Ach ja, wir können Franzius auch noch einschalten, um für Turbulenzen zu sorgen, dann könnt ihr als Retter und Ordnungshüter auftreten.« Carla Moreno war jetzt nicht mehr zu bremsen.

Stefan Kleyn stand mit dem Teebecher in der Hand in der Küche und betrachtete die alten Delfter Kacheln im Raum. Und er erinnerte sich an die Nacht vor knapp zwei Jahren, in der er die Hausherrin im Hof des Gutes Langen das erste Mal gesehen hatte. Eine aufdringliche, kratzbürstige, neugierige Nachbarin, die ihre Nase in alles steckte, was sie nichts anging. Er hatte sie verflucht, sich über ihre Einmischung aufgeregt und sich geärgert, dass sie schnurgerade ihren Weg ging wie ein Jagdhund, der Witterung aufgenommen hatte. Bei Gegenargumenten lächelte sie und stimmte auch zu, machte aber dennoch genau so weiter, wie sie es wollte. Und jetzt war das wieder genauso. Er war der Ermittler und ließ sich von dieser Frau, in die er sich bis über die Ohren verliebt hatte, auf Gartenwegen zu einem möglichen Tatort führen. Und sein Helfer lief genauso gehorsam an ihrer Leine. Er sah sie an. Da stand sie in der Küche, klein, lebensfroh und voller Energie und lächelte. »Carla, du bist bekloppt. Meiners, lassen Sie uns mal nachsehen. Im Ernstfall streiten wir ab, von dieser Sache je gehört zu haben. Sie sind mein Zeuge.«

Kleyn und sein williger Helfer verließen das alte Witwenhaus über die Straße und machten sich erneut auf den Weg zu Arno Göbel. Das Wetter war schön an diesem Donnerstagnachmittag. Es war ruhig im Dorf. Die Touristen waren bislang nur vereinzelt angereist. Und auch die sommerlichen Konzerte auf dem Gut hatten noch nicht begonnen. So hörten die beiden Kriminalbeamten nur ihren Atem und ihre Schritte im Kies auf dem Weg zum Querulanten des Dorfes Langenbek, dem Mann, der vielleicht seine Ehefrau vor etwa 15 Jahren getötet hatte. »Die Idee ist zwar blödsinnig, aber mir fällt auch nichts Besseres ein. Lassen Sie uns mal bei Göbel läuten und nach den Kontakten des Cousins und seinen Angehörigen fragen. Wir tun mal so, als würden wir diesen Mann aus dem Taunus verdächtigen. Dann wird Göbel vielleicht umgänglicher und wir geraten nicht in Verdacht, dass wir unsere Kompetenzen überschreiten.«

Inzwischen hatte Carla tatsächlich auch Franzius in Marsch gesetzt und der war zu Peter Kruse gelaufen, um ihn in einen Schein-Konflikt zu verwickeln. Die beiden Männer stritten lautstark über das schwelende Laub vom Vorjahr und Franzius beschuldigte den Bauern, Göbels Schuppen in Brand zu setzen. Das steigerte sich in eine derart lautstarke Pöbelei, dass auch Göbel das hörte, der gerade versuchte, Kleyn und Meiners abzuwimmeln, die ihn fast unterwürfig um Hilfe bei ihren Ermittlungen baten. »Was ist da los?«, rief Meiners und: »Oh Gott, es brennt!« Und er spurtete los und rief noch: »Haben Sie einen Wasserschlauch?« »Halt, das ist doch weit weg, lassen Sie das.« Jetzt lief auch Göbel hinter den Beamten her, wurde aber weit abgehängt. Als Meiners beim Schuppen ankam, schienen Kruse und Franzius einander auch körperlich zu attackieren. Der Polizist sagte leise: »Ihr müsst ein wenig nachlegen«, rannte, was das Zeug hielt, stürzte und krachte in die Schuppentür.

Jetzt war auch Kleyn bei dem Feuer angekommen und brüllte: »Löschen!« Ein Eimer Wasser genügte. Meiners hatte im Liegen nach der Keksdose gegriffen und den Inhalt über den gesamten Boden des Schuppens verstreut. Außerdem griff er sich an den Arm und jammerte. »Meine Schulter, meine Schulter.« Franzius, der stets Haltung wahrte und Herr jeder Szene zu sein schien, hatte Mühe, die Fassung nicht zu verlieren. Und Peter Kruse duckte sich hinter den Johannisbeersträuchern, weil er sich das Lachen nicht verbeißen konnte. Jetzt kam auch noch Carla angelaufen und stürzte sich auf Meiners, der noch immer am Boden lag. Sie half ihm auf, betastete fachmännisch seine Schulter und bestimmte forsch: »Sie kommen mit. Das ist eine Sache für den Arzt. Die Schulter ist ausgekugelt.« Und ganz beiläufig griff sie nach einem der Papierstücke. »Was ist denn das? Herr Göbel, das sind ja Sachen von Ihrer verschwundenen Frau, ich meine: von Ihrer getöteten Frau. Schauen Sie doch mal.« Arno Göbel war wie vor den Kopf geschlagen. Er hockte sich neben Carla und sagte lahm: »Tatsächlich, das ist von Monika.«

Wie einstudiert, trat jetzt Kleyn zwischen Carla und Arno Göbel. »Moment mal, wenn das von Ihrer Frau ist, möchte ich mir das schon einmal ansehen. Vielleicht hilft uns das in der Mordsache weiter. Sie erlauben – danke.« Und sekundenschnell hatte Kleyn die Papiere eingesammelt. »Hat jemand eine Tüte? Meiners?« »Hier im Regal liegen Plastiktüten«, sagte Carla und reichte dem Kriminalhauptkommissar mit ernster Miene eine Aldi-Tüte. »Sie erlauben doch, Herr Göbel«, sagte sie und lächelte liebenswürdig. Kleyn verstaute die Beweismittel, richtete sich auf und sagte streng zu Franzius und Peter Kruse: »Ich möchte, dass hier jetzt Ruhe herrscht.« Und zu Göbel: »Ich danke Ihnen für die Unterstützung. Ich hoffe, das bringt uns weiter. Ich denke, das ist auch in Ihrem Sinne.« Und dann ging er. »Tja, Herr Göbel, schönen Tag noch«, zwitscherte Carla, fasste den verdutzten Meiners unter und schob ihn hinter Kleyn her.

Auf der anderen Seite der Obststräucher waren Peter Kruse und Franzius wie von Zauberhand verschwunden. Die beiden Männer steuerten auf Kruses Haustür zu. Und der fragte: »Was meinste, kleinen Schnaps?« Franzius grinste und nickte und sagte: »Ich heiße Theodor.« Und beide kicherten wie kleine Jungen, die dem Nachbarn einen Streich gespielt hatten.

Die restlichen Mitglieder des Recherchetrupps liefen weiter zu Carlas Haus. Die Malerin eilte wie gewöhnlich in die Küche im Souterrain, um für Essen und Trinken zu sorgen. »Ich glaube, wir brauchen jetzt einen ordentlichen Kaffee. Denn ihr seid ja noch im Dienst«, sagte sie, als hätten die Ermittler eben gerade ein ganz alltägliches Kapitel ihrer Polizeiarbeit abgeschlossen.

Meiners ließ sich auf einen Küchenstuhl fallen und Kleyn lehnte sich an die Spüle und sah seine Lebensgefährtin an, als sei er soeben dem Monster von Loch Ness begegnet. Die Espressokanne gurgelte auf dem Herd. Carla verteilte den dunkelbraunen Kaffee, stellte Zucker und Milch auf den Tisch und sah die Männer erwartungsvoll an. Stille. »Na? Wo ist die Kriegsbeute?«, fragte sie. Kleyn erwachte aus seiner Erstarrung. Er sah Meiners an. »Meiners. 1. Sollten Sie je auch nur ein Wort über diesen Nachmittag verlauten lassen – ich habe es Ihnen schon angedroht. Kamtschatka. 2. Jetzt holen Sie schon die blöde Aldi-Tüte, damit wir sehen, ob sich das Theater wenigstens gelohnt hat.« Und zu Carla sagte er grinsend: »Ich weiß nicht, ob ich das hier auf Dauer aushalte. Zumal du meine Autorität komplett untergräbst.«

Meiners kippte die Beute aus Göbels Schuppen auf Carlas Küchentisch. Das war ein buntes Durcheinander von Quittungen, Briefen, Reklamezetteln, aber auch von amtlichen Schreiben und Dokumenten. »Lasst es uns vorsortieren, bevor wir lesen.« Jetzt war es wie damals, als sie die Notizbücher der Meta Diederichsen gefunden hatten, in denen die alte Dame Buch geführt hatte über ihr einträgliches Erpressungsgeschäft. Damals, vor zwei Jahren, hatte Kleyn sich von Carla helfen lassen. Und damals hatte er sich in sie verliebt. Weil sie einerseits systematisch und sachlich, andererseits aber mit kindlicher Freude die Geheimnisse zu entschlüsseln suchte. »Meiners, lassen Sie die Dame mal Ordnung machen. Das kann sie«, sagte Kleyn deshalb und lehnte sich bequem im Stuhl zurück. Die letzten Sonnenstrahlen fielen auf den Küchentisch und Carla sichtete eifrig die Papiere. Briefe, die meisten noch im Umschlag. Rechnungen – sie tippte auf den kleinen Stapel: »Vielleicht hilft uns das, wenn wir wissen, was sie zuletzt eingekauft hat«. Urkunden – »Hier ist eine Geburtsurkunde, eine Heiratsurkunde, ein Grabbrief für den Ohlsdorfer Friedhof in Hamburg, oh, das ist interessant, der Grundbuchauszug für das Grundstück hier in Langenbek. Das Haus gehörte tatsächlich Monika Göbel und nicht Arno. Und in Hamburg hat sie auch noch ein kleines Mietshaus mit sechs Einheiten. Da müssen doch Mieten fließen. Die hat der Kerl auch kassiert. Was ist mit den Briefen?« Carla öffnete einen der Umschläge. Absender war ein Lothar Heimerdinger – »Der Cousin aus Ruppertshain im Taunus«, erklärte die Malerin, die das Dorf inzwischen gegoogelt hatte. Kleyn sah sie fragend an. »Hab mich ein wenig umgehört im Dorf«, sagte sie und las das Schreiben diagonal. »Hier, hier ist was. Er schreibt, dass sie ihre Pläne durchziehen soll. Danach wollte sie sich von ihrem Mann trennen und nach einem Haus im Taunus suchen. In der Gegend hat wohl auch ihre Tochter gewohnt. Sonst nichts mehr.« Sie nahm Brief für Brief in die Hand – Infos von der Krankenkasse, ein Glückwunsch zum Geburtstag von einer alten Schulkollegin. Und hier: »Das ist ein Brief von ihrer Tochter, damals 16 Jahre alt. Das Mädchen schreibt, es wünsche keinen Kontakt mehr. Die Mutter möge sich doch melden, wenn sie sich von diesem Mann, gemeint ist ja wohl Arno Göbel, getrennt hätte. Die Tochter, Nora Grüttner, beschwert sich, dass Göbel sie angegraben habe.«

Carla setzte sich auf. »Habe ich mir's doch gedacht, der Kerl ist übergriffig.« Und der letzte Brief: »Jawoll, hier ist noch was. Ein Anwaltsschreiben. Eine Terminbestätigung. Ha, unsere Monika Göbel wollte sich scheiden lassen, damals vor 15 Jahren. Hier ist von Gewalt die Rede und von Betrug. Das Datum stand schon fest. Da hätte unser Arno aber alt ausgesehen. Grundstück und Haus gehörten der Gattin, die Mietwohnungen gehörten der Gattin. Er hätte vermutlich nur seine Schraubenzieher einpacken dürfen. Wenn das kein Mordmotiv ist!« Preben Jepsen, ein Anwalt in Flensburg. Kleyn und Meiners inspizierten den Brief. »Vielleicht haben die da noch Unterlagen«, sagte Meiners. »Da könnte ich morgen vorbeischauen.«

»Und ich denke, dass wir mit diesen Fakten, den Briefen, Urkunden und dem Anwaltsschreiben, einen Durchsuchungsbeschluss bekommen. Vielleicht finden sich ja doch noch Spuren im Haus von damals«, gab Kleyn zu bedenken. »Ja, du hast recht. Vielleicht ein paar Blutspritzer an einem Schrank oder Bettpfosten. Ich kann mir kaum vorstellen, dass Männer an solchen Stellen putzen. Eine Scheuerfrau hat er ja nicht. Und seine Freundin wird ihm kaum die Bude säubern«, sagte Carla. Es wurde ruhig in der Küche. Das Abenteuer hatte Kraft gekostet. Die beiden Kriminalbeamten packten die erbeuteten Unterlagen in Klarsichthüllen zusammen, die Carla ihnen gebracht hatte, und machten sich auf den Weg in ihr Büro nach Flensburg.

38.

Auf der Straße vor der Schönheitsklinik in Kiel hätte niemand an diesem frühen Freitagmorgen den smarten Chefarzt erkannt: Dr. Bernhard Braun trug einen schwarzen Sportanzug mit gelben Streifen, die mit Klett-Bändern auf Ärmeln und Beinen befestigt waren. Und die Hosen mit seitlichen Reißverschlüssen hatten jenen ganz besonderen Schnitt, der bei jedem Träger den Eindruck von massiven O-Beinen erweckte. Zudem trug Braun eine ebenso unkleidsame Mütze aus dem modischen Sonderangebot eines Discounters, sodass er wie Batman ohne Flügel aussah. Die auffälligen gelben Streifen, dachte er, müsste er noch dringend abreißen. Und in der Tasche hatte er dünne schwarze Handschuhe. Es war fünf Uhr morgens, die Vögel zwitscherten an der Kieler Förde, aber der Frühaufsteher hatte weder Auge noch Ohr für die Naturschönheiten Schleswig-Holsteins. Der Mann war angespannt, äußerst angespannt. Ging es doch heute um seine Existenz, um seine Zukunft.

Bereits am Donnerstagabend hatte er einen Taxifahrer beauftragt, am Freitag zwischen 18 und 19 Uhr einen prallen Briefumschlag auszuliefern. »Herrn Goedeke Michels«, stand auf dem Umschlag. Und auf die Rückseite hatte Braun eine genaue Skizze gezeichnet, damit der Bote den Brief auch in genau die Materialkiste legte, in der ihn der Erpresser erwartete. Braun gab dem Fahrer – er hatte sich bewusst ein etwas heruntergekommenes Taxi ausgesucht – 200 Euro und versprach ihm für den nächsten Abend, gleicher Ort und gleiche Stelle am Kieler Bahnhof, weitere 200 Euro, wenn er den Umschlag zuverlässig abgeliefert hätte. Der Fahrer war hochbeglückt. Und Braun war zuversichtlich, dass er das Paket mit den auf Banknotenformat geschnittenen Zeitungsseiten ordentlich platzieren würde.

Der Klinikchef dachte natürlich keine Sekunde daran, dem Boten am nächsten Tag die zweite Rate zu bezahlen. »200 Euro«, sagte er sich, »sind genug für den Weg, mein Lieber.«

Und jetzt wurde es ernst für seine Operation Goedeke Michels. Galt es doch, dem Freibeuter, der ihn wegen seiner etwas frisierten Mediziner-Karriere finanziell zu erleichtern dachte, den Garaus zu machen. Für die Fahrt nahm Braun einen mehr als zehn Jahre alten, schwarzen Nissan, der in einem Abstellschuppen stand und als Ersatzfahrzeug diente – etwa, wenn seine Schwiegermutter zu Besuch kam, die nicht nur gern und schnell Auto fuhr, sondern dabei auch verlässlich Mauerecken, Pfeiler und Zäune frisierte. Der alte Nissan war rundherum bereits komplett verschrammt. Seine Kotflügel sahen aus wie die Gesichter alter Corpsstudenten. Und Brauns Outfit passte perfekt zum Wagen, der billige Trainingsanzug zu den zerbeulten Seiten. Ungesehen gelangte er zum Auto. Rund um die Klinik herum war alles ruhig.

Seiner Frau hatte er gesagt, es stünden wichtige Gespräche mit Lieferanten für medizinisches Gerät und Medikamente an, sodass er vermutlich erst sehr spät nach Hause kommen würde. Aus ihrer Reaktion konnte er ablesen, dass es höchste Zeit war, seine Angelegenheiten ins Reine zu bringen. Denn er gab sich keinen Illusionen hin, dass die schöne Annegret sich im Krisenfall nicht in Sekundenschnelle von ihm abwenden würde. Und ein potenzieller Nachfolger, der Frau, Klinik und Villa im Nu übernehmen würde, stand auch schon bereit: der fingerfertige Kollege Farhat Merizadi, der, stets charmant, zart gebräunt und zuvorkommend, bei den Damen äußerst gefragt war. Braun hatte mit Erstaunen, aber auch mit Neid beobachtet, wie der Kollege mit der tatsächlichen Arztausbildung den Patientinnen Facelifts aufschwatzte, die diese nicht brauchten. Und er hatte beobachtet, dass auch die holde Annegret für Merizadis braune Samtaugen und seinen Charme durchaus empfänglich war.

»Reiß dich zusammen, Bernhard«, sagte er sich und fuhr zügig Richtung Eckernförde auf die Bundesstraße. Den Weg kannte er ja schon vom Vortag. In Gelting ging es ab über Wiesen und Felder. Auf den Straßen und Wegen war kein Mensch zu sehen. Den Wagen stellte er beim Leuchtturm von Falshöft ab. Da fiel er zwischen den Touristenautos nicht auf. Und dann machte er sich zu Fuß auf zu seinem Versteck, das er am Vortag entdeckt hatte. Er lief zurück zum Strand, direkt am Ufer entlang. Auch hier war es so früh menschenleer. Nicht einmal Angler waren zu sehen. Bernhard Braun war schnell. Seinen Unterschlupf hinter dem Gebüsch fand er sofort wieder. Er hatte sich eine Kühlbox mit Wasser, belegten Brötchen und Obst gepackt. Dazu eine Decke, Zeitungen und eine Taschenlampe, wenn es sehr spät werden würde, und das Buch »Erfolgsrezepte für Manager«. Und für den Erfolg seiner Mission hatte er entscheidend vorgesorgt. Zwischen Obst und Brötchen lag eine handliche kleine Beretta, die er sich vor Jahren in Italien besorgt hatte.

Braun huschte in sein Versteck. Das Buschwerk schirmte ihn komplett gegen den Strand ab. Auf der einen Seite seiner kleinen Höhle lagen große Findlinge vor der Öffnung. Es war also nahezu ausgeschlossen, dass er an diesem ohnehin wenig frequentierten Strandabschnitt von Spaziergängern entdeckt wurde. Und wenn, das hatte er sich zurechtgelegt, würde er sich als Obdachloser ausgeben, der hier sein Refugium gefunden hatte. Denn selbst wenn man nach Entdeckung der Leiche von Goedeke Michels nach ihm fahnden würde, wäre es ebenfalls unwahrscheinlich, dass irgendjemand einen Landstreicher im Jogginganzug mit dem smarten Dr. Bernhard Braun in Verbindung bringen würde. So machte es sich der Klinikchef bequem. Legte seine Decke aus, setzte sich, die Höhlenwand im Rücken, und verspeiste sein erstes Brötchen. Und er wunderte sich, wie gelassen er dem weiteren Tagesverlauf entgegensah, an dessen Ende er einen Menschen erschießen wollte. »Er ist selbst schuld«, sagte Braun und biss entschlossen in seine Semmel. »Er hätte mich eben nicht erpressen sollen. Ich muss mich wehren.« Der Mann, der im Geiste schon ein Mörder war, machte es sich in seinem Erdloch gemütlich. Es war noch nicht einmal 8 Uhr morgens. Es würde nicht leicht werden, dachte er, den ganzen Tag in dieser Höhle zu verweilen. Er konnte zwar aufstehen und zwei oder drei Schritte gehen, sich aber nicht voll aufrichten. Das Versteck zu verlassen, traute er sich nicht. So richtete er sich darauf ein, zwischen Lektüre und Beobachtung der Umgebung die vielen Stunden bis zum Abend zu verbringen, wenn Goedeke Michels seinen Umschlag holte. Er wusste, dass das bis in die späte Nacht dauern konnte. Denn der Erpresser würde mit Sicherheit mit derselben Vorsicht beim Abholen des Geldes agieren, wie er es bei der Platzierung des Pakets getan hatte. Und was wäre, wenn der ihn bereits beobachtet hatte? Wenn er von seiner Inspektion am Donnerstag wusste? Wenn er in der Frühe noch vor 6 Uhr da gewesen war? In dem Baucontainer, hinter einem anderen Gebüsch oder oben auf dem Leuchtturm, wo er den Überblick über die gesamte Gegend hatte? Brauns Puls beschleunigte sich. Doch er zwang sich zur Ruhe. Er wollte davon ausgehen, dass der Erpresser vor der Zeit kam und dass er sehen würde, wie das Taxi am Abend den Umschlag brachte. Ein schlauer Schachzug, bestätigte er sich selbst. So viele Jahre hatte er geduldig an seinem Aufstieg gearbeitet. Das würde er sich von einem miesen kleinen Erpresser nicht zerstören lassen. Er war wütend auf diesen Goedeke Michels. Und er hatte kein Mitleid, weil der sterben musste.

39.

Thomas Berner war mit seinen Sachen schon aufs Gut hin-
übergezogen, als Leonhard Hoffmann am späten Vormittag
vor der Tür stand. Er sagte, er habe neue Informationen. Die
Malerin hätte ihm den Weg zu den Ferienhäusern zeigen
können, doch da sie gern mithören wollte, was der Detektiv
über Thomas' untreuen Freund herausgefunden hatte, bot sie
an, diesen herüberzuholen. Sie rief den Freund an und bereitete inzwischen Kaffee für alle. Natürlich ging es im Hause
Moreno nicht ohne Kekse ab. Als sich Hoffmann an Carlas
Küchentisch setzte und an seinem Kaffeebecher schnupperte,
kam Thomas auch schon hereingestürmt. Er begrüßte den Detektiv und ließ sich atemlos in den Stuhl fallen. Carla schob
ihm wortlos einen Kaffeebecher hin und Watson zog sich nach
einem kurzen Blick in die Küche beleidigt zurück, weil er sofort
begriff, dass der Journalist ihm das gewohnte Leckerchen nicht
mitgebracht hatte.

Hoffmann machte ein ernstes Gesicht. »Ich bin leider fündig geworden«, sagte er. Ihr Lebensgefährte will tatsächlich
auswandern. Er hat alles zu Geld gemacht – Ihre Wohnung
beliehen und seine inzwischen sogar schon verkauft. Auch für
den Laden, der nach wie vor erstklassig läuft, gibt es eine feste
Zusage.« So wie er die Sache verstanden habe, wollte Ingo Hetkämper gemeinsam mit einer neuen Liebe ein kombiniertes
Ladengeschäft mit Bar auf Mallorca eröffnen. Auch da hatte
sich Hoffmann über Maklerkontakte bereits erkundigt. »Auch
Hetkämpers neuer Partner Albrecht Mönch hat seine Wohnung und seine gutgehende Bar Nautilus bereits verkauft.«

Thomas Berner war schockiert, obwohl er schon vorher
bruchstückhaft informiert worden war. Die Tatsache, dass
sein langjähriger Lebensgefährte ihn monatelang hintergangen,

aber auch betrogen hatte, traf ihn schwer. »Bin ich zu blöd, zu vertrauensselig?«, fragte er. Hoffmann reagierte kühl. »Es gibt einfach Menschen, die sind gierig und haben einen schlechten Charakter. Das machen Frauen mit Männern und Männer mit Frauen, aber eben auch Männer mit Männern und Frauen mit Frauen. Mit der Partnerschaftskonstellation hat das nichts zu tun. Glauben Sie mir, Sie sind da nicht der erste Fall. Die Frage ist, wie Sie jetzt reagieren, ob Sie sich das gefallen lassen oder nicht.« Thomas erklärte, er wolle ohnehin gleich am nächsten Tag auf die Insel fahren und wichtige Papiere und kostbare Besitztümer aus seiner Wohnung holen. »Und dann«, er wandte sich an Carla, »ist Elsa am Zug, dass sie die Sache für mich ins Reine bringt.«

Carla war sicher, dass ihre Schulfreundin Elsa auch in diesem Fall erfolgreich sein würde. »Die kann dann mal der Bank Dampf machen, die sich so leicht hat täuschen lassen«, sagte Thomas. Leonhard Hoffmann stand auf, um zu gehen. Drehte sich aber noch einmal zu Thomas um: »Seien Sie bitte vorsichtig auf Sylt, der Ali hat keinen guten Ruf. Gehen Sie den beiden aus dem Weg.«

40.

Es gab an diesem Morgen nur wenige Spaziergänger, die meisten mit Hunden. Und bislang hatte Dr. Braun von seinem Versteck aus am Strand bei Nieby noch nicht einen einzigen Badegast gesehen. Die Zeit wollte nicht vergehen. Zum Lesen fand er kaum Ruhe. So versuchte er, sich mit den Geschehnissen abzulenken, die am Strand passierten. Gegen Mittag kam eine Frau, die den Baucontainer aufschloss, in dem am nächsten Tag das Projekt Jägersruh vorgestellt werden sollte. So hatte er ein wenig zu tun, die Handgriffe zu beobachten, die die ganz offensichtlich gut organisierte Dame vornahm. Sie bestückte ein Regal mit Katalogen, brachte Klappstühle und ein paar Körbe mit Tellern und Gläsern, wohl für die Häppchen, die am kommenden Tag die Kauffreude der Investoren stärken sollten. Fast zwei Stunden werkelte die Dame herum. Dann fuhr sie wieder ab, nachdem sie noch einmal die Standfestigkeit des Bauschildes überprüft hatte.

Das Unterhaltungsprogramm Strand für Dr. Bernhard Braun legte jetzt eine Pause ein. Nichts regte sich. Er wurde müde und mochte gar nicht darüber nachdenken, dass er hier noch zehn Stunden und mehr ausharren musste. Aber es ging nun einmal nicht anders. Doch dann tat sich wieder etwas: Auf dem Hof neben dem Baugelände rollte eine Gruppe junger Leute einen Traktoranhänger heran. Und darauf stellten sie einen großen Holzbock mit einem Plakat: »Hände weg von der Birk! Kein Platz für Ferienhäuser. Ruhe für die Zugvögel und Wildpferde.« Das Bild zeigte friedlich grasend kleine Pferde und Schwäne und Gänse auf den Wiesen. Dr. Bernhard Braun wurde schlagartig wach. Das war ja wunderbar. Hier gab es Stunk mit Umweltschützern. Das waren doch die idealen Verdächtigen, wenn hier morgen ein Toter läge. Ob der Erpresser etwas mit dem Projekt zu tun hatte und deshalb diesen Ort für die Geldübergabe gewählt hatte, weil er das Terrain besonders gut kannte? Schade, dachte Braun, dass er das wohl nicht mehr erfahren würde.

Jetzt wurde es wieder ruhig am Strand. Erst nach 18 Uhr kamen dann wieder ein paar Spaziergänger, manche mit Hund, schlenderten am Wasser entlang, badeten die Füße oder warfen Stöckchen für die Hunde. Braun hatte noch ein paar Seiten in seinem Manager-Buch gelesen, er konnte sich aber nicht konzentrieren. Jetzt kam der Taxifahrer mit dem Umschlag. Der Klinikchef atmete durch. Für den Notfall hatte er ein zweites Paket dabei, falls der Bote sich den Weg gespart hätte. Dann hätte er selbst den Gang zur Kiste riskiert, sich auf Umwegen absetzen und wieder zurück zu seinem Versteck schleichen müssen. Aber so war es sicherer für ihn. Der Bote sah sich um, ob niemand schaute, dann klappte er die Kiste auf, warf den dicken Brief hinein und verschwand wieder. »Gut gemacht«, dachte Braun und überlegte, ob er dem zuverlässigen Boten am nächsten Tag nicht doch die zweite Rate zahlen sollte.

Und endlich war die Dämmerung zu ahnen. Braun nahm ein paar Schlucke Kaffee aus seiner Thermoskanne. Der war zwar nur noch lauwarm, aber stark, und das belebte ihn. Er setzte sich jetzt aufrecht hin und fixierte die Kiste der Handwerker. Wann Goedeke Michels wohl kommen würde? Braun wartete. Nichts tat sich. Die Spaziergänger waren längst zu Hause. Es wurde dunkler. Die Zeit schien stehenzubleiben. Braun konnte sich jetzt auch nicht mehr mit seinem Buch ablenken. Es war zu gefährlich, die Taschenlampe anzumachen. Um sich zu beschäftigen, räumte der Klinikchef seine Sachen komplett zusammen, sodass er nach getaner Arbeit sofort nach Hause eilen könnte.

Da sah er in der Ferne die Lichter eines Autos. Es war schon bald Mitternacht. Der Wagen fuhr zum Leuchtturm. Das

Licht ging aus. Doch dann sah Braun in der Dunkelheit eine Bewegung. Ganz vorsichtig. Er fixierte den Punkt in der Finsternis. Da war ein Mann in Schwarz, der sich am Rande der Parkfläche und des Weges geduckt anschlich. Er ging Richtung Kiste. Im selben Moment schlich auch Braun aus seinem Versteck, die entsicherte Beretta fest in der Hand. Das Gelände war für ihn günstig beschaffen. Er konnte sich, für den Erpresser unsichtbar, durch Büsche geschützt anschleichen. Jetzt war der Mann an der Kiste. Er öffnete sie und griff nach dem Umschlag. Er drückte ihn und legte das knisternde Papier ans Ohr und lachte kurz auf. »Danke, Dr. Braun. Jetzt bin ich Ihr Teilhaber«, sagte Goedeke Michels, alias Kevin Ostrowski. »Das denkst aber auch nur du«, sagte Braun und drückte im selben Moment ab. Die Kugel traf den Erpresser im Kopf. Ostrowski sackte zusammen, aber Braun schoss ein zweites Mal, obwohl ihm der Knall so laut erschien wie ein Donnerschlag. Der Klinikchef griff nach dem braunen Briefumschlag, in dem der Erpresser fälschlicherweise sein Geld vermutet hatte, und verschwand in Sekunden in seinem Gebüschversteck. Er setzte sich, atmete flach, spürte seinen Herzschlag bis in den Kopf und horchte, ob sich etwas in seiner Umgebung tat. Hatte jemand die Schüsse gehört? Nichts rührte sich. Beim Leuchtturm war alles dunkel. Braun wartete zur Sicherheit noch ein paar Minuten. Dann schlich er mit Tasche und Decke zu seinem Auto zurück. Glücklicherweise waren auch die wenigen Straßenlaternen, die es hier gab, längst ausgeschaltet.

Braun stieg in den alten Wagen. Die Innenbeleuchtung hatte er vorsorglich abgeschaltet. Die Tür zog er nur zu sich heran, bis sie einrastete, er wollte sie später richtig schließen. Dann fuhr er langsam ohne Licht los. So langsam, dass er an der Abzweigung nicht bremsen musste, um keinen Lichtschein zu erzeugen. Glücklicherweise gingen die Leute auf dem Dorf früh schlafen, sodass nicht viele Menschen sich hier an sein

Auto erinnern würden. Er fuhr weiter ohne Licht fast bis nach Gelting und von dort zurück auf die Nordstraße via Kappeln nach Kiel. Weit nach 1 Uhr nachts hatte er den alten Wagen wieder abgestellt. Er ging zurück in die Klinik, zog sich um, entsorgte den schwarzen Anzug mit der Mütze, die Schuhe und die Handschuhe im Müll und stellte fest, dass er einen der schwarzen Gummihandschuhe im Auto gelassen hatte. Verdammt. Den würde er später holen und ebenfalls entsorgen müssen. Die Tonnen für den Klinikmüll waren glücklicherweise groß und wurden im kurzen Zeittakt geleert. Dann räumte er sich seinen Schreibtisch so zurecht, als hätte er bis in die Nacht gearbeitet. Die Beretta schloss er im Safe ein. Er würde sich dafür ein sicheres Versteck suchen müssen, denn er wollte sich nicht von der Waffe trennen. Anschließend ging er nach Hause und legte sich im Gästezimmer schlafen. Geschafft, dachte er. Goedeke Michels war Vergangenheit. Dr. Bernhard Braun schlief sofort ein. Er hatte nicht den Hauch eines schlechten Gewissens.

41.

In der Kirche von Langenbek herrschte ungewöhnlich reges Treiben für einen Freitag. Sonst kamen hier allenfalls ein paar Touristen vorbei, die im Pastorat läuteten, weil sie das mittelalterliche Gotteshaus besichtigen wollten. Immerhin bot die kleine Kirche einen sehr eindrucksvollen Taufstein aus Granit mit Löwenköpfen und auch die mächtigen Säulen vor dem Altarraum zeugten von der Kunst mittelalterlicher Steinmetze. Der Raum des kleinen Gotteshauses war protestantisch hell. Im Blickpunkt aber stand die prächtige Barockorgel von Arp Schnitger mit großen Engeln, kleinen vergoldeten Putten und Blütenranken. Und die sollte jetzt eine Generalüberholung erfahren. Ein ungenannter Spender, der einst aus Angeln in die USA ausgewandert war und dort sein Vermögen gemacht hatte, stellte das Geld zur Verfügung gegen die Zusicherung, dass er nach seinem Tod auf dem Friedhof neben der Kirche seine letzte Ruhe finden dürfe. Bis dahin blieb er anonym. Das waren die Bedingungen.

Pastor Josua Blunck hatte dem Geschäft mit großem Eifer zugestimmt. Der jugendlich wirkende Pastor kümmerte sich ohnehin mit großem Engagement um seine Kirche und um seine Schäfchen, und er hatte es fertiggebracht, dass zumindest zu den Feiertagen die Bänke gut besetzt waren. Denn der Gottesmann verstand sich aufs Predigen. Er nahm aktuelle Ereignisse zum Anlass für Denkanstöße, mahnte und kritisierte, stellte sich aber nie über seine Gemeinde. Unterstützung erfuhr er von seiner Frau Ella, mit der er seit knapp zwei Jahren verheiratet war. In zweiter Ehe. Seine erste Frau, Henriette, hatte sich nach großem Eklat von ihm getrennt, nachdem sie erfahren hatte, dass er mit Ella bereits einen Sohn im Schulalter hatte. Erstaunlicherweise nahmen ihm seine Gemeindemitglieder das unkonventionelle Privatleben nicht übel. Sicher auch, weil Henriette ebenso ehrgeizig wie zickig gewesen war, während Ella sich begeistert in die Gemeindearbeit gestürzt hatte, Kaffeekränzchen und Chortreffen organisierte und Alte und Kranke besuchte. Und der Pastor, der früher verklemmt gewirkt hatte, war wie befreit nach Henriettes Abgang.

Jetzt platzte Blunck vor Stolz, weil seine Kirche, seine Orgel im Zentrum des Interesses standen. Thomas Berner hatte das Kunstwerk bereits betrachtet und darüber in den Norddeutschen Nachrichten geschrieben. Und jetzt kam aus Frankreich ein berühmter Restaurator, ein Experte für Barockorgeln, um die Schäden am Prospekt des Instruments auszubessern und mit seinen Helfern ein halbes Dutzend Pfeifen auszutauschen, die in den vergangenen Jahrzehnten schlappgemacht hatten. Doch im Prinzip war das Instrument noch sehr gut erhalten. Es war vor allem die Optik, die eine Kur benötigte. Da war an Ranken und Voluten das Gold abgeblättert. Bei den musizierenden Engeln, die die dicksten Orgelpfeifen flankierten, hatte einer seinen Kopf verloren. Aber das sollte jetzt ausgebessert werden. Blunck erwartete den Kunsthandwerker sehnsüchtig.

Am frühen Freitagnachmittag hielt sein Wagen vor der Kirche. Der Mann war mit zwei Helfern und einer ganzen Transporterladung an Materialien und Werkzeugen gekommen. Sein Name war Patrick Dutert. Er war Mitte 50 und stammte aus dem Périgord. Geschmeidig stieg er aus dem Wagen. Er war ein eher schmächtiger Mann mit bemerkenswerter Ausstrahlung. Der Franzose lächelte, begrüßte den Pastor und seine Frau und offenbarte recht ordentliche Deutschkenntnisse mit einem starken Akzent. Dutert stellte seine Helfer als Romuald und Henry vor. Ella Blunck führte die Besucher ins Pfarrhaus, wo die drei während der Arbeiten untergebracht waren, und versorgte die Reisenden mit Kaffee und Kuchen. Danach ging es an den Ort des Einsatzes. Blunck führte den Restaurator in seine Kirche und zeigte ihm seine Orgel. Dutert unterzog das Instrument wortlos einer Inspektion und nickte mehrfach im Selbstgespräch »magnifique«. Dann warf er seinen Helfern ein paar Wortfetzen zu, die diese eifrig notierten. Schließlich nickte er dem Pastor energisch zu und sagte: »Machen wir«, mit langgezogenem I. Und er erklärte, dass er aus den Archiven bereits die gesamten Zeichnungen in Kopie erhalten habe und sich nach detaillierter Bestandsaufnahme sofort an die Arbeit machen könne.

In diesem Moment öffnete sich die Kirchentür und Thomas Berner schaute herein. Er trat näher, begrüßte den Pastor und seine Frau und sah den Restaurator. Die beiden kamen sofort ins Gespräch – über die Kirche von Langenbek, die Orgel, Musik und das Restaurieren alter Instrumente. Der Journalist war fasziniert und fest entschlossen, diese Orgel und diesen Orgelrestaurator bekannt zu machen. In Gedanken verbanden sich Zeitungsberichte bereits zu einem Buch. Ja, warum nicht ein Buch über das Restaurieren von Orgeln? Auch Josua Blunck war begeistert. Neben den sommerlichen Konzerten auf dem Gut war jetzt auch seine Kirche eine Adresse auf der Karte der Kulturlandschaften. Henriette, seine Ex, dachte er, würde sich giften, wenn sie das las. Und das freute ihn.

42.

Es war das erste Mal überhaupt, dass Thomas Berner keine Lust hatte, auf den Autozug nach Sylt zu fahren. Fast 20 Jahre war die Insel sein Zuhause gewesen, und vor über zehn Jahren hatten Ingo Hetkämper, sein Lebensgefährte, und er sich in Westerland nahe der Promenade zwei Wohnungen gekauft. Seither hatten sie Tür an Tür miteinander gewohnt und gelebt. Und das war jetzt zu Ende. Wohl schon seit ein paar Monaten. Ingo hatte ihn emotional und finanziell betrogen. Das hätte er ihm niemals zugetraut. Aber auch wenn der neue Freund, Ali, der Drahtzieher des Betrugs sein mochte – Ingo hatte mitgemacht. Rechtlich hatte Thomas Berner bereits seine Truppen aufgestellt, um finanziell ungeschoren aus der Affäre herauszukommen. Elisabeth Fischer, genannt Elsa, Carlas Schulfreundin und Anwältin mit beruflich goldenen Eckzähnen, hatte sich der Sache hocherfreut angenommen. Und Thomas war sicher, dass sie Ingo jeden ergaunerten Cent wieder abjagen würde. Wenigstens das. Seelisch würde er viel Zeit brauchen, um mit dem Vertrauensbruch fertigzuwerden.

Kurz nach 17 Uhr wollte er zu Hause in seiner Wohnung in Westerland sein, um noch einige wichtige Dokumente mitzunehmen, und er hatte in einem kleinen Safe noch ein paar Goldstücke, zwei Uhren und altes, ererbtes Tafelsilber. Auch diese Dinge wollte er einpacken und mit nach Langenbek nehmen. Auch ein bisschen Kleidung. Man wusste ja nie – vielleicht wollten Ingo und sein neuer Liebhaber auch die Wertsachen noch einsacken. Und Thomas Berner war ziemlich sicher, dass sein falscher Freund die Safe-Kombination kannte.

In Westerland angekommen, hatte er es nicht weit zu seinem Zuhause. Ingo, da war er sicher, war jetzt noch in seinem Geschäft. Und so bestand keine Gefahr, dass er ihm über den Weg lief. Seine Wohnung lag im ersten Stock. Er nahm die Treppe. Thomas Berner sperrte seine Wohnungstür auf und dachte, hier muss dringend gelüftet werden. Er zog den Schlüssel ab, trat in den Vorraum und stellte seine Tasche auf den Boden. Als er sich wieder aufrichtete, bekam er einen Schlag auf den Kopf. Thomas Berner verlor das Bewusstsein.

43.

Diplomatie war in seinem bisherigen Leben nicht die Sache des Stefan Kleyn gewesen. Dass er deswegen ein Einzelgänger gewesen war und dass seine jeweiligen Liebschaften nie besonders lange dauerten, hatte ihn bislang nicht gestört. Jetzt grübelte er seit fast zwei Tagen, wie er es Carlas Nachbarin und Freundin Melissa Meerbusch möglichst schonend beibringen konnte, dass ihr Mann seit rund einem Jahr tot war. Dass Melissa sich liebend gern scheiden lassen wollte, weil ihr Mann sie nach Strich und Faden betrogen hatte, war die eine Sache. Sein Tod etwas anderes. Weil die neue Freundin des Grafen eine besonders liebenswürdige Person war, wusste Kleyn nicht, wie er ihr mit der Information möglichst wenig Kummer machen könnte. Er hatte sich dafür entschieden, nicht aufs Gut hinüberzugehen, sondern Melissa in Carlas Haus, genauer in die Küche, an den großen, gescheuerten Tisch, assistiert von einem Becher Kaffee und ein paar von Carlas unvergleichlichen Keksen, zu holen.

Er bat Carla, die Freundin anzurufen und auf einen Schwatz herüberzulocken. Die wollte schon empört ablehnen. »Stefan Kleyn, ich mache doch nicht deine Arbeit«, protestierte sie scheinbar empört. Und er konterte: »Irgendwelche Leistung musst du ja auch bringen, wenn ich dich mitschnüffeln lasse«, stichelte er zurück und lachte. Und Carla dachte: »Wie gut, dass ich diesem Typen damals bei Sturm und Regen auf dem Gutshof in die Arme gelaufen bin.«

Eine Viertelstunde nach Carlas Anruf kam Melissa Meerbusch vom Gut Langen herüber zum alten Witwenhaus. Nachdem sie ihre Jacke aufgehängt, dem Hund ein Würstchen überreicht und ihre Freunde begrüßt hatte, fragte sie neugierig: »Was gibt es denn so Dringendes? Ist etwas mit Thomas?« Carla schob die Freundin in die Küche. Stefan Kleyn folgte, setzte sich zu den Frauen und machte ein ernstes Gesicht.

»Nein, Melissa, ich muss dich etwas Offizielles fragen – hast du seit vergangenem Jahr noch einmal etwas von Dieter gehört?« Melissa sah ihn erstaunt an. »Das weißt du doch – wir haben nachgeforscht, wo Dieter geblieben ist. Und das Einzige, was wir herausgefunden haben, ist, dass er seinen Leasing-Wagen aus Deutschland bei Paris abgestellt hat. Und wie und wohin er von dort gereist ist, wissen wir nicht. Kein Auto gemietet, keinen Flug gebucht. Ja, theoretisch hätte er mit dem Zug fahren können. Aber das alles weiß ich doch nicht.«

Sie sah Kleyn ängstlich an. Der wand sich. »Melissa, wir haben aus Frankreich eine Mail der Kollegen bekommen. Die bitten uns um Klärung – es geht«, er räusperte sich, »es geht um die Identifizierung eines unbekannten Toten. Der Mann ist verunglückt. Angeblich ein Rüdiger Baumann aus Zwickau. Aber dieser Rüdiger Baumann, dem die Papiere gehörten, die der Tote bei sich hatte, ist schon lange vorher gestorben. Als ich nun das Bild des Unfallopfers sah – Melissa, kannst du dir das mal bitte anschauen?«

Melissa Meerbusch sah den Ermittler mit großen Augen an. »Du meinst, Dieter ist tot?« Sie sah auf ihre Finger. »Zeig mir das Bild.« Sie betrachtete das Foto von dem Unfalltoten und die Kopie seiner Papiere. »Ja, ich glaube, das ist Dieter. Das heißt, eigentlich bin ich sicher, dass das Dieter ist. Müsst ihr das noch abklären – DNA oder so?« Melissa Meerbusch sah zuerst Carla, dann Kleyn gerade an: »Tut mir leid, dass ich nicht in Tränen ausbreche. Aber ich habe die Trauerzeit für meine zerbrochene Ehe schon hinter mir; es hört sich herzlos an, aber fast bin ich erleichtert – weil ich jetzt weiß, was aus ihm geworden ist. Und weil ich einen Lebensabschnitt abschließen kann. Stefan, wenn ich irgendwo irgendwelche Erklärungen abgeben soll, mache ich das. Ansonsten vermute ich, dass man ihn damals begraben hat. Ich möchte, dass er, wo immer er liegt, ein Kreuz mit seinem Namen kriegt. Und ein paar Grünpflanzen drumherum. Er ist der Vater meiner Kinder. Und kann ich jetzt bitte einen Schnaps haben?« »Ich glaube, den brauchen wir alle.« Carla goss jedem einen doppelstöckigen Wodka ein.

»Ich glaube, ich laufe dann mal nach Hause. Die Kinder müssen das ja auch erfahren. Und Eberhardt.« Melissa gab einen Laut von sich, der sich ein bisschen nach Schluchzer, aber auch nach Erleichterung anhörte. »Eberhardt. Für den wird die Sache jetzt gefährlich«, sagte Kleyn ganz leise. Nein, Begleitung wollte sie nicht: Nachdenklich trat Melissa Meerbusch den Weg zurück zum Gut an. Aber nach ein paar Metern ging sie entschlossen weiter. Und dann lief sie.

Carla Moreno atmete tief durch. »Ich finde, das haben wir gut gemacht, Stefan Kleyn«, sagte sie und räumte die Wodka-Flasche weg. »Und jetzt erzähl mir, was ihr in den Papieren von Monika Göbel gefunden habt.« Der Kriminalhauptkommissar Stefan Kleyn berichtete seiner Freundin folgsam, dass der Flensburger Anwalt, dessen Terminbestätigung sie nach dem nicht legalen Entern des Schuppens von Arno Göbel in den Unterlagen gefunden hatten, die Vermutung bestätigt hatte: Monika Göbel wollte die Scheidung einreichen. Sie hatte dem Juristen aber auch berichtet, dass sie ein Testament zugunsten ihrer Tochter gemacht hatte. Diese war aber nie vom Verschwinden ihrer Mutter informiert worden. Und wie Göbel es geschafft hatte, dieses Testament zu unterschlagen, war auch offen. Warum hatte die Frau ihren letzten Willen nicht beim Gericht hinterlegt? Der Anwalt berichtete auch, Frau Göbel habe den Termin damals schriftlich abgesagt. Er habe die Sache daraufhin zu den Akten gelegt. Und das buchstäblich. Da die Angelegenheit vor rund 15 Jahren passiert sei, berichtete Kleyn mit dramatischen Pausen, habe der Ordner im Archiv gelegen. Und der Anwalt meinte sich noch zu erinnern, dass in dem Konvolut auch eine Kopie des Testaments abgeheftet war. Bis zum nächsten Montag sollten die Unterlagen wieder zutage gefördert werden. Und dann, sagte Kleyn, lägen wohl die notwendigen Argumente für eine Hausdurchsuchung auf dem Tisch. »Wenn wir das Testament haben, kann Göbel einpacken«, sagte Kleyn und grinste zufrieden. »Wobei – wenn er in den Knast geht, braucht er das Grundstück ohnehin nicht mehr.«

»Dennoch – Hausdurchsuchung nach 15 Jahren – das ist sicher gar nicht so einfach. Denn die Chance, dass ihr da noch etwas findet, ist natürlich klein.« Carla sah aus dem Fenster und grübelte einen Moment. Dann sagte sie: »Wenn der seine Frau irgendwo im Bad umgebracht hat, ist das natürlich schwierig. Aber wo streitet man sich? Im Wohnzimmer oder im Schlafzimmer oder in der Küche. Und das ist ein altes Haus mit alten Möbeln. Wenn wir davon ausgehen, dass so ein alter Kerl nicht der Superhausmann ist, und wenn Monika vielleicht im Schlafzimmer oder im Wohnzimmer erschlagen wurde, gibt es vielleicht doch noch Spuren. Denk mal an Schrankfüße, Sesselbeine oder die Unterseiten von Bettgestellen oder dem Küchenschrank. Vielleicht findet ihr da einen alten Blutspritzer. Ich würde nur an solchen Stellen suchen. Alle sichtbaren Flächen sind natürlich tausendmal gereinigt, da entdeckt ihr in der Tat nichts mehr. Ich könnte mir vorstellen, dass sie vielleicht gepackt hat, und dann hat er ihr eine reingehauen, sie dann gewürgt, zugestochen und sie schließlich erschlagen. Sich steigernde Gewalt und dann war sie tot.« »Hm, könnte sein.« Kleyn war in Gedanken schon in der nächsten Woche und überlegte, wie er möglichst schnell in das Haus von Arno Göbel kommen könnte. Er wollte diesen Fall unbedingt aufklären. Den Mord vor Carlas Haustür. Und vor seiner.

44.

In seinem Schädel hämmerte es, als sei ein ganzer Bautrupp aufmarschiert. Thomas Berner spürte, dass kaltes Meereswasser seine Beine umspülte. Er konnte nichts sehen, denn sein Kopf war in eine Plastiktüte eingepackt. Die Erkenntnis fühlte sich wie ein Stromschlag an. Er war überfallen worden. Und jemand wollte ihn ermorden. Mit einer Tüte. Und wer weiß, wie lange er hier schon lag. Wenn er sich aus der Tüte nicht befreien könnte, würde er ersticken. Die Angst würgte ihn. Er lag auf einem festen Untergrund und bemühte sich, den Kopf auf den Boden zu drücken und die Tüte zu lockern. Das brachte nichts, sie war mit Klebestreifen an seinem Hals fixiert. Nun drückte er die Tüte mit dem Mund auf die Bodenplatten und versuchte, das Plastik mit Zunge, Lippen und Zähnen zu fassen zu kriegen. Aber das Material war fest. Es dauerte eine ganze Weile, bis es ihm gelang, ein kleines Loch in das Plastik zu beißen. Das machte ihm Mut. Der Journalist atmete durch. Jetzt kaute er weiter, bis das Loch größer wurde. Er hatte Sand im Mund, der ekelhaft nach Moder schmeckte. Das war zwar mühsam, aber er war erfolgreich. Erschöpft sog er die frische Luft ein. Er entspannte sich kurz und wollte jetzt versuchen, sich durch Rollen seines Körpers von Plastik und Fesseln zu befreien. Da hörte er Schritte und stellte sich instinktiv bewusstlos.

Die Schritte kamen näher. Jemand hockte sich neben ihn und legte die Hand auf seinen gefesselten Arm. »Herr Berner?« Im selben Augenblick begann der Ankömmling, die Plastiktüte aufzureißen. Thomas Berner erkannte den Detektiv Leonhard Hoffmann. »Hatte ich Ihnen nicht gesagt, Sie sollten aufpassen?« »Wie kommen Sie denn hierher?« Thomas Berner kamen die Tränen. Der Detektiv löste die Fesseln und entfernte die Klebebänder an Berners Beinen. Hoffmann stand jetzt bis zu den Knöcheln im Wasser, die Flut stieg. Hätte er länger hier gelegen, wäre es die Frage gewesen, ob er in der Tüte erstickt oder in der Flut ertrunken wäre. Thomas Berner richtete sich auf. Er hockte in einer Art Verschlag direkt am Strand und nicht weit vom Aquarium in Westerland entfernt. Der Journalist rieb sich den schmerzenden Schädel und versuchte, sich zu orientieren, sich zu erinnern. Es war stockdunkel. »Hoffmann, wie haben Sie mich gefunden?« »Ich dachte, dass ich Ihren Liebsten und seinen Freund noch ein wenig beobachten sollte, und habe mich vor Ihrem Haus auf die Lauer gelegt. Da sah ich, wie Sie ankamen, in Ihre Wohnung gingen, aber ich sah nicht, dass Sie sich oben in der Wohnung bewegten. So habe ich weiter gewartet, und als es dunkel war, schleppte der gute Ali Sie wie einen Betrunkenen die Treppe herunter und brachte Sie hierher. Ich konnte zusehen, wie er Sie als Paket verschnürte, und habe dann nur abgewartet, dass er verlässlich verschwunden war. Sie befanden sich also nicht in ernster Gefahr. Ich hatte alles im Blick. – Jetzt sollten wir aber die Polizei rufen.« Hoffmann griff zu seinem Telefon. Berner protestierte. »Nein, ich will nicht, dass das hier bekannt wird.« Der Detektiv schüttelte unwillig den Kopf. »Dann sollten wir sehen, dass wir hier wegkommen. Wir nehmen auf alle Fälle das Plastikzeug als Beweismaterial mit. Die Flut soll heute hoch steigen, das heißt, dass Ingo und Ali sich nicht wundern werden, wenn Sie morgen weggespült sind.«

Thomas Berner nickte mit schmerzverzerrtem Gesicht. Sein Retter kommandierte: »Als Erstes müssen wir Sie mal trockenlegen, dann bringe ich Sie zu einem befreundeten Arzt, der soll sich Ihren Schädel ansehen. Später in der Nacht holen wir dann Ihre Wertsachen aus der Wohnung und morgen früh bringe ich Sie auf Ihr Dorf zurück.« Einen Protest-Ansatz des Journalisten unterbrach der Ermittler. »Nein, Ihr Auto können Sie durch einen Boten abholen lassen. Lassen Sie die Herren glauben, dass Sie ersoffen sind. Dann können Sie in aller Ruhe Ihren juristischen Coup vorbereiten.«

Ein Allgemeinarzt in Keitum versorgte die Platzwunde an Thomas Berners Hinterkopf und befahl ihm für die nächsten Tage strikte Ruhe. Hoffmann fuhr mit seinem Klienten nach Westerland zurück und bestand auf Arbeitsteilung. Es war inzwischen weit nach Mitternacht. Der Journalist blieb im Wagen sitzen und beobachtete das Haus. Alles war ruhig in dieser kleinen Nebenstraße. Hoffmann ging leise durch den dunklen Flur und das Treppenhaus in Thomas Berners Wohnung, benutzte nur eine winzige Taschenlampe, leerte den Safe, sammelte nach Liste die Wertgegenstände von Uhren bis Silber und wichtige Dokumente ein und schlich mit einer vollgepackten Reisetasche zurück zum Wagen. Nach kurzer, unbequemer Nachtruhe im Auto fuhren beide am nächsten Morgen mit dem ersten Zug wieder aufs Festland zurück und hofften, dass das betrügerische Duo Ingo Hetkämper und Albrecht Mönch von ihrem Coup nichts bemerkt hatte.

Es war Sonnabend gerade erst 8 Uhr früh, als der Detektiv Leonhard Hoffmann Thomas Berner bei Carla Moreno ablieferte. Die war noch im Schlafanzug und erlitt einen ordentlichen Schrecken, als ihr alter Freund mit Kopfverband vor der Tür stand. Doch wie gewohnt hielt sie sich nicht mit langen Reden auf, sondern bugsierte Berner und den Detektiv in die Küche und machte Kaffee. Stefan Kleyn war bereits mit dem Hund unterwegs. Die beiden frühen Besucher berichteten von dem Abenteuer auf Sylt, das für Thomas durchaus lebensgefährlich gewesen war. »Ihr hättet sofort die Polizei rufen müssen. Das war ein versuchtes Tötungsdelikt!«, plädierte Carla. »Ihr müsst das sofort Stefan erzählen, dass der die nötigen Schritte einleitet.« Doch Thomas weigerte sich erneut. »Ich wollte das nicht. Ich möchte nicht, dass das alles an die Öffentlichkeit kommt.«

45.

Der uralte Mercedes-Kombi schlingerte in den Kurven der schmalen Straße, die zum Leuchtturm Falshöft hinunterführte. Dabei fuhr Monika Jennerwein nicht einmal schnell. Aber das alte Gefährt war stark überladen mit Geschirr, Besteck, Lebensmitteln und Getränken, die am frühen Nachmittag die Laune der potenziellen Käufer für das Projekt Jägersruh heben sollten. Es gab Wasser und Weißwein, Bier und Saft, dazu Tabletts mit Häppchen und zwei große Töpfe mit Erbsensuppe. Zwar sollten sich die Interessierten anmelden, aber in der Regel kamen immer erheblich mehr Besucher, wenn es etwas zu essen und zu trinken gab. Und man wusste ja nie, ob nicht auch diese zusätzlichen Gäste sich am Ende für das Projekt begeistern würden.

Monika Jennerwein hasste Stress. Deshalb bereitete sie ihre Präsentationen stets mit ausreichendem Zeitpuffer vor. So hatte sie vom Leuchtturm zum Baucontainer, in dem die Informationen aufbereitet und der Imbiss angereicht wurden, bereits einen Elektroanschluss legen lassen, sodass sie für warme Suppe, Kaffee und Tee sorgen konnte. Als sie auf Sichtweite zum Strand und zum Leuchtturm hielt, war es erst kurz nach 9 Uhr, also bis Mittag Zeit genug, um alles aufzubauen und vorzubereiten. Gegen 12 Uhr wollten die Entwickler kommen, der Investor Jörn Gruber und sein Partner Kevin Ostrowski. Es war geplant, dann noch einmal alle Details der Veranstaltung durchzugehen, damit der Ablauf wie am Schnürchen lief. Das würde er mit Sicherheit tun, so wahr sie Monika Jennerwein hieß. Und sie erhoffte sich im Anschluss für ihre Einfrauen-Firma weitere Aufträge aus der Immobilienbranche.

Die Veranstaltungsexpertin hielt so nahe wie möglich beim Container, damit sie die schweren Kisten nicht so weit tragen musste. Sie sah zum Wasser. Es war ein schöner Tag, und der Wetterbericht verhieß beste Bedingungen für die Veranstaltung.

Monika Jennerwein schleppte als Erstes die beiden großen Suppentöpfe in den Container. Als sie zurück zu ihrem Wagen ging, wollte sie die Heckklappe öffnen. Da sah sie am Rand des Gebüschs im hohen Giersch einen Turnschuh. »Dass die Leute ihre Sachen auch nicht ordentlich entsorgen können. Es gibt hier doch Papierkörbe genug«, dachte sie und trat ärgerlich gegen den Turnschuh. Das hätte sie fast zu Fall gebracht, denn sie stieß auf Widerstand: Der Turnschuh steckte am Fuß eines jungen Mannes. Eines toten jungen Mannes, der halb auf dem Bauch lag. Monika Jennerwein schrie auf. Dann überwog die Neugier den Schrecken: Sie schob den Giersch beiseite und sah, dass der Mann am Hinterkopf eine Wunde hatte. Blut war über den Nacken geflossen und markierte einen breiten, dunklen Streifen auf der bleichen Haut. Mechanisch tastete sie nach der Wange des Mannes – sie war eiskalt, der Körper komplett erstarrt. Auch die Veranstalterin erstarrte für einen Moment, als müsse sie sich in der Realität zurechtfinden. Dann dachte sie: »Mist, jetzt kommt die Polizei. Die ganzen Vorbereitungen sind umsonst. Wie komme ich jetzt an mein Geld?«

Und eine Sekunde später schämte sie sich für diese Gedanken. Da lag ein toter Mann, der ganz offensichtlich ermordet worden war. Wer das wohl war? Mechanisch tippte sie die 110 in ihr Smartphone. »Hier liegt ein Toter beim Leuchtturm von Falshöft«, sagte sie. »Ich glaube, der wurde erschossen.« Ja, sie versprach nichts anzurühren und ja, sie würde bleiben, wo sie war. Monika Jennerwein setzte sich seitlich in ihr Auto und starrte auf den Turnschuh im Giersch. »So eine Scheiße!«, sagte sie laut. Da hockte sie an einem sonnigen Sonnabendmorgen am Meer, einen lukrativen Auftrag in der Tasche, und dann sollte sie einen Toten bewachen, damit niemand den Tatort veränderte. »So eine Scheiße.«

46.

Schwester Eva, Schwester Eva!« Dr. Bernhard Braun brüllte über den Korridor seiner Klinik. Das war eigentlich so gar nicht seine Art. Der Hausherr pflegte sonst einen sehr sanften Umgangston mit einer vornehmen Wortwahl, so wie es die zahlungsfähige Klientel von ihm erwartete. Und genau dieser einschmeichelnde Umgang war eines seiner Erfolgsgeheimnisse.

Doch jetzt war das Fass am Überlaufen. Die Hoteliersgattin Frau von Holzhausen, die sich auf Zimmer 12 von den Strapazen eines Faceliftings mittels diskreter Goldfäden erholen sollte, hatte sich Knall auf Fall vom Chauffeur ihres Gatten abholen lassen. Und das, weil Schwester Eva ihr nicht genau die Beilagen ihres Frühstücks serviert hatte, die die Gnädige zu genießen gewohnt war. Kurz: Sie hatte ihr mit Hinweis auf die Gesundheit den Champagner verwehrt. »Wie können Sie es wagen, Schwester Eva«, brüllte Braun. Die junge Frau war völlig geschockt. So kannte sie den smarten Klinikchef nicht. Außerdem war sie im Recht. Natürlich war es nicht gesund, wenn die frisch operierte Dame höheren Alters sich kurz nach der Narkose vor dem Frühstück Champagner genehmigte. Doch Braun ließ kein Argument gelten. »Sie bekommen eine Abmahnung.«

Der Kieler Klinikchef war in Rage. Dabei hatte er doch blendend geschlafen, nachdem seine Unternehmung am vergangenen Abend so überaus erfolgreich gewesen war. Im Radio oder im Fernsehen hatten die Nachrichten noch nichts von einem Toten am Ostseestrand verlauten lassen. »Gut so«, dachte Braun. Nicht nur der Einsatz am Wasser, auch die Rückkehr hatte gut geklappt. Er war noch über eine Hintertür der Klinik in sein Arbeitszimmer geschlüpft, hatte erneut Aktenordner verschoben, um angestrengte Tätigkeit vorzutäuschen. Seine Tat-Verkleidung hatte er erfolgreich entsorgt, damit nicht irgendein Ermittler daran Schmauchspuren feststellen konnte. Auch die komplette Picknick-Ausrüstung, die er für den Tag auf der Lauer mitgenommen hatte, war ein Fall für die Müllabfuhr. Als er früh morgens zu Hause ankam, merkten Frau und Kinder davon nichts. Und er selbst schlief vor Erschöpfung und Stress sofort ein. Das Gewissen drückte ihn jedenfalls bislang überhaupt nicht. Er sah das Ende des Freibeuters als Akt der Notwehr.

Doch seine gute Laune hatte das Frühstück nach der kurzen Nacht nicht überdauert. Seine Frau Annegret hatte genörgelt, dass er zu wenig Zeit für sie und die Kinder hätte, gleichzeitig wollte sie ein neues Auto – den allerneusten Mini. Und mit einer Freundin auf einen Kurztrip nach New York zum Shoppen. Und, und, und. Da war es dem selbsternannten Doktor einmal mehr klar, dass die bildhübsche Anne blitzschnell verschwunden gewesen wäre, wenn Goedeke Michels seinen finanziellen Rahmen durch wiederholte Forderungen geschmälert hätte. Und als er den verdrossenen Gesichtsausdruck der Gattin sah, beschloss er, sie und den hübschen Kollegen Merizadi mit den schwarzen Samtaugen genauer zu beobachten. Im Ernstfall könnte er dann immer noch verschwinden. Da es ihm erfolgreich gelungen war, eine akademische Karriere aus dem Nichts zu schaffen, dachte er selbstzufrieden, würde ihm das auch mit einer neuen Identität im Ausland ein zweites Mal gelingen. Ein paar Rücklagen hatte er ja.

Aber seine Laune war für diesen Tag unter null. Und Schwester Eva Jahn war die Erste, die das zu spüren bekam. Das erste Mal fühlte Braun den Druck seiner Situation. Bislang war er mit seinem Status locker umgegangen. Er hatte sich unverwundbar gefühlt und am Ende fast selbst geglaubt, dass er die akademischen Erfolge auch wirklich erzielt hatte. Doch seit er wusste, dass er irgendwo bei der Kreation seiner neuen Karriere auf dem Papier einen Fehler gemacht hatte, war er unsicher geworden. Er wusste nicht, wer dieser Goedeke Michels war. Er wusste nicht, welche Informationen er hatte. Und er hatte sich am Vorabend nicht getraut, den Toten nach seinen Papieren zu durchsuchen, um vielleicht dessen Identität zu klären. Nur weg, war seine Devise, nur nicht am Tatort gefasst werden. Und auch danach hatte er äußerste Sorgfalt walten lassen und deshalb alles entsorgt, was er an den Strand mitgenommen hatte. Sogar das Management-Buch. Nur von der kleinen Beretta mochte er sich nicht trennen. Er hatte vor, sie in einer wasserdichten kleinen Kiste hinter dem Stellplatz zu vergraben, auf dem der alte Nissan geparkt war. Das war ein Grundstück, das viele Anwohner nutzten. So riskierte er vielleicht, dass die Waffe irgendwann von Fremden gefunden wurde und damit für ihn verloren war, aber eine Verbindung zwischen der Waffe und ihm war nicht ohne weiteres herzustellen.

Braun ging in sein Büro und verfasste ein Rundschreiben an die Mitarbeiter, in dem er nochmals den Servicegedanken des Hauses hervorhob und absolutes Entgegenkommen für die noble Kundschaft forderte. Seine gute Laune nach dem erfolgreichen Coup gegen den Erpresser war verflogen. Vielleicht gab es ja doch einen Mitwisser? Er musste sich jetzt sofort einen Notfallplan zurechtlegen. Und dafür brauchte er dringend noch mehr Geld. Bargeld.

47.

Bei Kaffee und Wurstbrot hatte sich Thomas Berner von den Schrecken der Nacht erholt. Während er bedächtig dänische Leberpastete mit Röstzwiebeln und Gurke kaute, blieb er bei seiner Weigerung, den Ex-Lebensgefährten Ingo Hetkämper und dessen neuen Lover Ali Mönch anzuzeigen. Aus Angst, aber auch um zu verhindern, dass über eine Anzeige das Drama öffentlich wurde. Ali hatte ihn ohnmächtig und verschnürt am Strand von Westerland liegenlassen, wo ihn die Flut offenbar ersäufen sollte. Hätte Hoffmann ihn nicht wie ein Terrier bewacht, wäre Ingo und Ali das auch gelungen. »Sollen die doch grübeln, ob ich aufs Meer hinausgespült worden bin«, sagte er zu seiner Freundin Carla. »So können wir alles in Ruhe vorbereiten, damit ich mein Geld zurückbekomme.« Carla wiegte den Kopf. »Im Prinzip hast du recht, aber das war ein Mordversuch.« Thomas war entschlossen: »Wir machen nichts.« Kurz nach dem improvisierten Frühstück, bei dem sich auch der Detektiv Leonhard Hoffmann stärkte, der Thomas gefunden hatte, lief der Journalist zurück zu seiner Bleibe auf Gut Langen. »Ich schlafe mich jetzt aus. Glücklicherweise weiß niemand, wo ich jetzt wohne. Und bitte, Carla, sollte Ingo anrufen und nach mir fragen, sag, dass du nicht weißt, wo ich bin. Und stell dich dumm.« Sie versprach es widerwillig. Auch der Detektiv zuckte unwillig die Achseln.

Stefan Kleyn, dem Thomas sein lebensgefährliches Abenteuer verschwiegen hatte, weil der Kriminalbeamte die Sache von Amts wegen verfolgen müsste, war direkt vom Hundespaziergang zur Pflicht geeilt. Denn beim Leuchtturm von Falshöft war eine Leiche gefunden worden. Von Langenbek aus waren es nur ein paar Kilometer über Gelting und Nieby hinunter zum Strand. Als der Kriminalhauptkommissar dort ankam, war der

Fundort der Leiche schon weiträumig abgesperrt. Die Spurensicherer waren bereits im Einsatz und kurz nach Stefan Kleyn traf auch der Rechtsmediziner Professor Konrad Herrsching ein. Auch er hatte es nicht sehr weit zum Tatort, da er nördlich von Kiel wohnte und nach einer Dreiviertelstunde Fahrt seiner neuen Aufgabe gegenüberstand. Er begrüßte Kleyn jovial: »Das scheint hier aber wirklich eine ungesunde Gegend zu sein.« Und er stakste mit großen Schritten und gebeugtem Rücken zu seinem neuen Opfer. »Sauber«, sagte er. »Kopfschuss. Der hat nicht mehr viel gemerkt. Muss irgendwann in der Nacht passiert sein.« »Was wollte der wohl hier draußen?«, rätselte Kleyn und sah sich um. »Kneipe gibt's nicht. Und ein Treffpunkt für Liebespaare ist das ja wohl auch nicht. Und wie ist der hierhergekommen? Hat er Papiere bei sich?« Die fleißigen Helfer schüttelten den Kopf.

Kleyn lächelte, denn jetzt kam auch sein Assistent Meiners, der stets systematisch, fleißig und ohne viele Worte Puzzlesteinchen zusammentrug. Der war in der Tat kaum aus seinem Wagen ausgestiegen, da klapperte er schon alle Tatortermittler ab, um den Stand der Dinge zu erfahren. Es war auch Meiners, der die Umgebung des Leuchtturms nach dem Wagen des Opfers absuchte, »denn mit dem Fahrrad wird er ja nicht gekommen sein«, sagte er trocken. Und tatsächlich. Ein Stück Wegs zurück Richtung Nieby stand in der Zufahrt zu einem Feld versteckt im Gebüsch ein Porsche Panamera in Silbermetallic. »Leute, sucht mal nach 'nem Porsche-Schlüssel«, rief Meiners seinen Kollegen zu. Die griffen dem Opfer in die Taschen und förderten tatsächlich den gesuchten Schlüssel zutage und Meiners trabte zurück zum Wagen. Kurz darauf kehrte er mit der Brieftasche des Toten zu Kleyn zurück und referierte: »Also der Tote«, er verglich das Foto im Ausweis mit dem Gesicht des am Boden liegenden Mannes, »ist ein gewisser Kevin Ostrowski. Und seine Visitenkarte sagt, dass er Investor und Entwickler ist.«

»Carla«, rief Kleyn spontan aus. Meiners sah ihn irritiert an und Kleyn grinste. »Entschuldigung, Meiners, auch dabei geht es nicht ohne Frau Moreno ab. Dieser Ostrowski ist der Bauherr der beiden Toskana-Häuser in Langenbek, für die er ohne Genehmigung mit dem Abbruch eines Denkmals begonnen hat. Sie hat ihn schon getroffen. Er ist der Neffe der alten Dame, die vor zwei Jahren im Ort ermordet wurde. Die Familie scheint sich nicht besonders beliebt zu machen mit dem, was sie tut«, sagte der Kriminalhauptkommissar sarkastisch. Und zu sich selbst: »Damit ist klar, dass mir Carla auch in dieser Sache herumpfuschen wird.« Nachdem der Tote von allen Seiten betrachtet, fotografiert und abgetastet worden war, machte ihn das Team fertig für den Transport in die Kieler Rechtsmedizin. Deren Chef, Professor Konrad Herrsching, überwachte jeden Handgriff, damit »seiner« Leiche nichts geschah.

Währenddessen gab es am Rande der Szene eine kleine Auseinandersetzung mit Schaulustigen, die auf dem benachbarten Hof neben der geplanten Baustelle lange Hälse machten. Die örtlichen Polizisten drohten ihnen mit drakonischen Maßnahmen, wenn sie das abgesperrte Terrain der Flatterbänder überschritten. Unter ihnen war einer, der besonders lautstark Informationen forderte. Hubert Metelmann, der aus Langenbek zur Unterstützung herbeigeeilt war, forderte knapp den Ausweis und notierte »Gabriel Dutert«. Der gab bereitwillig zu, als Naturschützer gegen das Bauvorhaben zu protestieren. »Wir werden alles tun, um das hier zu verhindern.« Metelmann sah den jungen Mann scharf an. Den würde er sich merken. Denn die Leiche war sicherlich nicht förderlich für das Projekt. Damit waren die Gegner des Bauvorhabens Verdächtige.

Inzwischen mussten die Ermittler ihr Terrain verteidigen. Erst kam Jörn Gruber, der Investor, der mit seinem Resort Jägersruh seinen Reichtum mehren wollte. Als er erfuhr, dass es hier einen Toten geben hatte, stellte er hysterisch Fragen nach den Hintergründen im Stakkato und dachte in derselben Geschwindigkeit über Lösungen für die Misere nach. Er wollte unbedingt auf sein Grundstück. Er wollte seinen Empfang vorbereiten. Wenn man ihn daran hinderte, brüllte er, müsste er mit einer Verzögerung der Vermarktung und der Entwicklung rechnen. Und das sei teuer. Und er würde wen auch immer wegen Schadenersatzes verklagen! Gruber war schockiert und ratlos. Wieso lag hier ein Toter? Allein die Tatsache, aber auch das ganze Prozedere mit den Ermittlungen war geschäftsschädigend. Darüber hinaus bestand die Gefahr, dass der Mord sich in den Köpfen der Leute mit dem Namen des Resorts verbinden könnte. Nicht auszudenken, was das für die Vermarktung bedeutete. Klare Sache: Sie würden den Namen ändern müssen.

Dann fiel ihm dieser seltsame Anruf von dem Mann namens Peter wieder ein, der angeblich das Grundstück kaufen wollte. Gruber hielt den Atem an. Ob der etwas mit dem Toten zu tun hatte? Dem Investor wurde übel. Ob er selbst vielleicht das Opfer sein sollte? Vielleicht musste er sich einen Bodyguard zulegen!

Gruber rannte vor den Flatterbändern auf und ab wie ein Raubtier und versuchte, weitere Informationen zu bekommen. Wo waren übrigens seine Mitarbeiter? Er hatte vergeblich versucht, Monika Jennerwein zu erreichen. Die müsste doch lange am Ort sein, dachte er. Und Kevin Ostrowski. Wo steckte der? Er tippte die Nummer ins Smartphone. Nach dreimaligem Klingeln kam ein »Hallo«. »Mensch, Ostrowski«, schnauzte Gruber, »wo bleiben Sie denn? Hier läuft irgendetwas schief. Ich brauche Sie hier.« »Wer ist denn da?«, fragte die Hallo-Stimme. »Gruber hier, Ostrowski, kommen Sie sofort her zu der Absperrung.« Eine halbe Minute später näherte sich dem Bauunternehmer ein Polizist. »Metelmann«, stellte der sich vor. »Sind Sie Herr Gruber?« »Ja, verdammt, was ist hier los?« »Herrn Ostrowski werden Sie hier nicht treffen können«, sagte der Polizeihauptmeister. »Sie werden ihn überhaupt nicht mehr treffen können, denn Herr Ostrowski wurde erschossen. Und jetzt hätte ich gern Ihre Personalien.«

Nachdem Metelmann auch Grubers Daten notiert hatte, fluchte der einen Moment leise vor sich hin und starrte den Polizisten regungslos an. Dann schaukelten sich seine hektischen Bewegungen wieder auf: »Wie lange sind Sie hier noch tätig? Wann haben Sie den Platz geräumt – wir haben hier gleich eine Veranstaltung. Unsere Kunden wollen sich hier informieren. Sie müssen das alles hier beschleunigen, wir brauchen den Platz.« Jetzt starrte Metelmann den Immobilieninvestor an. »Haben Sie mich nicht verstanden? Hier ist ein Mord geschehen. Hier veranstaltet heute niemand nichts – außer uns.« Doch Gruber holte tief Luft und wollte gerade seinem Zorn Ausdruck geben, als mit ein paar flinken Schritten Kleyn heraneilte und Gruber fixierte: »Sie mich verstehen – hier Mord. Sonst nichts. Sie ziehen Leine.« Gruber holte tief Luft und wollte weiter lamentieren. Doch Metelmann sagte: »Sie haben's gehört. Ich habe Ihre Personalien und Sie marschieren ab. Sofort.«

Der Spekulant trollte sich tatsächlich. Er schlurfte zu seinem Auto, setzte sich hinter das Steuer und grübelte. Was war jetzt zu tun? Zum einen war seine Veranstaltung geplatzt. Zum anderen war hier, direkt neben seinem geplanten Ferienresort, ein Mord geschehen. Ob das die Verkäufe störte oder vielleicht im Gegenteil sogar förderte? Er war ratlos. Er hatte keine Handlungsmöglichkeiten. Damit konnte Gruber überhaupt nicht umgehen. Und außerdem war da der bedrohliche Peter. Sollte er den anrufen? Sollte er die Polizei über das seltsame Telefonat informieren oder den Anruf ignorieren?

Derweil kamen auch die ersten Gäste, die eigentlich ein Ferienhaus kaufen, sich darüber informieren oder einfach nur Gratis-Häppchen abgreifen wollten, beim Tatort an. Das

Polizeiaufgebot beflügelte die Neugier und Metelmann hatte alle Hände voll zu tun, um das Terrain mit weiteren Flatterbändern abzusperren und die mit Smartphones bewaffneten Neugierigen abzuwehren, die sich allzu gern über den Tatort hergemacht hätten. Gruber versuchte vergeblich, die Gäste zu beschwichtigen, die an seinen Häusern so gar kein Interesse zeigten und sich nicht einmal mit der Aussicht auf die vorhandenen Häppchen auf das Thema Ferienhauskauf lenken ließen. Mord aus erster Hand war einfach besser. Gruber wollte die Prospekte aus dem Container holen und die Häppchen außerhalb des Sperrgebiets servieren lassen, bis ihm die Polizisten mit Festnahme drohten.

Der Bauunternehmer produzierte derweil so viel Adrenalin, dass er neue Herausforderungen brauchte, und die fand er in den Demonstranten am Zaun des Resthofs. Er stürzte sich wie ein Kampfstier auf Patrick Dutert und seine Mitstreiter, drohte ihnen mit Prügeln, Anzeigen und Schadenersatzklagen und wurde wieder von Metelmann eingefangen, dem inzwischen der wackere Meiners assistierte. »Platzverweis«, grollte Metelmann, der inzwischen alle Schaulustigen bis an das Ende der Zufahrtsstraße zum Leuchtturm zurückgedrängt hatte.

Als endlich Kevin Ostrowski, im Leichensack verpackt, auf die Reise in die Kieler Rechtsmedizin gegangen war und auch Professor Konrad Herrsching den Tatort verlassen hatte, waren die Häuslekäufer bereit, sich dem Thema Häppchen zuzuwenden. Doch das Terrain, das Fahrzeug der Monika Jennerwein inklusive, blieb für die Schaulustigen tabu. Die zogen erst langsam murrend ab.

Für Stefan Kleyn und sein Team begann jetzt die Fleißarbeit: Spurensuche. Jedes Stück Papier, jede Zigarettenkippe konnte ein möglicher Hinweis auf den Täter sein. Systematisch scannten die Beamten den Boden ab und untersuchten dabei die gesamte Fläche vom Baugebiet bis zum Leuchtturm. Es war schon Nachmittag, als Meiners aufgeregt und mit rotem Gesicht bei Kleyn angelaufen kam. »Ich glaube, ich habe etwas gefunden! Kommen Sie schnell!« Kleyn folgte seinem Mitarbeiter und auch Metelmann, der den Fall wegen der Verbindungen nach Langenbek als seine ureigene Sache ansah, schlurfte hinterher. Meiners führte die Männer zum Strand, ein ganzes Stück vom Tatort entfernt.

Kleyn wollte schon abwinken. Aber Meiners wedelte mit den Armen und zeigte auf das Gebüsch, das den Strand begrenzte. »Da!« Er deutete auf die Höhle unter dem Feldrand. »Das sieht aus, als hätte sich hier jemand versteckt.« »Vielleicht ein Obdachloser«, sagte Kleyn. »Vielleicht aber auch ein Täter«, beharrte Meiners. Und Kleyn sah ihn erstaunt an. Er hatte den jungen Beamten für devot gehalten, jetzt entwickelte der Kampfgeist. »Dann sehen Sie mal nach, ob Sie etwas vom Täter finden.« Metelmann hatte eine Taschenlampe dabei und leuchtete für den jungen Kollegen in die dunklen Ecken der Höhle. »Brötchenkrümel«, diagnostizierte der Ermittler, »Kronenkorken von Mineralwasser und hier, hier unter dem Stein ... ein Streichholzbriefchen.« Meiners fasste seinen Fund mit behandschuhten, spitzen Fingern an und reichte ihn dem Kriminalhauptkommissar. »Die sind von einer Klinik in Kiel, Klinik Dr. Braun, Waldstraße. Wie um alles in der Welt kommt denn das hierher? Aber solche Werbeträger gibt es ja leider zu Tausenden. Dennoch, Meiners, Sie haben das gefunden, machen Sie sich auf zur Klinik Dr. Braun und sehen Sie mal nach, was die für Kunden haben. Ich will alles über die Einrichtung wissen – Mitarbeiter, Leitung. Einschließlich der Kontostände.«

48.

Du hättest sofort Anzeige erstatten müssen!« Die Rechtsanwältin Elisabeth Fischer, ihre Freundinnen nannten sie wegen ihrer Wagner-Begeisterung Elsa, war höchst unzufrieden mit ihrem Mandanten. »Das war ein Mordversuch. Das muss verfolgt werden. Und sag mir nicht, dass dein Freund Ingo Hetkämper nichts davon gewusst hat, was sein neuer Lover da mit dir veranstaltet hat. Das glaube ich nicht. Was sagt denn Stefan zu der Sache? Der muss doch ermitteln.« Der gescholtene Journalist senkte den Kopf. Die beiden saßen sich im Witwenhaus des Gutes Langen am Küchentisch gegenüber. »Wir haben Stefan natürlich nichts gesagt«, gestand der Journalist.

Die Hausherrin, Carla Moreno, hatte darauf bestanden, dass das Treffen zwischen Anwältin und Klient in ihrem Haus stattfand. Zum einen, weil sie genau wissen wollte, wie das Drama zwischen ihrem alten Freund und seinem Lebensgefährten weiterging, zum anderen, weil sie selbst dazu das eine oder andere beitragen wollte, denn sie befürchtete, dass sich Thomas Berner sonst aus falsch verstandenem Stolz von Ingo über den Tisch ziehen lassen würde. Ihm war es peinlich, dass er seinem Freund so blind vertraut hatte. Und da wollte er lieber die Demütigung und den finanziellen Schaden in Kauf nehmen, als sich zu wehren und das ganze Drama öffentlich zu machen.

»Stellt euch vor«, sagte er zu Carla und Elsa, »meine Kollegen kriegen davon Wind, dann kann ich mich in der Redaktion nicht mehr sehen lassen.« »Papperlapapp«, konterte Carla, »Betrug ist eine Schande, Vertrauen nicht.« Carla Moreno hatte einen ausgeprägten Gerechtigkeitssinn. Wenn sie Betrug und Hinterlist witterte, ging sie in den Kampfmodus. Und in diesem Fall war sie mit Elsa einer Meinung. »Die beiden können nicht versuchen, dich zu ersäufen, und dann fröhlich mit deinem Geld verschwinden und du wehrst dich nicht einmal!«

Thomas Berner, der als Journalist durchaus streitbar war, saß den Frauen wie ein kleiner Junge gegenüber. Und er gab zu, dass er Angst hatte. Vor allem vor Ingos neuem Freund Ali Mönch. »Aber die Sache mit Sylt und dem Überfall kann ich ja nun sowieso nicht mehr beweisen«, sagte Berner und betrachtete seine Hände, die er verschränkt auf dem Tisch hielt.

»Also – mir reicht es jetzt, Thomas«, sagte Carla. »Du steigst jetzt sofort aus deinem Selbstmitleid-Bad aus und wehrst dich gefälligst gegen diese Verbrecher. Wenn du Angst hast – keiner weiß, dass du jetzt auf dem Gut wohnst. Also sollte dein teurer Ingo dir den Ali auf den Hals hetzen, könnte der dich lange suchen.

Und was die Beweise angeht – du glaubst doch nicht, dass Leonhard Hoffmann so blöd war, nicht alles genau zu sichern. Er hat Fotos gemacht, von dir, wie sie dich am Strand verschnürt haben, vom Fundort, von der aufsteigenden Flut, von deiner Verletzung und von den Fesseln und Klebestreifen. Und du kannst sicher sein, dass daran Fingerabdrücke von unserem lieben Ali sind.« Thomas Berner starrte Carla mit offenem Mund an. Aber Carla hatte sich in Rage geredet. »Wenn du schon so blöd bist, dich von denen unterbuttern zu lassen – wir sehen da nicht zu. Elsa und ich werden diesen Burschen die Kante geben. Ob es dir passt oder nicht.«

Die Rechtsanwältin hatte der Suada mit zufriedenem Gesicht zugehört. »Natürlich können wir die beiden anzeigen. Einmal wegen der Wohnungsgeschichte und dann natürlich wegen eines versuchten Tötungsdelikts. Und natürlich haben wir für beides Beweise – auch wenn wir für den Angriff auf dich, lieber Thomas, deinen Freund Ingo nur verantwortlich machen können, wenn dieser Ali das auch verrät. Wir können auch dein Geld zurückholen, aber das wird etwas dauern. Eine andere

Möglichkeit wäre etwas, sagen wir: unbürokratischer. Und du brauchtest Mut. Auch wenn es nicht wirklich gefährlich wäre, denn Leonhard Hoffmann würde auf dich aufpassen.«

Thomas Berner wurde blass und Elsa Fischer beschrieb ihm ihre Strategie. Thomas sollte sich mit Ingo auf Sylt verabreden und zunächst dabei so tun, als hätte er keinen Verdacht gegen den Freund. Er sollte über Arbeitsbelastung klagen und jammern, dass er momentan nicht nach Hause nach Sylt könne. Und ja, Elsa meinte, er könne ihn ruhig ein wenig anschmachten. Und wenn der Freund sich dann sicher wäre, dass der Journalist das schmutzige Spiel des neu verbandelten Paares Ingo und Ali nicht durchschaute, dann solle er kühl die Rücküberweisung seines Geldes binnen Wochenfrist verlangen. »Und dann drohst du mit Anzeige und teilst mit, dass wir alle Beweise in Sicherheit verwahrt haben: über die betrügerische Hypothek, die mit Hilfe des gestohlenen Ausweises und mit einer gefälschten Unterschrift durch Ali Mönch eingetragen wurde, über den Überfall in der Wohnung und den Mordversuch am Strand. Du kannst dich dann elegant verabschieden mit einem: ›Ich hätte dir so etwas nie zugetraut!‹ oder wie auch immer du das formulieren möchtest. Ich wette, dass du dein Geld pünktlich zurückhast.«

Thomas Berner war sprachlos. Das könne er nie und immer tun, und er habe Angst vor dem Duo, stammelte er. Aber Carla und Elsa versicherten ihm, dass Leonhard Hoffmann als sein Schatten dabei sein würde. »Wenn die jetzt untertauchen und dein Geld mitnehmen, dauert das ewig, bis wir das zurückbekommen«, drängte auch Carla. »Und du machst gleich für morgen ein Treffen aus.« Berner kapitulierte. »Aber der Detektiv muss mit, sonst schaffe ich das nicht.« »Ich rufe Hoffmann an«, versprach Carla.

49.

An der Zufahrt zum Leuchtturm Falshöft ging es an diesem Sonnabend zuweilen zu wie an einer Landesgrenze. Immer wieder kamen Ausflügler, die das markante Bauwerk von 1910 mit seinen Museumsräumen sehen wollten, das bis 2002 der Schifffahrt auf der Flensburger Außenförde den Weg gewiesen hatte. Jetzt scheiterten sie an den Flatterbändern der Polizei. Manche kapitulierten schnell, weil sie die Notwendigkeit der Tatortsicherung einsahen, andere pöbelten und forderten ihr Touristenrecht. Das war eine leichte Übung für den Dorfpolizisten Hubert Metelmann, dem Dienstgrad nach Polizeihauptmeister. Er war ein einsilbiger Mann, zufrieden mit seiner durchaus begrenzten Karriere, im Auftreten aber wirkte er imponierend. Wenn Metelmann sich vor den Pöblern aufbaute, zogen die meistens schnell ab, ohne dass er die Stimme erheben musste.

Es blieb aber ein Unruheherd am Rande der Szene, dort wo die Gegner des Bauvorhabens ihren Protest geplant hatten, um potenziellen Käufern die Lust auf eine Nachbarschaft zu verderben. Metelmann machte sich auf den Weg, auch hier für Ruhe zu sorgen. Begleitet von Knut Meiners, ging er hinüber auf den Resthof des Anwalts Herrmann Rathjens, auf dem die Demonstranten ihren Protest mit einer großen Leinwand dokumentierten, die auf einem Anhänger aufgebaut war und deswegen wie ein Segel auf hoher See im Wind schwankte.

Metelmann fragte, ob jemand etwas gesehen hatte, und nahm die Personalien der Naturschützer auf – von Franjo Meier, Maja Blick und von Gabriel Dutert, der als Einziger lautstark protestierte: »Der hatte doch nichts anderes verdient! Die machen uns die Birk kaputt und schicken die Wildpferde zum Schlachter und verscheuchen die Zugvögel«, brüllte der Hüne Metelmann an. Der musterte den aufgebrachten Natur-

freund kühl und fragte: »Wo waren Sie denn heute Morgen, sagen wir, zwischen Mitternacht und 5 Uhr?« »In meinem Bett.«
Dutert steigerte die Lautstärke noch. »Zeugen?« Metelmann
wurde immer leiser und Meiners beobachtete den älteren Kollegen bewundernd von der Seite. Die Freunde des Franzosen
waren schon ganz leise. Alle beteuerten, am Tatort nichts gesehen zu haben. Auch der aufmüpfige Dutert nicht, der sich
mit seinen Ausfällen gegen die Entwickler verdächtig gemacht
hatte. Nein, Zeugen dafür, dass er nachts daheim gewesen
war, hatte Dutert nicht. Er lebte allein in einem Wohnwagen
am Rande der Birk. Metelmann beschloss, den Mann mitzunehmen. Schon aus Prinzip. Den sollte sich Kleyn mal genauer
ansehen. Den anderen Protestlern rief er streng zu: »Wir werden
sicher noch einmal mit Ihnen reden müssen. Also halten Sie
sich zu unserer Verfügung.«

Mit Gabriel Dutert im Schlepptau ging Metelmann zu Kriminalhauptkommissar Stefan Kleyn, der am Tatort die Hinweise sichtete, die ihm sein Team vom Parkplatz und vom
Strand lieferte, von der Zigarettenkippe bis zum Eisbecher
und zur Patronenhülse, passend zum Kaliber 9, die einer der
Ermittler im Gebüsch zutage gefördert und stolz dem Kriminalhauptkommissar übergeben hatte. Dutert gab sich weiter
aggressiv. »Der hat es verdient. Diese Leute machen alles kaputt hier«, polterte er. Als Kleyn ihn erneut nach einem Alibi
fragte, reagierte er maulig. »Sie kommen als unser Gast mit
nach Flensburg«, sagte Kleyn knapp und geschäftsmäßig und
wandte sich wieder seinen Spurensicherern zu. Und wunderte
sich über sich selbst. Noch vor wenigen Monaten hätte ein Typ
wie Dutert ihn aggressiv gemacht. Ein großer, gutaussehender
Kerl, der sich aufplusterte. Er wäre sich klein vorgekommen
und hätte das durch besonders forsches Verhalten kompensiert.
Er lächelte und sagte leise: »Danke, Carla.«

50.

Auf der Autobahn A 7 staute sich, wie so oft, der Verkehr vor der Brücke über den Nord-Ostsee-Kanal. Der Immobilien-Entwickler Jörn Gruber fluchte, trommelte auf das Lenkrad seines Range Rovers und gab immer wieder Gas im Leerlauf, als könne er damit die vor ihm stehenden oder im Schritttempo fahrenden Wagen anschieben. Mehrfach hatte er die Spur gewechselt und dabei immer schlecht abgeschnitten. »So ein Scheißtag«, fluchte er. Dabei hatte er so glänzende Visionen, so große Hoffnungen gehabt. Dieser unsägliche Kevin Ostrowski, dieses Großmaul, dieser Versager hatte ihm das nötige Geld in die Kasse bringen sollen, damit er damit die Infrastruktur für das Resort Jägersruh hätte finanzieren können. Und wenn er heute gleich die ersten Ferienhäuser verkauft hätte, dann wäre das Projekt gesichert gewesen, er hätte Zug um Zug weiterbauen können, ohne Kredite aufzunehmen und damit Kosten zu verursachen und den Gewinn zu schmälern.

Natürlich könnte er Jägersruh auch allein realisieren. Aber er wollte Geld sparen. Aus Prinzip.

Aber jetzt, nach dem Desaster mit dem Toten, würde der Vertrieb vermutlich länger dauern als erwartet. Natürlich gab es Kunden, für die ein solcher Fall spannend und so prickelnd wie Champagner war. Dramen, Geheimnisse, Mord und Totschlag waren für sie attraktiv, weil in ihrem eigenen Leben nichts passierte und sie so einen Kick erfuhren. Aber ob sie da wohnen oder Ferien machen wollten, wo sich Mord und Totschlag ereigneten? Sollte er vielleicht lieber das Projekt auf Eis legen und ein anderes vorziehen? Und dann noch dieser rätselhafte Peter. Gruber wusste nicht, wie er diesen Telefonanruf einordnen sollte. Die Sache war unheimlich. Aber er war unschlüssig, ob er sich nun Sorgen machen sollte. War das ein gefährlicher Konkurrent oder doch nur einer dieser Umwelt-spinner? Oder wollte er am Ende aus dem Drama Profit ziehen und das Grundstück günstig erwerben?

Und was hatte es mit dem Mord an Kevin Ostrowski auf sich? War der wegen des Projekts erschossen worden oder hatte der Schuss ganz andere Gründe? Gruber wusste, dass sein Mitinvestor immer wieder Finanzprobleme gehabt und mit zwielichtigen Figuren zusammengearbeitet hatte. Verdammt, er könnte jetzt dringend einen Partner gebrauchen, um das Für und Wider der Sache zu diskutieren. Aber dieser Kevin Ostrowski war ohnehin eine Niete gewesen. Das Einzige, was ihn als Partner qualifiziert hatte, war der erwartete Geldsegen aus seinem Toskana-Haus-Projekt, aber auch der war ja ausgeblieben.

Nichts übereilen, Jörn, sagte er zu sich. Das Grundstück für das Resort war gekauft und bezahlt. Zur Not konnte er sich einen neuen Partner für die Realisierung der Immobilien suchen, vielleicht sogar einen der großen Ferienhausentwickler. Es war nur ärgerlich, dass sich die Sache verzögerte. Denn gerade jetzt, im Frühsommer, war für den Verkauf der Häuser eine gute Zeit.

Auf der Autobahn gab es derweil kein Vorankommen. So drehte Gruber sein Radio laut auf. Marschmusik. Das beruhigte ihn. Und er beschloss, wegen des rätselhaften Telefonanrufs die Polizei einzuschalten. »Besser ist besser.« Und jetzt musste er sich beeilen, um die potenziellen Kunden für die Grundstücke in Jägersruh anzuschreiben und bei Laune zu halten.

51.

In Flensburg saß Stefan Kleyn Gabriel Dutert im Verhörraum gegenüber. Der Franzose hatte bereitwillig über seinen Einsatz für die Natur berichtet und ebenso unverhohlen zugegeben, dass ihn der Tod des Investors wenig kümmerte. »Es gibt quadratkilometerweise Land an der Ostsee, das man mit Ferienhäusern bebauen kann«, murrte er, »aber diese Leute gehen dahin, wo die Natur besonders empfindlich ist, nur weil das Gelände dort gerade billig ist.« Dutert gab zu, dass er und seine Mitstreiter den Investoren gedroht hatten. Nein, und Alibi hatte er auch keines. Er besaß auch keine Schusswaffe, beteuerte er. Und erschossen hatte er diesen Kevin Ostrowski nicht. Als sie seine Hände und seine Jacke auf Schmauchspuren untersuchten, wurden die Ermittler fündig. Gabriel Dutert hatte geschossen. Wann und wo auch immer. Mit einem Kumpel am Schießstand, beteuerte der Naturschützer. Nur war dieser Freund eben leider nicht so schnell aufzutreiben. Folglich durfte der Franzose eine der kargen Zellen in der Justizvollzugsanstalt Flensburg beziehen. Zumindest bis die Sache mit den angeblichen Schießübungen geklärt war.

Trotz Haft – Dutert war mit der Entwicklung nicht unzufrieden. Vielleicht ließ sich das Projekt ja doch noch kippen. Und vielleicht wurde ja auch der Russe, den er in der Birk getroffen hatte, noch aktiv. Oder ob der hinter dem Mord stand? Der Gedanke beunruhigte den Naturschützer. Dann wäre er am Ende am Tod des Investors mitschuldig. Dutert beschloss dennoch, den Mund zu halten und abzuwarten.

Nachdem sie den Franzosen in die Zelle verfrachtet hatten, trafen sich Kleyn, Meiners und Metelmann noch einmal zum Kriegsrat. »Lassen Sie uns einmal Bilanz ziehen, damit wir wissen, wie wir weitermachen. Immerhin haben wir jetzt zwei Mordfälle auf dem Tisch.«

Fest stand: In Sachen Monika Göbel mussten sie bis zum Wochenanfang warten, bis die Anwaltsakten der Getöteten vorlagen. Kleyn hoffte, dass das Testament dabei war. Und sobald sich daraus etwas ergab, würden sie das Anwesen von Arno Göbel bis auf den letzten Kupferdraht durchsuchen. »Wir müssen da etwas finden. Der Mann ist es gewesen. Und es kann nicht sein, dass der sich das Vermögen seiner Frau schnappt und sich über uns schlapp lacht.«

»Im Fall Kevin Ostrowski brauchen wir alle Details über das Bauprojekt Jägersruh. Wir müssen untersuchen, was der Mann sonst so geschäftlich getrieben hat, wir müssen seinen Lebenslauf und seine Lebensumstände durchleuchten und seine letzten Stunden bis auf die Sekunde rekonstruieren. Was wollte der Mann mitten in der Nacht an der Baustelle? Die Vorbereitungen für den Empfang begannen doch erst am nächsten Morgen. Und warum hat er sein Auto im Gebüsch versteckt? Es muss sich also bei diesem Besuch am Leuchtturm um ein geheimes Treffen gehandelt haben. Aber mit wem? Und warum?«

Und das, dozierte Kleyn weiter, bedeute wiederum, dass auch der Hauptinvestor des Projekts, Jörn Gruber, unter die Lupe genommen werden müsste. Vielleicht hatten sich die Herren ja über das Geld in die Haare bekommen, das jetzt, da es mit den Häusern in Langenbek nichts wurde, nicht in ausreichendem Maße floss?

Und was war mit dem seltsamen Versteck am Strand? Hatte das etwas mit dem Mord zu tun oder war die Höhle wirklich nur ein Unterschlupf für Obdachlose?

Weiter stand die Sichtung der Spuren auf der Agenda. Zigarettenkippen, Bonbonpapier, Schuhabdrücke und das seltsame Streichholzbriefchen aus der Kieler Klinik. Zufall? Hinterlassenschaft eines Penners? Oder Fehler des Täters? »Die Kern-frage ist, was wollte Ostrowski um Mitternacht am Strand?«, sinnierte Kleyn.

52.

Offiziell oder inoffiziell? Bislang war er noch unschlüssig, wie er mit seinen Ermittlungen beginnen sollte. Knut Meiners, der Jüngste im Team von Kriminalhauptkommissar Stefan Kleyn, wollte sich an diesem Abend die Klinik, deren Werbung sie am Tatort bei Nieby gefunden hatten, wenigstens noch von außen ansehen. Und wer weiß, vielleicht ergab sich ja eine Möglichkeit nachzufragen.

Im Internet hatte der junge Beamte schon vorgearbeitet. Er wusste, dass der Gründer und Chef ein gewisser Dr. Bernhard Braun war, und er hatte auf dem Bildschirm in die samtbraunen Augen des Lifting-Künstlers Farhat Merizadi geblickt. Er wusste, dass Braun eine sagenhafte akademische Karriere hingelegt hatte und mit der entzückenden Annegret verheiratet war.

Nun wollte er vor Ort herausfinden, ob das verlorene Streichholzbriefchen mit dem Klinik-Aufdruck per Zufall in den Unterschlupf am Strand geraten, ob es einem Obdachlosen oder einem Ausflügler aus der Tasche gefallen war, der in der Höhle Unterschlupf gesucht hatte, ob es vielleicht sogar mit Absicht dort platziert wurde oder ob es der Mörder in einem Moment der Unaufmerksamkeit verloren hatte. Keine leichte Aufgabe, da erfahrungsgemäß solche Reklamemittel tausendfach gedruckt und verteilt wurden.

Meiners wollte unbedingt schnell neue Erkenntnisse liefern können. Das glaubte er Kleyn schuldig zu sein. Denn der hatte ihn vor etwa einem Jahr aus dem normalen Polizeidienst in Kappeln zur Kriminalpolizei geholt. Damals war er auf der Wache ein Außenseiter gewesen, dem die Kollegen gern Streiche spielten, wenn man das positiv ausdrücken will. Tatsächlich war es zuweilen übles Mobbing. Anlass für die Kollegen war einerseits Meiners jugendliches Aussehen. Der Mann erschien auf den ersten Blick wie ein Teenager. Zudem wurde er meistens puterrot, wenn man ihn ansprach. Und darüber hinaus sorgte seine etwas umständliche Art in der Verbindung mit extremer Gründlichkeit und bar jeglicher Macho-Allüren immer wieder für Gelächter. Doch während er den Kappelner Kollegen nichts recht machen konnte, hatte Kleyn von der ersten Minute an Meiners' Sorgfalt geschätzt und gelobt. Jetzt strengte sich der junge Beamte umso mehr an, weil er mehr Lob und Anerkennung wollte. Und dabei gewann er an Selbstbewusstsein, was wiederum die Effektivität seiner Arbeit positiv beeinflusste.

Auf dem Weg nach Kiel beschloss er, zunächst inoffiziell das Terrain zu erkunden, nach Informationsmaterial zu fragen und vorzugeben, dass er sich für eine Tante schlaumachen wolle. Und wenn er die Basisinformationen zusammengetragen hätte, könnte ja Metelmann offiziell nachfragen. Ja, das wäre vielleicht der gescheiteste Weg.

Bei diesen strategischen Planungen war die Zeit der Fahrt schnell vergangen. Meiners parkte seinen alten Golf gleich neben der Klinik und lief langsam zum Eingang, während er das imposante Klinkergebäude an der Waldstraße genau betrachtete. Alles sah hier gediegen und nach Wohlstand aus. Der Eingang mit der Glastür wirkte einladend. Er betrat das Haus und näherte sich einem Empfangstresen, der an diesem frühen Sonnabendabend nicht besetzt war. Meiners sah sich im Entree um: Hier standen stilvolle Designersessel, professionelle Blumenarrangements und ein Zeitungsregal. Auf dem Tresen gab es Informationshefte und Broschüren über die Klinik und über bestimmte Bereiche der Schönheitschirurgie von der Botoxbehandlung über das Facelifting bis zur Brustvergrößerung. Meiners tat, als würde ihn die Lektüre interessieren, behielt aber gleichzeitig seine Umgebung im Blick. Da sah er aus dem

Augenwinkel eine junge Frau in modischer Schwesterntracht, die sich dem Ausgang näherte. Er lächelte ihr zu, doch sie senkte den Kopf und versuchte, grußlos an ihm vorbeizugehen. Als sie auf seiner Höhe war, sah er, dass sie völlig verheult aussah.

Er trat auf sie zu und sagte: »Darf ich Sie etwas fragen – Schwester Eva?« Der Name stand an der Brusttasche ihres schicken Kittels. Sie sah auf. Sie war bildhübsch, blond und zierlich. Und sie wurde so rot wie Meiners. Sie nickte und Meiners brachte seinen vorbereiteten Sermon vor von der Tante, die sich das Gesicht straffen lassen wollte, aber nicht wusste, wo und wie. Schwester Eva ging mit ihm zu dem Tresen mit den Broschüren und suchte ihm ein Sortiment zusammen. »Ich denke, da findet Ihre Tante alles, was sie braucht.« Meiners bedankte sich und fragte: »Und wer hat Sie so traurig gemacht?« Da rollten die Tränen und der junge Beamte legte der Schwester mitfühlend die Hand auf den Arm. Wann sie denn Feierabend hätte und ob sie wohl einen Kaffee mit ihm trinken würde? Sie nickte. Nur eine halbe Stunde müsste er warten.

Meiners fühlte sich in der Zwickmühle. Er war hingerissen von der jungen Schwester, aber sie war auch seine Chance, etwas über die Klinik zu erfahren. Und wieder grübelte er, wie er taktisch vorgehen sollte. Er wartete vor dem Klinikeingang. Eine gute halbe Stunde später kam Eva. Sie sah in Jeans und Sweatshirt ebenso entzückend aus wie in ihrem Schwesternkittel und Meiners öffnete ihr galant die Beifahrertür seines Golfs. »Wohin?«, fragte er. »Ich kenne mich hier nicht so gut aus.« Sie nannte ihm ein kleines Café am Wasser, er bestellte sich einen Espresso und sie eine Schokolade und sah ihn aus noch immer leicht geröteten Augen an. »Danke«, sagte sie. »Das hat mir gutgetan. Ich hatte einen schlimmen Tag.«

Jetzt entschied Meiners sich für den geraden Weg, weil es

hier nicht nur darum ging, seinem Vorgesetzten zu gefallen, sondern auch, den Kontakt zu der zierlichen Schwester vielleicht etwas enger zu gestalten. So erzählte er ihr ganz offen, dass er Polizist sei und sich im Rahmen von Ermittlungen über die Klinik informieren wollte. Warum – das wisse er eigentlich noch nicht so genau. Aber er wolle ihr nichts vormachen, und wenn sie über ihren Arbeitsplatz nicht reden wolle, dann könnten sie einfach nur Kaffee trinken und er würde morgen in offizieller Funktion wiederkommen und die Klinikleitung befragen. Eva sah den jungen Ermittler prüfend an. Dann lächelte sie und sagte: »Was willst du wissen?«

Sie erzählte ihm, dass der Klinikchef seit kurzer Zeit ungewohnt gereizt gewesen sei und sie an diesem Tag mehrfach derart zusammengebrüllt habe, dass sie Angst um ihren Arbeitsplatz habe. Dann ließ sich Meiners in allen Einzelheiten den Klinikalltag schildern, die Zusammensetzung der Belegschaft und die Zuständigkeiten. Natürlich wollte seine neue Bekanntschaft wissen, wofür er die Informationen brauchte. Und Meiners köderte sie erneut mit Offenheit und erzählte – unter dem Siegel der Verschwiegenheit – von dem Mord und dem gefundenen Streichholzbriefchen. »Das kann etwas zu bedeuten haben, muss aber nicht. Wir müssen nur jeder Spur nachgehen.« Eva sah Meiners einen Moment eindringlich an und schien dann zu überlegen, ob sie ihm trauen konnte oder nicht. »Überlege dir, ob du mir etwas erzählen möchtest. Ich würde dich ganz unabhängig davon gern wiedertreffen. Wenn du das auch möchtest«, sagte Meiners mutig. Und er wurde nicht einmal rot, wie er zufrieden bemerkte. Es dauerte scheinbar endlos lange, bis die junge Schwester reagierte. Sie sagte: »Ja.« »Ja, was?«, hakte der Beamte nach. »Ja, treffen. Und ja, erzählen.« Meiners legte der jungen Frau kurz die Hand auf den Unterarm. »Lass uns ein Stück am Wasser entlanggehen.«

Das taten sie. Und sie hängte sich wie selbstverständlich an seinen Arm. Eva erzählte, wie der sonst immer so umgängliche und charmante Chefarzt sie am Morgen wegen einer Nichtigkeit, und obwohl sie eigentlich im Recht gewesen war, zusammengebrüllt hatte. »Ich habe mich nur geweigert, einer frisch operierten Frau höheren Alters Champagner zu servieren.«

»Und dann war da der Freitag«, berichtete Eva weiter. Dr. Braun habe gesagt, er wolle nicht gestört werden, weil er dringende und diffizile Büroarbeiten zu erledigen habe. »Ich brauchte dann aber Patientenunterlagen und mir wurde gesagt, dass die beim Chef lägen. Dann habe ich erst geklopft und mir dann den Generalschlüssel geholt. Das weiß aber niemand. Die Patientenakte lag da. Allerlei Ordner waren auf dem Schreibtisch aufgeschlagen, der Computer lief, aber Braun war nicht da.« Heute habe er aber allen erzählt, dass er den ganzen Freitag in seinem Büro in Klausur gesessen und gearbeitet habe. Und er habe viel geschafft, weil ihn niemand gestört habe. »Das stimmte aber nicht. Der war überhaupt nicht da. Hilft euch das?« »Eva, du bist großartig. Natürlich ist das höchst seltsam, denn euer Chef ist euch doch keine Rechenschaft schuldig, ob er in seinem Büro arbeitet oder spazieren geht. Das hört sich schon ein wenig so an, als ob er ein Alibi brauchte.« Die Schwester strahlte ihn an. »Soll ich vielleicht ein bisschen 'rumschnüffeln?«

Meiners sah seine neue Freundin streng an. »Das lässt du. Ich will nicht, dass du dich vielleicht in Gefahr bringst.« Er legte ihr den Arm um die Schulter. »Versprochen?« Schwester Eva nickte, überlegte aber, wo sie nach Informationen über den Klinikchef suchen könnte. Sie war fest entschlossen, sich für den ungerechtfertigten Anpfiff zu revanchieren. Und wenn sie dazu ihren neuen Freund unterstützen konnte, mit dem sie sich auch nach so kurzer Zeit eine Partnerschaft mit Zukunft vorstellen konnte, weil er genau ihrem Idealbild entsprach – umso besser.

Er fuhr sie nach Hause. Sie wohnte in einem kleinen Appar-

tement im Norden von Kiel. Dann verabredete sich das frischgebackene Paar für den nächsten Tag. Meiners wollte sich melden, küsste die Schwester auf die Wange und marschierte wie
auf Wolken zu seinem Auto. Er, der Außenseiter, der vielfach
Gemobbte. Jetzt hatte er eine Aufgabe, die ihm Spaß machte,
Anerkennung für seine Leistung und eine bildhübsche Freundin. Meiners lehnte sich in seinem Autositz zurück und schloss
kurz die Augen – und alles kein Traum.

Auch er fuhr nach Hause nach Kappeln, schrieb aber noch einen Bericht, in dem er das Gespräch mit Eva zusammenfasste.
Dazu stellte er alles, was er im Internet zu der Klinik und ihrem
Gründer und Chef gefunden hatte. Auch Privates. Dann legte
er die Broschüren bereit, die er in Kiel eingepackt hatte, um die
Ermittlungsergebnisse in der terminierten Sonntagskonferenz
vorzulegen. Bevor er schlafen ging, rief er noch kurz bei Eva
an: »Ich mein' es ernst.« »Ich auch«, sagte sie. Mehr wurde nicht
gesprochen. Und Meiners dachte, dass dieser Sonnabend der
schönste Tag in seinem Leben gewesen war.

53.

Am späten Nachmittag bezog sich der Himmel über Langenbek. Schade, dachte Carla. Sie hatte gehofft, dass sie mit Stefan Kleyn am Abend noch auf der Terrasse einen Wein würde trinken können. Sie schaute fast im Minutentakt nach draußen, ob sein Auto schon zu sehen war, denn sie hoffte auf Neuigkeiten. Doch sie musste sich gedulden. Denn kaum war der Kriminalhauptkommissar angekommen, hatte sie umarmt und geküsst wie nach einer langjährigen, bestens funktionierenden Ehe und sich an den Küchentisch gefläzt, da schlurfte, noch bevor Carla mit ihrer Fragestunde beginnen konnte, auch Thomas Berner in die Küche. Die Malerin verdrehte die Augen, sodass es der alte Freund nicht sehen konnte. Sie wünschte ihn auf den Mars, weil sie endlich Kleyns Bericht abfragen wollte. Doch Thomas war so mit sich und seinen Partnerschaftsproblemen beschäftigt, dass er gar nicht merkte, dass mit seinem Eintreffen eine Gesprächspause eingetreten war. Auch er setzte sich an den Küchentisch und versuchte, mit langem Hals zu ergründen, was Carla servieren wollte.

Die grinste Kleyn an und stellte auch Thomas Teller und Glas hin. Der fing sofort an zu berichten, wie es um sein Liebesleid stand. Er hatte mit seinem Exfreund in spe telefoniert, ihm von schwerstem Redaktionsstress berichtet und ihm Sehnsucht vorgegaukelt. »Morgen fahre ich nach Sylt und treffe mich mit Ingo. Und dann mache ich es, wie Elsa mir geraten hat – ich setze ihm die Pistole auf die Brust, fordere mein Geld zurück.«

Und wenn er einmal in Westerland sei, wolle er auch gleich noch einen Makler treffen. »Ich werde die Wohnung verkaufen und mir hier etwas suchen, dann bin ich schön nah bei euch.« Carla sah auf ihre Finger; sie mochte nicht zu Kleyn hinübersehen, aus Angst, einen Lachanfall zu bekommen. »Vielleicht verkauft mir ja auch Eberhardt das Häuschen.« Das Gespräch schlief wieder ein. Da sie ihren Imbiss aber nicht beendet hatten, fragte Carla nach den nächsten Plänen des alten Freundes. »Hast du schon neue Geschichten angeleiert?« Das war die richtige Frage gewesen. Thomas Berner berichtete begeistert von seinem Bericht über den Orgelrestaurator. Darüber hinaus hatte er sich mit einem Milchbauern verabredet, für eine Geschichte über die Zwänge und den Preisdruck, unter dem die Landwirte standen. Ja, und dann wollte er etwas über das Bauprojekt Jägersruh schreiben. »Dort soll ein ganzes Ferienresort entstehen, gleich beim Leuchtturm von Falshöft«, schwärmte der Journalist.

»Die Geschichte kannst du wenigstens erstmal streichen«, sagte Kleyn trocken. Berner sah den Ermittler irritiert an. »Da wurde heute Morgen ein Toter gefunden.« Berner sprang auf. »Aber das muss ich doch wissen. Warum sagt mir niemand etwas?« »Lieber Thomas – Polizeibericht. Mehr kann ich dir leider auch nicht sagen. Und das weißt du. Du kriegst in der Sache Monika Göbel schon einen Bonus. Aber auch da musst du dich gedulden. Ich darf dir nichts sagen.« »Aber Carla weiß doch auch Bescheid«, maulte der Journalist. »Carla druckt die Informationen aber nicht in einem Provinzblatt.« Und übergangslos fragte er: »Wann willst du denn morgen los?« Thomas Berner sah auf die Uhr. »Oh, schon 21 Uhr. Ich fahre morgen ganz früh. Ich geh dann mal.« Er winkte kurz und lief über die Terrasse hinunter zum Langensee, zu seinem gemieteten Gutsarbeiterhaus.

»Stefan Kleyn, du Meister der Diplomatie!« Carla lachte. »Los, erzähl.« Und der Ermittler berichtete über den Leichenfund und den Tatort, über die Auseinandersetzungen mit dem Investor und den potenziellen Käufern, die ungehalten waren, weil es keine Gratishäppchen gab. Und dann waren da ja noch die Protestler, die den Bau der Ferienhäuser verhindern wollten.

»Den Anführer, der besonders rabiat war, haben wir festgesetzt. Auch wenn ich nicht glaube, dass der den Ostrowski gekillt hat.« Völlig rätselhaft war die Tatsache, dass der Immobilienentwickler mitten in der Nacht an der Ostsee aufgetaucht war. Was er dort wollte, ob er sich mit jemandem getroffen hatte und warum – das lag im Dunkeln.

Jetzt holte Carla den Umschlag mit den Schnipseln hervor, den sie bei Meta Diederichsens Haus gefunden hatte. Es waren zerrissene Zettel und Teile von Fotos, die sie zurückgelegt hatte, aus mangelnder Lust am Puzzle. Sie kippte die Fetzen auf den Tisch. »Hab' ich auf Ostrowskis Baustelle gefunden. Vielleicht ist das ja noch etwas aus Metas Erpresserbüro. Sieht doch alles schon ein bisschen älter aus. Und wie es scheint, sind die Fetzen im Zusammenhang mit den Abbrucharbeiten ans Licht gekommen. Vielleicht war da ja noch mehr? Und vielleicht wollte der saubere Neffe in das Geschäft seiner Tante einsteigen? Vielleicht hatte er beim Leuchtturm ein Geschäftstreffen, das er nicht überlebte?«

»Du hast natürlich recht«, sagte Kleyn, »Lass uns mal sehen, was du da eingesammelt hast.« Der Wortfetzen »Pfleged.« mit dem abgerissenen Männerfoto war zumindest eine Verbindung zum Bereich Krankenhaus. Und bei Nieby hatten sie ja auch das Werbe-Streichholzbriefchen einer Schönheitsklinik in Kiel gefunden. »Ja, aber hier haben wir dann ›St. Johannes Bremen‹«, gab Carla zu bedenken. »Bremen und Kiel.« »Auf alle Fälle war Meta wohl unserem Freund Arno auf der Spur«, sagte Kleyn und legte den Merkzettel mit der Frage »Wie heißt Monika Göbels Cousin« vor seiner Lebensgefährtin auf den Tisch. Und kurz darauf lachte der Beamte: »Guck mal, Carla, die hatte dich auch auf dem Schirm. ›Charlotte von Roehl, Vater pleite‹. Fest steht: Der Erpresserfrage müssen wir unbedingt nachgehen. Da hast du recht. Vielleicht finden wir Hinweise, wenn wir uns seine Wohnung ansehen. Seinen Schlüssel habe ich ja. Bevor wir da offiziell tätig werden, sehe ich mir das gleich morgen mal mit Meiners an.«

Unangemeldet auf fremdem Terrain tätig werden – damit hatte Kleyn sich schon manchen dienstlichen Ärger eingehandelt. Aber in dieser Hinsicht hatte er sich nicht geändert. Und er hatte das auch nicht vor. Doch Carla meldete wegen des Ausflugs auf Hamburger Terrain Bedenken an. »Bitte geh den offiziellen Weg.« Kleyn nickte ergeben.

54.

Es war eine schweigsame Fahrgemeinschaft, die am frühen Sonntag auf dem Weg nach Sylt war. Leonhardt Hoffmann war in Gedanken, weil er die Strategie des Treffens mit Berners Lebensgefährten in Westerland überlegte. Und Thomas hatte die Hoffnung noch nicht ganz aufgegeben, dass sich der Konflikt um die Hypothek auf seiner Wohnung und den Anschlag auf sein Leben am Ende doch noch als Tat von Albrecht Mönch erweisen würde, an der sein Lebensgefährte Ingo nicht beteiligt war. Eigentlich wusste Berner, dass die Chance dafür bei null lag. Dennoch träumte er. Sie hatten über so viele Jahre gemeinsam ein so gutes Leben gehabt, dass es dem Journalisten jetzt schwerfiel, sich davon emotional zu verabschieden.

Die beiden Männer ließen den Wagen am Festland stehen und fuhren mit dem Zug nach Westerland. Vom Bahnhof war es nur ein kleiner Fußmarsch zu Berners Wohnung. Dort hatte er sich bereits um 9 Uhr mit dem Makler Emil Bürger verabredet, der, sobald die betrügerisch eingetragene Hypothek gelöscht sein würde, die Wohnung des Journalisten verkaufen sollte. Berner hoffte auf etwa 550.000 Euro. Doch Bürger versicherte ihm, dass es gut 100.000 Euro mehr werden könnten, weil die Wohnung groß, die Lage sehr gut und die Ausstattung mit Küche und Bädern auf dem neusten Stand sei. Berner überließ dem Makler einen Schlüssel. Der wiederum versprach, das Objekt von einem befreundeten Umzugsunternehmer räumen, die Sachen zu Thomas transportieren zu lassen und einen Maler durch die Wohnung zu schicken.

Gegen 11 Uhr trafen Berner und Hoffmann in dem kleinen Café »Flieder«, das den besten Butterkuchen der Insel servierte, Ingo Hetkämper. Hoffmann hielt sich taktisch zurück, sodass Ingo seinem scheinbar ahnungslosen Lebensgefährten überschwänglich um den Hals fiel und flötete: »Mein Lieber, man bekommt dich ja gar nicht mehr zu Gesicht. Du bist ja nur noch auf dem Karrieretrip.« Erst als sie sich setzten, bemerkte Ingo, dass noch ein dritter Mann am Tisch Platz nahm. Er schaute irritiert und fragte: »Wer ist denn das?« »Das ist Leonhardt Hoffmann, er ist mein Detektiv und mein Bewacher«, sagte Berner und schaute seinen Partner freundlich an. Aus dessen Gesicht war das Lächeln verschwunden. »Bewacher?«, sagte der mit einem leichten Krächzen in der Stimme. »Komm, Ingo«, sagte Berner jetzt ganz kühl, »lass uns keine lange Geschichte draus machen. Du hast ohne mein Wissen eine Hypothek von 500.000 Euro auf meine Wohnung eintragen lassen und das Geld abgehoben. Dein neuer Freund Albrecht Mönch hat mich betäubt und im Watt ausgesetzt.« Ingo reagierte empört. »Was erzählst du denn. Das ist doch niemals wahr!« »Doch, es ist wahr. Ich wollte dich treffen, um dir das Folgende zu sagen: Ich verlasse Sylt. Ich verkaufe meine Wohnung. Und ich will mit dir nichts mehr zu tun haben. Vorher aber wirst du mir die 500.000 Euro zurücküberweisen, die du mir geklaut hast. Heute ist Sonntag. Bis Freitag ist das Geld auf meinem Konto.«

Jetzt lächelte Ingo Hetkämper wieder. »Ach, Thomas, mein Lieber, die Hypothek habe ich doch mit deiner Genehmigung eintragen lassen. Du selbst hast unterschrieben beim Notar. Das wird der jederzeit bestätigen. Du hast deinen Ausweis vorgelegt. Und du hast unterschrieben.« »Falsch«, sagte Berner. »Du hast meinen Ausweis unterschlagen und Albrecht Mönch hat unterschrieben. Das wird bei einer Gegenüberstellung der Notar jederzeit bezeugen.« Hetkämper lachte. »Und wenn das Geld schon weg ist? Und wenn ich nicht zahle?« »Dann zeige ich dich an. In Sachen Wohnung heißt das, ein Graphologe wird die Unterschrift untersuchen und bestätigen, dass ich sie nicht geleistet habe. Und in Sachen Überfall haben wir alle Details aufgehoben – die Plastiktüte, die ich über dem Kopf hatte, das Klebeband und die Zigaretten vom Tatort. Herr Hoffmann ist ja Profi. Der hat die Spuren gesichert, und wenn das Geld nicht flugs auf mein Konto kommt, kommt ihr in den Knast.«

Hetkämper, der sonst stets liebenswürdige, zierliche Mann mit dem exquisiten Modegeschmack, sprang auf und fauchte: »Das wird dir noch leidtun. Ali macht dich fertig. Wir finden dich, wo immer du dich verkrochen hast.« Jetzt schaltete sich Hoffmann ein. »Lassen Sie's gut sein, Herr Hetkämper. Ich bin hier Zeuge. Und vielleicht sollten wir die Anzeige wegen Betruges und versuchten Mordes auf jeden Fall erstatten. Dann können Sie sich Ihre Mallorca-Träume abschminken. Seien Sie sicher, dass der Herr Berner bestens von uns bewacht wird. Und jetzt sollten Sie sich schnellstens verabschieden. Und am besten gleich am Weg die Überweisung tätigen. Sonst komme nämlich ich wieder.« Jetzt war auch er aufgestanden. »Noch eins, Herr Hetkämper, sollten Sie sich rächen wollen – auch die Wohnung von Herrn Berner ist überwacht.«

Der Boutique-Besitzer stob aus dem Café. Hoffmann gratulierte seinem Auftraggeber zur erfolgreichen Trennung. Er regte an, noch ein paar persönliche Dinge aus der Wohnung abzuholen und den Heimweg anzutreten.

55.

Kriminalhauptkommissar Stefan Klein hatte das für den Sonntagvormittag geplante Treffen in Flensburg abgesagt und auf den Montagvormittag verlegt. Der Wohnungsschlüssel von Kevin Ostrowski ließ ihm keine Ruhe. Und er hatte es tatsächlich fertiggebracht, sich über einen alten Kontakt nach Hamburg mit einem zuständigen Beamten vor der Wohnung des Jungunternehmers zu einer halboffiziellen Durchsuchung zu treffen. Kleyn wollte wenigstens einmal in dessen Computer schauen. Und vielleicht lagen ja irgendwelche Papiere herum, die Aufschluss gaben über seine Tätigkeiten.

Nach einem flinken Frühstück machte er sich auf den Weg. Über die A 7 ging es nach Hamburg; dort verließ er die Autobahn am Flughafen und fuhr direkt nach Barmbek zu Ostrowskis Adresse. Da er etliche Jahre in der Hansestadt gelebt hatte, kannte sich der Kriminalhauptkommissar noch immer gut aus, auch wenn ihn der Großstadtverkehr zunehmend nervte. Dem Wochenende sei Dank, fand er gleich neben Ostrowskis Haus einen Parkplatz. Der Hamburger Kollege war auch gerade erst eingetroffen – Bernd Meier stellte sich vor. Die beiden Männer betraten das 50er-Jahre-Haus und stiegen in die vierte Etage. Im Treppenhaus roch es nach Kohl und feuchten Wänden.

Kleyn sperrte auf. Gemeinsam betraten die Beamten die spartanisch mit Produkten des schwedischen Möbelriesen eingerichtete Wohnung. Sie warfen kurz einen Blick in jeden Raum. In der Küche lagen Pizzakartons, immerhin gestapelt. Im Schlafzimmer gab es nur ein Bett und einen Faltschrank. Und das Wohn-Arbeitszimmer bot neben einem Tisch und den günstigen Gorm-Regalen nur einen Fernseher und ein abgewetztes Sofa.

»Scheint ja nicht so erfolgreich zu sein, euer Investor«, sagte

Meier. Auf dem Tisch, der offenbar zum Essen und Arbeiten diente, lag der Laptop. Kleyn, wie sein Kollege behandschuht, klappte ihn auf. »Mist, Passwort«, sagte er. Raten würde schwierig werden. Denn er kannte den Mann ja gar nicht. »Dann muss ich wohl doch auf eure Kollegen warten, dass die mir das Passwort knacken«, sagte Ermittler enttäuscht. Doch dann zögerte er einen Moment und rief Carla an. »Wir sind in Ostrowskis Wohnung. Leider ist der Computer passwortgeschützt. Hast du eine Idee?« »Ich würde ›Meta‹ versuchen oder ›TanteMeta‹ oder ›MetaDiederichsen‹.« Kleyn versuchte es mit »Meta«. »Bingo, meine Liebe, du darfst dir etwas wünschen. Bis später.« Meier sah seinen Kollegen mit großen Augen an. Und der neue Stefan Kleyn lächelte. »Das war meine Lebensgefährtin. Sie ist oft meine Muse in Sachen Ermittlungen. Spaß beiseite – sie kennt das Opfer besser und hatte so die richtige Passwortidee.«

Noch vor ein paar Monaten wäre Kleyn nicht im Traum auf die Idee gekommen, einem Kollegen sein Handeln zu erklären. Jetzt speicherte er die gesamten Daten von Ostrowskis Rechner auf einem Stick. Dann sahen die Ermittler vorsichtig die Papiere auf dem Ess-Schreibtisch durch und wurden nochmal fündig. »Das kenne ich doch«, sagte Kleyn und lüftete vorsichtig die Blätter eines Stapels: Das waren exakt solche Dokumentationen, wie er sie vor zwei Jahren bei Meta Diederichsen gefunden hatte, als sie deren Erpresserbüro ausgeräumt hatten. »Der gute Kevin Ostrowski hat also offenbar noch Unterlagen seiner Tante gefunden und vielleicht deren Erpresser-Business fortgesetzt. Das ist ihm nicht bekommen.« Und nach einer Pause: »Ich würde das gern so bald wie möglich auf dem Schreibtisch haben, wenn eure Leute das alles hier gesichtet haben.«

Die beiden Ermittler gingen noch einmal in die Küche und schauten in alle Schränke und Regale. Reflexartig öffnete

Kleyn den Deckel des Brotkastens und wurde erneut fündig. Hier lagen die knapp 180.000 Euro aus Metas Geheimversteck. Damit erhärtete sich der Verdacht, dass der Mord bei Nieby die Antwort auf eine Erpressung war.

»Okay, und danke, dass Sie gekommen sind«, sagte Kleyn zu seinem Begleiter Meier. Der versiegelte die Wohnung. »Ich denke, die Kollegen kommen am Nachmittag und drehen dann noch einmal jeden Papierschnipsel um.« Die beiden Kriminalbeamten verabschiedeten sich mit Handschlag und Kleyn machte sich auf den Weg zurück. In der Jackentasche den Stick mit Ostrowskis Geschäftsgeheimnissen, Beschäftigung für den Nachmittag und Abend.

Während Kleyn in Hamburg Ostrowskis Wohnung durchsuchte, hatte sich Carla nochmals die Schnipsel vorgenommen, die sie bei Metas Haus gefunden hatte. Und sie sortierte sie.

Da war einmal das Teilporträt des gutaussehenden Mannes – »Wer ist das?«, schrieb sie dazu. Dann gab es die unvollständige Telefonnummer eines Bremer Krankenhauses. Sie googelte sämtliche Bremer Krankenhäuser und fand heraus, dass sie zur Klinik St. Johannes gehörte, deren Namen sie schon auf den Zetteln gefunden hatte. Frage: Was hat das zu bedeuten? Und wie könnte sie mehr erfahren? Interessant war es doch auch, dass es zweimal um Kliniken ging – in Bremen und Kiel. Ob die Häuser kooperierten? Carla sah aus dem Fenster. Sie war gespannt, was Meiners über die Kieler Schönheitsklinik herausgefunden hatte. »Wenn das nichts gebracht hat«, sagte sie halblaut, »lasse ich mich da einfach mal beraten. Vielleicht finde ich dann etwas heraus.«

Am Nachmittag kam Kleyn zurück aus Hamburg. Er berichtete seiner Lebensgefährtin folgsam, was er in Ostrowskis Wohnung gefunden hatte. »Erpressung also«, sagte Carla und ließ sich das Wort auf der Zunge zergehen. »Mit unseren Hinweisen auf gleich zwei Kliniken könnte das etwas mit

Kunstfehlern zu tun haben. Stell dir vor, Stefan, eine teure Schönheitsklinik und ein paar verpfuschte Brüste oder Gesichter. Aber wie sollte dieser Ostrowski an solche Informationen herangekommen sein? Und wenn er die Hinweise von Meta hatte – wie sollte Meta an solche Fakten kommen?« Carla grübelte vor sich hin. Und Kleyn zog sich, gestärkt durch einen mediterranen Eintopf, in sein neues Arbeitszimmer im ersten Stock des Witwenhauses zurück, das Carla ihm eingeräumt hatte, um sich die Daten von Ostrowskis Computer anzusehen. »Dann wollen wir mal sehen, was du für Geschäfte gemacht hast«, sagte der Ermittler und setzte sich mit seinem Kaffeebecher an den Tisch mit Blick auf den Langensee.

56.

Vor seinem Wohnwagen am Rande eines Campingplatzes nahe der Birk hatte es sich Gabriel Dutert in einem Klappsessel bequem gemacht. Die Polizei in Flensburg hatte ihn wieder laufen lassen, nachdem sein Freund die gemeinsamen Schießübungen bestätigt hatte und die Schmauchspuren an seinen Händen damit eine logische Erklärung gefunden hatten.

Dutert hatte sich auf seinem Gasherd einen Espresso gekocht und sich in seinen Campingsessel gefläzt. Er grübelte, was der Mord an dem Entwickler zu bedeuten hatte. Waren das Gegner des Projekts gewesen? Er war sicher, dass es niemand aus der Gruppe der Naturschützer gewesen sein konnte. Niemand von ihnen neigte zu Gewalt. Und niemand hatte – jedenfalls soweit er das wusste – eine Pistole. Ob das vielleicht ein Konkurrent aus der Immobilienbranche gewesen war? Es ging schließlich um Millionen.

So traurig die Geschichte sein mochte – Dutert witterte die Chance, dass das umstrittene Bauvorhaben am Ende doch noch gekippt werden könnte. Denn zumindest würde jetzt eine Verzögerung eintreten. Er konnte sich nicht vorstellen, dass sich potenzielle Interessenten so kurz nach einer Gewalttat dafür motivieren lassen würden, sich ausgerechnet hier eine Ferienimmobilie zu kaufen, um in der Nachbarschaft eines Leichenfundes ihren Urlaub zu verbringen. Auch wenn die Anleger auf Vermietung setzten, wäre das der Nachfrage sicher nicht förderlich. Gleichzeitig war es höchst unwahrscheinlich, dass hier, in einer so abgelegenen Gegend, ein solches Drama in näherer Zeit in Vergessenheit geraten würde. Nein, das Thema würde in jedem Kiosk, bei jedem Bäcker und an jedem Fischbrötchenstand ausführlich diskutiert werden, während der Ermittlungen und danach.

Da fiel dem Naturschützer wieder der Russe ein, den er mit Informationen über das Projekt versorgt hatte. Ob der der Mörder war? Er schien ja sehr entschlossen, den Bau der Häuser zu verhindern. Er nahm sich vor, dem seltsamen Mann auf den Zahn zu fühlen. Sofort holte er seinen Laptop und schrieb eine weitere Mail an Pjotr Sergejewitsch Mironow. »Sehr geehrter Peter, zu Ihrer Information: Das Projekt Jägersruh wird sich aller Voraussicht nach verzögern. Unmittelbar am Baugebiet fand ein Mord statt. Einer der Entwickler wurde erschossen. Mit freundlichen Grüßen …« »Da bin ich mal gespannt«, sagte Dutert leise vor sich hin, »ob ich von dem noch einmal etwas höre. Und wenn nicht, gebe ich vielleicht dem Kommissar einen Tipp.«

57.

Am Montag, früh um 8 Uhr, fuhren fünf Wagen beim Haus von Arno Göbel vor. Alle zugleich. Kriminalhauptkommissar Stefan Kleyn hatte seine Vertrauten dabei, den Dorfsheriff Metelmann, den sie so nannten, weil er jeden Winkel von Langenbek kannte und auch bei aufmüpfigen jungen Leuten und alkoholisierten Touristen Autorität besaß, und den ruhigen und blassen Meiners, der doch so still und effektiv arbeitete. Dazu kamen die Experten der Spurensicherung, von denen Kleyn in diesem Fall niemanden kannte. Aber jeder von ihnen, mit dem Kleyn bislang zusammengearbeitet hatte, verstand sein Handwerk. So war der Ermittler bester Laune, dass er dem Querulanten Arno Göbel vielleicht schon heute seinen weiteren Lebensweg verderben konnte. Dass der seine Gattin Monika vor 15 Jahren umgebracht hatte – da war sich Kleyn sicher. Aber ob er ihm das auch beweisen konnte – da hatte er noch ein banges Gefühl. Der Beamte hatte sich auf diesen Moment gefreut.

Er läutete an der Haustür, seine Mitarbeiter standen hinter ihm. Es dauerte eine Weile, bis der Hauseigentümer angeschlurft kam. Er riss die Tür auf und knurrte: »Was wollen Sie denn schon wieder hier und das zu nachtschlafender Zeit?« »Wir wollen uns bei Ihnen umsehen«, erwiderte Kleyn knapp. »Hier ist der Durchsuchungsbeschluss.« »Und was soll das?« Göbel gab sich ahnungslos. »Ich bin fest davon überzeugt, dass Sie es waren, der vor 15 Jahren Ihre Frau Monika ermordet und am See verscharrt hat, weil sie sich von Ihnen scheiden lassen wollte. Das wäre für Sie teuer geworden, da das Vermögen Ihrer Frau gehörte. Sie haben zudem deren Familie um das Erbe betrogen. Und jetzt wollen wir nach Spuren für den Mord suchen.« »Da können Sie lange suchen, Sie werden nichts finden, denn es gab hier keinen Mord«, sagte Göbel und grinste überheblich. »Schau'n wir mal«, antwortete Kleyn.

Der Kriminalhauptkommissar war fest entschlossen, jeden, aber auch jeden Raum des Hauses durchsuchen zu lassen, auch wenn er nichts finden würde und wenn es nur dazu diente, um den lästigen Nachbarn in die Schranken zu weisen. So schob er Göbel einfach beiseite und marschierte mit Meiners und Metelmann ins Haus. Schon vorab hatte der Ermittler mit seinen Kollegen abgesprochen, wo sie eventuell noch Spuren des Verbrechens finden könnten. Und so wollten sie, wie Carla das geraten hatte, ihr Augenmerk auf die Ritzen in alten Dielenböden und auf die Unterseiten und Beine von Schränken, Betten, Sesseln und Sofas richten. Die drei Herren in ihren dünnen Schutzanzügen machten sich daran, auf allen vieren zu beleuchten, zu sichten und mit chemischen Tricks nach verräterischen Flecken zu suchen. Kleyn, Metelmann und Meiners stürzten sich gleichzeitig auf die Schränke, Kisten und Kasten und spähten in Schubladen, blätterten in Büchern und griffen hinter Wäschestapel. In der Küche und in der Vorratskammer waren alle Recherchen ergebnislos. Selbst unter der Küchenvitrine, einem mächtigen Stück aus der Gründerzeit, war nicht der kleinste Blutspritzer zu sehen. Arno Göbel tat so, als ginge ihn die ganze Sache nichts an. Er hatte sich in seinem Büro niedergelassen, rauchte eine Zigarre und sah scheinbar gelangweilt dem Treiben in seinem Haus zu. Die Küchenrecherche quittierte er mit einem hämischen Grinsen. Da wusste Kleyn, dass sie dort nichts finden würden. Er ließ die Männer aber dennoch weitersuchen, damit Göbel sich vielleicht durch die Gründlichkeit aus der Ruhe bringen ließ, mit der sie wirklich alle Räume untersuchten.

»Gründlich, aber zügig«, sagte Kleyn zu seinen Mitarbeitern, »denn wir haben auch noch den Schuppen, die Scheune und den Dachboden vor uns.« Jetzt meinte er in Göbels Augen ein leichtes Flackern gesehen zu haben. Das bedeutete, dass er doch Angst haben musste, dass sich noch kleinste Beweise finden ließen.

Als Nächstes war das Schlafzimmer der Ermordeten an der Reihe. Die Spurensucher leuchteten in jede Ecke auf der Suche nach potenziellen Blutstropfen in Monika Göbels Zimmer. Kleyn hätte jetzt gern Carla dabeigehabt. Konnten hier Wertgegenstände oder Unterlagen versteckt sein? Wo verbargen Frauen derartige Dinge? Er wusste von einer genetisch angelegten Vorliebe für Kästen, Schachteln und Geheimfächer. Der Raum war dunkel vertäfelt und hatte auf einer Seite einen Einbauschrank aus Mooreiche, der wohl aus der Gründerzeit stammte. Meiners und Metelmann durchsuchten die Fächer, in denen es kaum noch Kleidungsstücke gab. Nur ein paar Handtücher, die vor Jahren bereits zu Staubtüchern degradiert worden waren, ein uralter Wintermantel hing da, in einem Fach standen Blumenvasen. Offenbar hatte man nach Monikas Verschwinden in diesem Raum alles abgelagert, was man nie wieder zu sehen hoffte.

Ein Grund mehr, genau hinzuschauen, dachte Kleyn. In dem Zimmer stand ein großes Biedermeierbett mit hohen Seitenfronten, geschnitzten Pfosten und Ornamenten an Kopf- und Fußende. Unter dem Fenster befand sich ein kleiner Schreibtisch mit gedrechselten Beinen. Die Schubladen waren leer. Aber als Kleyn sich gegen die Tischplatte lehnte, bewegte sich die Holzvertäfelung unter dem Fenster. Kleyn zog den Schreibtisch ein Stück von der Wand und drückte gegen das Holz. Eine Feder ließ eine Klappe aufschnappen, die so groß war wie ein DIN-A4-Bogen. Dahinter verbarg sich tatsächlich ein Geheimfach. Hier hatte Monika Göbel verborgen, was ihr wichtig war.

Als Kleyn die Klappe öffnete, stand Göbel an der Tür. Und als sich das Fach öffnete, wurde der Hausbesitzer aschfahl. »Allein dafür hat sich das alles hier gelohnt«, dachte der Ermittler und grinste, als er den Inhalt des Faches auf den Schreibtisch räumte. Da lag der Pass der Toten, die doch angeblich mit ihrem Cousin ins Ausland verschwunden war, daneben ein Adressbuch mit allen wichtigen Telefonnummern und Adressen. Kleyn blätterte das Büchlein rasch durch und fand auf Anhieb die Kontakte des vielbeschworenen Cousins und der Tochter. Alles zusammen kam zur weiteren Auswertung in eine Plastiktüte. Außerdem stand in dem Geheimfach ein ebenfalls aus Holz geschnitzter Schmuckkasten. Der Inhalt war durchaus bemerkenswert. Kleyn sah ein paar schöne Brillantringe, drei unmoderne, aber wertvolle Panzerarmbänder aus Gold, eine Reihe von Broschen und ein Säckchen mit sehr schönen Perlenketten.

In diesem Moment trat Göbel in der Raum und protestierte: »Die Wertgegenstände bleiben hier. Der Schmuck meiner Frau ist wertvoll. Das gehört mir.« »Das werden wir sehen«, erwiderte Kleyn. »Zunächst einmal nehmen wir alles, was irgendeine Bedeutung für die Ermittlungen haben könnte, mit auf die Dienststelle.« Göbel öffnete den Mund, sagte aber nichts mehr. Und er schien sich langsam wieder zu entspannen. Aber nicht für lange. Denn jetzt hatte der Kriminalhauptkommissar einen Stapel Papiere aus dem Fach gezogen. Er setzte sich an den Schreibtisch und nahm ein Schriftstück nach dem anderen aus den jeweiligen Umschlägen oder Klarsichtfolien.

Hier war weiterer Schriftwechsel mit dem Anwalt Jepsen in Flensburg. Danach wollte Monika Göbel nicht nur die Scheidung von ihrem Mann einleiten, sondern auch ihr Testament hinterlegen lassen. Die Termine standen bereits fest – für die Woche nach ihrer Ermordung. Kleyn sichtete die Papiere schweigend. Er wollte Göbel im Ungewissen lassen. Er hatte gerade mit Meiners Sichtkontakt, als er aus einem braunen Umschlag ein von Hand verfasstes Schriftstück zog – Monika

Göbels Testament. Sie hatte es bereits vor dem Anwaltstermin entworfen, wohl um es danach mit juristischer Beratung endgültig zu formulieren. Doch auch dieses Papier war rechtlich nicht anfechtbar – mit Datum, handschriftlich abgefasst und unterschrieben und mit »Mein letzter Wille« betitelt.

Danach sollten das komplette Vermögen, der Grundbesitz mit dem Haus, Wertpapiere und die Lebensversicherung an Monikas Tochter gehen. Ihren Ehemann hatte die Getötete ausdrücklich enterbt – weil er sie um Geld betrogen und hintergangen habe: indem er sich beim Verkauf des Hamburger Grundstücks vom Erwerber eine Tüte Schwarzgeld hatte zustecken lassen. Dazu gab es ein Legat von 20.000 Euro für den Cousin und eine Zuwendung für ein privates Tierheim bei Flensburg von 10.000 Euro.

Kleyn sah Meiners direkt an und nickte unmerklich. Der schlenderte zum Schreibtisch hinüber und grinste breit: Zumindest in finanzieller Hinsicht hatten sie ihn. Göbels Tage in Langenbek waren gezählt, selbst wenn sie ihm den Mord nicht nachweisen konnten.

Die Spurensucher hatten derweil sämtliche Ritzen der breiten alten Dielen nach Blutresten der Ermordeten abgesucht – vergeblich. »Nichts«, sagte einer der Männer im weißen Schutzanzug auf Kleyns fragenden Blick. Aber nach so langer Zeit wäre es auch ein Wunder gewesen, wenn nach zahllosen Reinigungsaktionen hier noch etwas zu finden gewesen wäre. Immerhin – die Anwaltsschreiben und das Testament waren starke Indizien, dass Göbel seine Frau erschlagen hatte, bevor sie ihm den Geldhahn zudrehen konnte.

Die Spurensicherer räumten jetzt das Bett ab. Göbel protestierte erneut: »Was denn noch – wollen Sie hier noch die Wandverkleidungen abbauen?« Kleyn reagierte kühl. »Wenn wir das für richtig halten, werden wir das tun.« Bettdecke, Kissen und Matratze. Die Ermittler stapelten alles sorgsam auf und suchten die Innenseiten des Bettrahmens ab. Nichts. Als aber einer der Männer auch noch den Lattenrost aus der Verankerung hob, stockte er, setzte das Teil vorsichtig ab und beugte sich über die Leisten, die in die Bettseiten als Halterungen für den Rost eingelassen waren. Auf einer Seite zog sich ein etwa zehn Zentimeter langer, dunkelbrauner Streifen entlang, der wie geronnene Farbe aussah. Der Mann nahm ein Wattestäbchen und wischte über den Streifen. Er sagte nur ein Wort: »Blut.« Das war der Beweis. Monika Göbel war in diesem Zimmer zumindest niedergeschlagen worden. Ob sie hier auch gestorben war? Bevor Göbel die Situation begriff, hatte Metelmann ihm schon Handschellen angelegt. »Arno«, sagte er, »das war's.«

Göbel wehrte sich. »Das ist kein Beweis. Ich war das nicht. Wer weiß, ob das überhaupt Monikas Blut ist. Und wenn – vielleicht hat sie sich verletzt. Ich habe damit nichts zu tun!« Er sprach so schnell und so laut, dass sich seine Stimme überschlug. Aber sein Blick verriet, dass er in der Klemme steckte. »Bringt ihn nach Flensburg«, sagte Kleyn kühl, »ich kümmere mich um den Haftbefehl.«

Alle Ermittler legten eine kurze Pause ein. Der Rest war jetzt Routine. Sie fanden auch an der Seitenwand des Bettes unter der Abdeckung Blut. Vielleicht war das Opfer hier mit dem Kopf aufgeschlagen. Dann galt es, jeden weiteren Winkel von Haus und Hof zu untersuchen, um möglichst den Tatvorwurf noch weiter zu untermauern.

Es war schon Nachmittag, als Kleyn Göbels Haus verließ, um nach Flensburg zu fahren und seinem Vorgesetzten Bericht zu erstatten, dass sie einen entscheidenden Schritt in Sachen des alten Falles weitergekommen waren, bevor der sich darüber beschweren konnte, dass es in Sachen Kevin Ostrowski noch keine wirklichen Erkenntnisse zu einem möglichen Täter gab. Als er gerade in sein Auto steigen wollte, lungerte Bauer Peter

Kruse vor dem Hof herum und sah den Ermittler erwartungsvoll an. Kleyn nickte knapp. Und Kruse verzog sein Gesicht zu einem breiten Grinsen. »Gute Nachricht.« Der Ermittler hob, wie ein Oberlehrer, den Zeigefinger und sagte: »Ich habe nichts gesagt.« Er stieg ein und fuhr ab. Kruse schlenderte zu seinem Hof zurück und traf dabei wiederum auf den ebenso neugierigen Butler Franzius vom Gut. »Was Neues?«, fragte der. »Ich glaube, sie haben ihn«, erwiderte Kruse zufrieden.

58.

Carla Moreno war an diesem Morgen gleich nach dem Frühstück in ihr Atelier gegangen. Sie wollte ein Bild fertigstellen – ein Auftragswerk, das eine gut betuchte Unternehmergattin aus Kiel für ihren Ehemann bestellt hatte, der in wenigen Wochen seinen 75. Geburtstag feiern sollte. Carla hatte vorgeschlagen, ein Kaleidoskop mit Szenen aus dem Leben des Mannes zu malen. Dabei halfen ihr Fotografien – aus der Kindheit, aus Urlauben, von der Hochzeit des Paares und von erfolgreichen Geschäften des Unternehmens. Sie verflocht sehr geschickt die Szenen miteinander zu einer harmonischen Komposition, die natürlich auch zum Mobiliar des Hauses passen sollte. Für die Malerin kein Problem. Sie hatte solche Wunschbilder schon häufiger umgesetzt und sich jedes Mal über den satten Scheck gefreut, den ihr solche Aufträge einbrachten, die die Eitelkeiten der Leute befriedigten. Der Mann konnte sich wie ein Fürst fühlen, der Künstler für seinen Ruhm beschäftigte, und damit angeben, dass eine veritable Baronesse das Bild gemalt hatte. Vielleicht würde er noch »verarmter Adel« hinzufügen und damit unterstreichen, dass der Auftrag zudem eine gute Tat war.

Carla war so etwas egal. Sie hatte mit diesen Aufträgen ein nettes Vermögen erarbeitet, sodass das Leben im Witwenhaus am See gesichert war. Sie hatte sich gerade erst die Pinsel und Farben zurechtgelegt, als das Telefon läutete. Unwillig nahm sie das Gespräch an – und wunderte sich: In der Leitung war Ingo Hetkämper, der langjährige und betrügerische Lebensgefährte ihres Freundes Thomas Berner. »Was will der denn?«, sagte sie, stellte sich aber dumm: »Mensch, Ingo«, sagte sie, »lange nichts gehört und gesehen.« »Genau das habe ich auch gedacht«, sagte er. »Ich wollte mich melden, weil ich ja so ein paar Unstimmigkeiten mit Thomas habe, die ich überhaupt nicht verstehen kann. Und wenn Thomas, was er mir angedroht hat, sich von mir trennen würde, wäre es mir wichtig, mir deine Freundschaft zu erhalten, Carla. Ich habe dich immer gemocht und würde auf alle Fälle gern in Kontakt bleiben.« »Du falsche Socke«, dachte Carla, sagte aber: »Danke, wie lieb von dir, Ingo. Gerne. Ich habe dich auch immer gemocht.« Und so gingen die Komplimente hin und her, ohne dass das Gespräch irgendeine Substanz gehabt hätte. In einem Nebensatz versteckte der untreue Freund die Frage, ob Thomas denn bei Carla sei. »Nein«, erwiderte die scheinbar erstaunt. »Ich habe ihn seit Wochen nicht gesehen. Weiß auch nicht, was er hat. Du könntest mich also jederzeit besuchen. Dann könntest du auch meinen neuen Freund kennenlernen. Hat Thomas dir das noch erzählt? Stefan Kleyn ist bei mir eingezogen, du weißt doch, der Kriminalhauptkommissar. Wir sind ein Herz und eine Seele. Vielleicht hat sich Thomas auch deshalb zurückgezogen.«

Es entstand eine Pause. Und Carla vermutete, dass ihr Gesprächspartner tief durchatmen musste und dass er wegen ihres Mitbewohners sicherlich niemals mehr bei ihr auftauchen würde. Er versuchte noch einmal dezent nachzufragen, ob sie denn eine Ahnung habe, wo Thomas sei. »Das Letzte, was ich gehört habe, war, dass er in Hamburg in seiner Wohnung war. Er hatte dort wohl eine ganze Reihe von Aufträgen, die er abarbeiten sollte. Aber ich fand, dass er ein wenig komisch war, und habe nicht weiter nachgefragt. Das ist aber auch schon drei Wochen her. Vielleicht ist er ja auch verreist. Weißt du da etwas?« Carla freute sich diebisch, wie flink ihr die Lügen von der Zunge gingen. Nein, beteuerte Ingo, er wisse nichts und er sei sehr, sehr unglücklich. Das Gespräch war beendet.

Carla wählte sofort Thomas' Telefonnummer, um den Freund zu informieren und zu warnen. »Ich glaube, Ingo und sein sauberer Freund möchten noch einmal versuchen, dich im Meer zu versenken. Lass uns bitte am Abend mit Stefan eine Strategie überlegen, wie wir dich schützen. Ohne Begleitung läufst du jedenfalls nicht mehr frei herum. Wir müssen damit rechnen, dass dein Ex und sein neuer Muskelmann nach dir suchen.«

59.

Das Schiff der mittelalterlichen Kirche von Langenbek war vor der Orgel abgesperrt. Das barocke Instrument war stillgelegt und befand sich fest in den Händen der Restauratoren. Alle Orgelpfeifen wurden auf Herz, Nieren und Ton überprüft, die Bälge und Windladen, die Manuale und natürlich der Prospekt, die Schauseite, die der berühmte Orgelbauer Arp Schnitger geschaffen hatte. Über ein Gerüst hatten der Restaurator Patrick Dutert und seine Helfer Zugang zu jedem Detail des Instruments. Thomas Berner war schon früh am Morgen in die Kirche gekommen, um den Restauratoren bei der Arbeit zuzusehen. Er hatte den Auftrag, für die Norddeutschen Nachrichten einen Beitrag über das bedeutende Instrument und seine Sanierung zu schreiben. Aber er dachte schon eine ganze Weile darüber nach, wie er aus diesen ersten Einblicken ein Buch über berühmte Orgeln, ihre Geschichte und Erhaltung machen könnte. Und je länger er den Arbeiten zusah, desto konkreter wurden seine Ideen. Auf alle Fälle wollte er ein Porträt über den Restaurator Patrick Dutert schreiben.

Im ersten Gespräch hatte er erfahren, dass der Mann eigentlich Kunstmaler gewesen war und im Périgord als Kellner gearbeitet hatte, um seinen Lebensunterhalt zu verdienen. Doch dann hatte er durch Zufall einen Restaurator kennengelernt, der in der Kirche St. Front in Périgueux tätig gewesen war, und hatte fasziniert bei ihm als Helfer angeheuert. Später hatte sich Patrick Dutert selbst auf die Restaurierung von Orgeln spezialisiert, weil ihn die Verbindung von Bildender Kunst und Musik und der Technik des Instruments begeistert hatte.

Thomas Berner war fasziniert von der Instandsetzung der Orgel. Er beobachtete, wie die Restauratoren wie Mediziner bei der Diagnose jedes Teil des Instruments prüften. Nach und nach wurden die dekorativen Teile des Prospekts abgebaut. Sechs Engel lagen abmontiert auf Deckenstapeln. Der Journalist sah, dass ihnen zum Teil die goldene Fassung fehlte, dass an den Flügeln Enden abgebrochen waren, und ein Engel hatte den Kopf verloren.

Dutert und Berner setzten sich in die vordere Kirchenbank. Und der Journalist ließ sich das exakte Vorgehen der Restauratoren erklären, die das Instrument von innen her wiederaufbauten. Doch für eine lebendige Geschichte brauchte Berner auch ein paar Einblicke in das Leben des Kunsthandwerkers: »Nein, nicht verheiratet«, berichtete der Franzose. Aber er sei es mal gewesen – »mit einer Deutschen«, erzählte er in gedrechseltem Deutsch mit starkem französischen Akzent. »Katastroph«, sagte er, ohne E am Ende, rollte mit den Augen und blickte unter das Kirchendach. »Wieso?« Thomas Berner setzte nach. Und er hörte die Geschichte von der freudlosen Verbindung mit einer deutschen Lehrerin, die der französischen Lebensart so gar nichts abgewinnen konnte. Sie fand alles in seiner Heimat schlampig, ungeordnet, das Essen schmeckte ihr auch nicht und sie fand, dass die Franzosen viel zu viel Wein tranken. »Das war vor rund 35 Jahren.« Glücklicherweise, erzählte er, sei die Spaßbremse nach knapp drei Jahren zurückgegangen nach Deutschland. Das Einzige, was er bedauerte, war, dass die Gattin den kleinen Sohn mitgenommen hatte. »Ich habe ihn nie wiedergesehen. Alle Versuche, Kontakt aufzunehmen, sind gescheitert. Ich weiß nicht, was aus ihm geworden ist.«

Es entstand eine Pause. Thomas Berner musste durchatmen. Konnte es sein, dass der junge Naturschützer, von dem ihm Carla erzählt hatte, etwas mit dieser Sache zu tun hatte? Dass er der verlorene Sohn des Restaurators aus dem Périgord war? Was für eine Geschichte! Wenn er sie denn aufschreiben dürfte. Der Journalist wurde unruhig. Seine Gedanken verließen die Orgel und die Kirche und wanderten zur Lebensgeschichte des Vaters und vielleicht zu der seines verschollenen Sohnes. Sollte er Dutert sofort von seinem Verdacht erzählen oder erst recherchieren? Ja, er würde erst den Naturschützer überprüfen und dann den Restaurator einladen zu einem kleinen Ausflug. Der Gedanke daran machte ihn ganz hibbelig. Und so nutzte er eine kleine Gesprächspause in Sachen Orgelrestaurierung und bat um kurze Unterbrechung.

Er verließ das Kirchenschiff und rief Carla an, die er unterwegs auf ihrem morgendlichen Rundgang mit Watson erreichte. Im Stakkato schilderte er ihr seinen Verdacht. »Ich brauche die Telefonnummer von diesem Naturschützer, um ihn zu fragen, ob er aus Frankreich, aus dem Périgord stammt. Und wenn das der Fall ist, Carla, dann fahren wir mit diesem Restaurator da hin und bringen die beiden zusammen.«

Auch Carla war von der Geschichte gepackt. »Ich rufe sofort Stefan an und frage. Die sind gerade bei Arno Göbel und nehmen dessen Laden auseinander auf der Suche nach Spuren vom Mord an seiner Frau. Bis gleich, Thomas. Ich melde mich sofort wieder.« Sie legte auf und wählte Kleyns Nummer. Sie ließ ihren Lebensgefährten gar nicht erst zu Wort kommen wegen unpassenden Moments oder ähnlicher Vermeidungsstrategien für private Gespräche. »Stefan, ich brauche die Telefonnummer dieses Naturschützers.« »Ich kann nicht ...« Weiter kam er nicht. »Es ist oberwichtig und ich habe die Nummer nicht von dir, sondern von den Naturschützern. Bitte, ich erzähle dir alles später, und es ist für einen guten Zweck.« Er knurrte, resignierte aber und gab ihr die Mobilnummer. Und sie brach die Verbindung nach einem kurzen Schmatzer einfach ab. Wieder Thomas. Sie gab ihm die Nummer weiter und widerstand der Versuchung, den jungen Naturschützer selbst anzurufen. »Aber ich will mit, Thomas.« Der versprach, sich gleich wieder zu melden. Er hatte Herzklopfen. Wenn das stimmte ... Jetzt wählte der Journalist die Mobilnummer und erreichte Gabriel

Dutert nach nur zweimaligem Klingeln. Er stellte sich vor, sagte, dass er Journalist sei, ihn aber gegebenenfalls gern wegen einer privaten Sache sprechen würde. Und elegant fügte er ein, dass er selbstverständlich auch über den Kampf gegen das Immobilienprojekt berichten würde. »Auch wenn Sie mich nicht kennen, Herr Dutert, wenn Sie mir jetzt einmal vertrauen, könnte das einer wirklich guten Sache dienen. Aber ich muss Ihnen ein bis zwei Fragen stellen.« Es entstand eine Pause. Dann sagte Dutert jr.: »Na gut, worum geht es?« »Stammen Sie aus Frankreich, aus dem Périgord, und ist Ihre Mutter Lehrerin?« Wieder Pause. »Warum wollen Sie das wissen?« »Bitte antworten«, insistierte Berner. »Stimmt beides.« »Ich muss Sie so bald wie möglich treffen. Wo finde ich Sie?« Wieder dauerte es ein paar scheinbar lange Sekunden, bis der Naturschützer antwortete. »Wir können uns an dem kleinen Informationszentrum in der Birk treffen. Wissen Sie, wo das ist?« »Ich nicht, aber ich komme mit einer Freundin, die sich auskennt.« Und weil er sichergehen wollte, dass Dutert den Termin auch einhielt, sagte er nochmal, dass er ihm vertrauen könne, dass es um einen guten Zweck gehe und dass er ihm auch in Sachen Jägersruh helfen könne und wolle. Dutert versicherte, er werde zur Stelle sein, war aber äußerst irritiert.

Thomas Berner eilte zurück in die Kirche. Jetzt musste er den Restaurator überreden, seine Arbeit ruhen zu lassen und mit ihm einen kleinen Ausflug zu machen. Es sei wichtig. »Ich denke, Sie werden es nicht bereuen.« Dutert schüttelte leicht den Kopf, wischte sich aber die farbverschmutzten Finger mit einem Terpentinlappen ab, wies seine Mitarbeiter ein, was zu tun sei in seiner Abwesenheit. Und Thomas hörte noch etwas wie »tout de suite«, als er vorauseilte und erneut Carla anrief, sie solle ihnen doch mit dem Wagen entgegenkommen und sie beide aufsammeln. Er selbst hatte sein Auto auf dem Gutshof stehenlassen und war zu Fuß in die Kirche gekommen. Es dauerte keine fünf Minuten und Carla bremste quietschend auf dem Kopfsteinpflaster. Thomas ließ Dutert vorn einsteigen, setzte sich hinter ihn und machte die beiden miteinander bekannt.

Carla begann sofort ein Gespräch mit dem Restaurator. Sie sprach ausgezeichnet Französisch und fragte ungeniert die Vita des Mannes ab, der sich in einem seltsamen Schockzustand zu befinden schien. Er reagierte wie fremdgesteuert, konnte sich aber nicht wehren. Carla fuhr so nah wie möglich an das kleine Informationszentrum heran. Die beiden stiegen mit ihrem Entführungsopfer aus und nahmen den Mann in die Mitte. Er setzte zweimal an zu Fragen: »Pourquoi ... und was?« Doch er lief weiter neben den beiden her. Sie erreichten das Häuschen. Auf der Bank davor lümmelte ein junger, sehr großer Mann mit Pferdeschwanz. Er musterte die Neuankömmlinge. »Was soll das alles hier?« »Ich bin Thomas Berner«, sagte der Journalist. »Das ist Carla Moreno, meine alte Schulfreundin, und diesen Mann habe ich durch Zufall bei meiner Arbeit kennengelernt. Er ist Restaurator und heißt Patrick Dutert, und dieser junge Naturschützer heißt Gabriel Dutert. Ich denke, vielleicht sollten Sie sich mal unterhalten«, sagte Berner.

Die beiden Männer standen sich gegenüber und starrten einander an. Der Ältere fragte: »Sprichst du Französisch?« »Nicht mehr, alles vergessen«, antwortete der Jüngere. Dann tauschten sie die Informationen – Périgueux, die Jahreszahlen und erst zum Schluss fiel beiden das entscheidende Faktum ein – »Meine Mutter heißt Annemarie Blumenschein«, sagte der Junior. Patrick Dutert schloss kurz die Augen und atmete tief durch. »Dann bist du mein Sohn.« Er wandte sich zu Carla und Thomas: »Wie sind Sie darauf gekommen?« »Zwei und zwei zusammengezählt«, sagte Berner und lachte. »Ich denke, wir lassen Sie mal allein. Soll ich bei der Kirche vorbeifahren und Ihren Mitarbeitern sagen, dass Sie erst später kommen?«

Beide Duterts nickten. »Und an einem der nächsten Abende kommen Sie zu uns auf einen Wein«, sagte Carla. »Thomas, du regelst das. Und nun kommt. Wir lassen die Herren mal allein.« Und sie zog den Freund am Ärmel fort.

Beide waren überwältigt von dieser Geschichte. »Ist das nicht schön, bei all diesen Betrugs- und Mordfällen?«, fragte Carla. Und Thomas Berner berichtete, dass er unbedingt daraus etwas für die Zeitung machen wolle. »Carla, du musst mir helfen, die beiden zu bequatschen.« Doch die zögerte. »Ehrlich, Thomas, ich würde nicht wollen, dass meine Geschichte in der Zeitung steht. Sprich mit den beiden, ob man das Ganze anonymisieren kann. Aber wenn du die Geschichte offen bringst, wird sich die Konkurrenz auf die beiden stürzen, von Magazinen bis Fernsehen. Das musst du den beiden sagen.« Der Journalist sah auf seine Finger. Und er begriff, dass die Freundin recht hatte. Aber er wollte die Geschichte nicht so einfach aufgeben. Doch er versprach mit offenen Karten zu spielen. Und Carla bot ihm an, das Thema beim gemeinsamen Wein zur Sprache zu bringen. »Vielleicht kann man das Persönliche ja auch geschickt in die Jägersruh- oder die Kirchengeschichte einbauen.« Der Journalist ließ nur ein kurzes Knurren hören. Carla setzte ihn bei der Kirche in Langenbek ab, wo er seinen Nachrichtenauftrag erledigen wollte. Sie ermahnte ihn noch, seinen Wagen auf dem Gut so unterzustellen, dass er von außen nicht gesehen werden konnte. Und er müsse dringend mit Stefan Kleyn über seine Sicherheit reden. »Ich rechne fest damit, dass dein Freund Ingo zuerst in Hamburg nach dir sucht und dann hierherkommt, weil er glaubt, dass ich dich verstecke. Vielleicht müssen wir dich vorübergehend bei Leonhard Hoffmann oder bei Conny in Flensburg unterbringen.« Thomas Berner reagierte kaum. Er war in Gedanken nur bei seiner Geschichte von den beiden Duterts.

Derweil hatte Gabriel Dutert seinen Vater mit nach Hause

genommen, das heißt, zu seinem Wohnwagen an der Birk. Die beiden Männer saßen vor der Tür. Der Sohn hatte einen Espresso bereitet. Er sah den Älteren prüfend an und fragte: »Warum hast du mich nicht besucht? Warum durfte ich dich nicht besuchen?« Da erzählte ihm der Vater, wie seine Frau ihn mit dem Sohn verlassen hatte, dass er keine Adresse hatte, dass er versucht habe, den Kontakt herzustellen, dass aber alle Versuche, auch über die diplomatische Schiene, gescheitert seien. »Über 30 Jahre«, sagte der Vater und seufzte. »Wenn du magst, kannst du zu mir nach Frankreich kommen. Da brauchen wir auch Naturschützer.« Der Sohn lächelte. »Aber erst habe ich hier noch etwas zu erledigen. Er fügte hinzu, dass er zu seiner Mutter keinen Kontakt mehr habe. »Und wie ich jetzt begreife, aus sehr gutem Grund.« Beide beschlossen, sich so oft wie möglich zu treffen, solange Dutert senior in Langenbek zu tun hatte. Und dass sie Carlas Einladung annehmen würden. »Es wird uns guttun, unsere Geschichte immer und immer wieder zu erzählen«, sagte der Vater.

60.

Jörn Gruber hatte die Pläne des Projekts Jägersruh in seinem Büro am Altonaer Hafenrand in Hamburg ausgebreitet. Das Vorhaben war perfekt geplant, dachte er selbstzufrieden. Und gleichzeitig spürte er Verzweiflung. Es war mehr als fraglich, ob er das Resort je würde realisieren können. Ein Jammer. Denn allein durch den Grundstücksdeal könnte er einen satten Gewinn einstreichen. Er hatte das Areal am Meer den Erben des Bauern für nur gut eine Million Euro abgeschwatzt – weil er das Geld bar auf den Tisch legen konnte. Nach seinen Berechnungen könnte er ein Grundstück, das vom Kaufpreis her 16.000 Euro kosten würde, für 40.000 Euro weiterverkaufen. Das hieße, dass er allein bei den 53 Grundstücken einen Gewinn von rund 1,3 Millionen Euro machen könnte. Hinzu kamen noch die Überschüsse aus dem Verkauf der Häuser. Das alles drohte nun an ein paar Wildpferden in der Pampa von Angeln zu scheitern. Und den Mitinvestor war er auch los, der sein Risiko bei den Häusern hätte minimieren sollen. Wenn der ihm doch wenigstens den vereinbarten Einstand gezahlt hätte, in bar, versteht sich. Dann hätte er weitere 50.000 Euro übrig, von denen niemand wüsste.

Natürlich könnte er es sich leisten, das Projekt eisenhart durchzuziehen. Aber er war eben ein vorsichtiger Mann. Und er war sich nicht sicher, wie lange der Schatten des Mordgeschehens die Geschäfte beeinträchtigen würde. Gruber stand auf und goss sich ein Glas Cognac ein. Die Flasche war das Geschenk eines Unternehmers. Er selbst würde nie so viel Geld für ein Getränk ausgeben. Geschenkt genoss er die französische Spitzenmarke. Und er brauchte Marschmusik, um klar denken zu können. Er hatte noch eine alte Aufnahme des Hamburger Polizeiorchesters mit traditioneller Marschmusik. Er drehte auf volle Lautstärke und rechnete damit, dass es nicht lange dauern würde, bis an diesem Nachmittag die benachbarten Büromieter protestieren würden. Egal, bis die Polizei vor der Tür stünde, hätte er längst eine Lösung für sein Problem gefunden und die Musik wieder abgedreht. Zehn Minuten später, der Cognac war getrunken, die Musik ließ die Schreibtischplatte vibrieren, fasste er einen Entschluss. Er drehte den CD-Player ab und sortierte den Tonträger zurück ins Regal.

Kurz darauf läutete es tatsächlich an der Tür. Zwei Polizisten baten ihn, die Musik leiser zu stellen, und er sagte: »Welche Musik?« Als die Beamten ihr Anliegen vortrugen, antwortete er, ja, auch er habe Musik gehört, laute Musik, aber er wisse nicht, aus welchem Büro. Natürlich wussten die Polizisten, dass er log. Aber machen konnten sie nichts. Das steigerte Grubers Zufriedenheit. Er war sicher, das Richtige zu tun. Er würde diesen Peter anrufen. Aber nicht, um das Projekt zu verkaufen. Vielleicht konnte er ihn ins Boot holen. Möglicherweise ließen sich die Pläne so verändern, dass man Profit und Naturschutz verbinden könnte. Aber er würde zur Sicherheit den Kontakt auch an diesen Kriminalhauptkommissar weiterleiten. Schließlich wusste er nicht, ob der Mann mit dem russischen Akzent ein Spinner oder ein gefährlicher Verbrecher war.

Am späten Nachmittag desselben Tages saß Gabriel Dutert mit seinen Mitstreitern erneut im Gasthof zum Leuchtturm, um den Stand der Dinge in Sachen Jägersruh zu diskutieren. Alle zusammen waren zuversichtlich, dass ihnen die Verschiebung der Baupläne und der Verkäufe neuen Spielraum geben könnte. »Solange noch keines der Grundstücke vergeben ist, haben wir die Chance, dass das Projekt kippt.« Gabriels Mitstreiter nickten, und Franjo Meier plädierte dafür, jetzt weiterzumachen. Maja Blick, die junge Dame aus der Bäckerei, sagte: »Vielleicht können wir den Anwalt Rathjens auch nochmal einbinden, denn in dessen Interesse liegt es ja auch, dass die

Hütten hier nicht gebaut werden.« Da brachte Dutert auch den Russen Peter ins Spiel, den er mit Informationen über Jägersruh versorgt hatte. »Ich glaube, der hat Geld und die Erhaltung des Pferdeparadieses liegt ihm am Herzen. Was haltet ihr davon, wenn ich ihm einfach nochmal 'ne Mail schicke mit den Informationen zum Stand der Dinge? Vielleicht würde der uns unterstützen?« Maja Blick klatschte begeistert in die Hände. »Superidee, Gabriel«, jubelte sie und sah den Franzosen bewundernd an. Die Hoffnung auf Erfolg versetzte die Gruppe in Hochstimmung. Die Männer bestellten sich ein Bier und sogar Maja Blick gönnte sich anstelle ihres gewohnten Mineralwassers einen Prosecco oder was sich auch immer hinter dem Namen auf der Getränkekarte verbarg.

61.

Draußen sitzen oder nicht? Carla Moreno betrachtete eingehend den Himmel. Es war den ganzen Tag schön gewesen, sodass man einen Schlummertrunk auf der Terrasse planen konnte. Jetzt aber zogen Wolken auf und ließen keine ernsthaften Prognosen für einen nassen oder trockenen Abend zu. So bereitete Carla einen Imbiss in der Küche. Fallweise könnte man die Tellerchen im Nu auf die Terrasse befördern. Als Kleyn müde und genervt von der Affäre Göbel und den Nörgeleien seines Chefs aus Flensburg nach Hause kam, erhellte sich sein Gesichtsausdruck augenblicklich, als er die geräucherten Fische und Garnelen neben Weißbrot und Knoblauchbutter sah. In Windeseile zog er sich um und nahm Carla in den Arm. Die friedliche Atmosphäre im Haus und die Liebenswürdigkeit von Carla und ihrer Tochter hatten aus dem arroganten Ermittler mit dem Napoleonkomplex einen entspannten Menschen gemacht.

Dabei wusste er natürlich, dass Carla mit den leckeren Häppchen seine Auskunftsbereitschaft fördern wollte. Wenige Minuten später setzte sie sich neben ihn an den Tisch und kurz darauf trudelte auch Sara ein, eingehüllt in eine Wolke von Stallgeruch und Pferd. Carla, die prinzipiell auf Ordnung und gute Manieren achtete, war in solchen Dingen großzügig, sie sah über Wollsocken und Reithosen hinweg, wenn es um einen Imbiss am Küchentisch ging. Das minderte – gerade im Umgang mit einem Teenager – das Konfliktpotenzial. Zudem hatte Sara von ihrer Mutter die Eigenschaft geerbt, dass sie alles wissen wollte. Aber ebenso wie bei dieser konnte man sich darauf verlassen, dass sie ihr Wissen nicht der gesamten Welt mitteilte.

Während sich alle drei über die Meeresfrüchte hermachten,

lieferte Kleyn pflichtgemäß bei den Damen seinen Bericht ab – wie sie Göbel am Morgen überrascht hatten, wie dieser die Ermittler mit seiner demonstrierten Selbstsicherheit zur Weißglut gebracht hatte. Kleyn genoss die Dramaturgie seiner Erzählung, mit der er die Frauen von Zimmer zu Zimmer führte. Höhepunkt war zunächst die Entdeckung von Monika Göbels Geheimfach samt Adressbuch und Testament. »Ist das denn gültig ohne Rechtsanwalt oder Notar?«, fragte Carla. »Es ist eigenhändig, mit Datum und Unterschrift und es gibt keinerlei Hinweise darauf, dass Monika Göbel zum Zeitpunkt des Mordes nicht Herrin ihrer Sinne gewesen wäre.« Carla grinste breit. »Dann kriegt der Arno nur den Pflichtteil?« »Der liebe Arno kriegt gar nichts, wenn wir ihm den Mord nachweisen. Dann ist er erbunwürdig«, sagte Kleyn.

Aber der Ermittler hatte ja noch das Schlusskapitel seiner Geschichte zurückgehalten. »Wir haben dann ja nochmal, liebe Carla, so wie du es empfohlen hast, die Räume 15 Jahre nach der Tat nach dem Prinzip schlampige Hausfrau durchsucht. Alle Ritzen zwischen den Dielen, alle Fußleisten und Schrankfüße wurden von allen Seiten betrachtet und begutachtet. Nichts.« Kleyn machte eine theatralische Pause. Und Carla und Sara sahen ihn erwartungsvoll an. »Als die Spurensucher das Bett abräumten, wurde Göbel zum ersten Mal nervös. Da wusste ich, dass wir auf dem richtigen Weg waren. Und dann haben die Experten auf der Innenseite des Bettes auf einer Leiste, die den Lattenrost trägt, Blut gefunden. Es ist das Blut von Monika Göbel. Das wissen wir schon. Und Arno sitzt in Flensburg in Untersuchungshaft. Der Richter hat sofort den Haftbefehl unterschrieben. Göbel behauptet zwar, das Blut könne von einer Verletzung stammen, die seine Frau erlitten habe, aber im Zusammenhang mit der geplanten Scheidung, der fehlenden Anzeige und den abenteuerlichen, unwahren Geschichten vom Verschwinden seiner Frau haben wir ihn.«

62.

In Kiel war es windig und regnerisch an diesem Montagabend. Peter Sergejewitsch Mironow sah missmutig aus seinem Appartement aufs Wasser. Er hatte sich in seinem Penthouse in unmittelbarer Hafennähe eingerichtet, seit er der Nachfolger des ermordeten Immobilienhais Berthold Kaiser geworden war. Die beiden Männer hatten vertrauensvoll zusammengearbeitet. Peter war zunächst die eiserne Faust seines Dienstherrn gewesen, wenn es um das Eintreiben von Außenständen ging. Doch nach und nach hatte der Mann vom Kaukasus Einblick in Kaisers Immobiliengeschäfte gewonnen. Und am Ende machte der Unternehmer, der weder Frau noch Kinder hatte, ihn über eine Stiftung zu seinem Erben. Dazu gab es noch einen ordentlichen Packen Schwarzgeld, den Kaiser in einem Geheimfach hinterlassen hatte. Peter war es gelungen, das Immobilienvermögen nicht nur zu erhalten, sondern auch zu mehren und, so wie es der Immobilienhai gewünscht hatte, die Gewinne für wohltätige Zwecke einzusetzen.

Jetzt gab es wieder etwas zu tun. Peter saß vor seinem Laptop und hatte die letzte Mail von Gabriel Dutert erhalten. Der Naturschützer, der ihn so ausführlich über das Projekt Jägersruh am Leuchtturm Falshöft informiert hatte, berichtete jetzt über einen Mordfall, von dem er bereits in der Zeitung gelesen hatte. Danach war der Mitinvestor des Mannes, den Peter telefonisch unter Druck zu setzen versucht hatte, in der Nacht zum vergangenen Sonnabend hinterrücks erschossen worden. Und nach den Berichten in den Zeitungen und im Radio hatte die Polizei bislang keinerlei Spuren oder Hinweise.

Das sah doch gut aus. Denn es bedeutete zumindest einen kurzfristigen Stillstand für das Projekt. Und hier, beschloss Peter, wollte er ansetzen. Er nahm sich vor, nochmals den

Naturschützer zu treffen. Vielleicht konnten sie gemeinsam ein Konzept entwickeln, wie man aus dem Grundstück beim Leuchtturm ein kleines Naturparadies machen könnte. Vielleicht auch mit touristischen Facetten. Einem Gästehaus zum Beispiel. Aber auf keinen Fall mit 53 Häusern für Touristenhorden. Der junge Naturschützer, dachte der Russe, sah aus, als hätte er Phantasie. »Vielleicht werden wir ein Team.«

In diesem Moment klingelte sein Mobiltelefon für besondere Zwecke. Es war Gruber, der Vater des Projekts Jägersruh. Peter grinste und dachte, es müsse irgendwo einen kommunikativen Kurzschluss gegeben haben. Er antwortete bewusst knapp und knurrig. Gruber teilte ihm mit, dass er sich nicht enteignen lassen wolle, aber man könne doch mal über das Projekt reden. Vielleicht ließe es sich verändern und vielleicht wolle er ja einsteigen, wenn er ein wenig Potenzial zum Investieren habe. Kaisers Erbe beschloss, erst einmal nicht zu antworten und den Investor schmoren zu lassen. Das hatte er von dem Immobilienhai gelernt.

Peter kochte sich einen Tee und nahm seine Tasse aus feinstem Lomonossow-Porzellan mit dem blaugoldenen Zarenmuster mit an den Schreibtisch. Er sah erneut aufs Wasser und kam ins Grübeln. Noch vor einem Jahr war er ein einfacher Bodyguard gewesen. Und jetzt verwaltete er ein Millionenvermögen an Immobilien. Und ein Gutteil gehörte ihm. Doch er saß hier in seiner Wohnung. Er war jetzt 43 Jahre alt und überlegte, wie es wohl wäre, sich eine Frau zu suchen und eine Familie zu gründen. Aber er fand das allein schon in der Theorie schwierig. Sollte es eine Russin sein? Die Russinnen kümmerten sich zwar oft sehr gut um das Wohl ihrer Männer, aber sie suchten verstärkt die gute Versorgung und weniger die große Liebe. Und da konnte ein solider Reichtum, wie er ihn hatte, schnell in Gefahr geraten. Die deutschen Frauen wiederum waren ihm zu kompliziert. Er gedachte nicht, sich am

Staubsaugen und Badputzen zu beteiligen. So war es bislang bei flüchtigen Liebschaften geblieben, die immer dann endeten, wenn die Damen erwarteten, dass er sie zu sich nach Hause bat. So hatte er bislang immer konsequent behauptet, verheiratet zu sein. Und nach ein paar Monaten gaben die Frauen die Hoffnung auf, er könnte sich von seiner angeblichen Frau trennen, und kündigten ihm die Freundschaft auf. Eigentlich war alles gut, so wie es war, dachte er. Jede Änderung würde sein Leben komplizieren.

In diesem Moment klingelte es an seiner Wohnungstür. Seltsam, er erwartete niemanden. Denn er hatte keine Freunde und Bekannten, nur ein paar Leute, die er aus der Kneipe vom Billardspielen kannte, und eben Geschäftspartner. Aber die wussten nicht, wo er wohnte. Peter öffnete die Tür. Vor ihm stand ein Mann, den er schon einmal gesehen hatte, vor etwa einem Jahre auf einem Golfplatz bei Langballig. Er war Polizist gewesen, jetzt trug er aber keine Uniform. Und es war schon abends nach Dienstschluss. »Meiners«, stellte sich der Mann vor. Peter bat ihn herein und bot ihm in seinem offenen Wohnzimmer mit Fördeblick einen Sessel an. »Wir kennen uns«, sagte Meiners. Peter nickte. »Der Tote auf dem Golfplatz war mein Chef. Und Sie haben den Mörder ziemlich schnell gefunden.« Und jetzt, sagte Meiners, gehe es wieder um Mord und wieder im Zusammenhang mit Immobilien. »Ich habe davon in der Zeitung gelesen«, sagte der Russe. »Und in diesem Zusammenhang fiel Ihr Name.« So setzte Meiners den Wortwechsel fort und erklärte, dass der Entwickler Gruber sich durch ein Telefonat von ihm bedroht fühle und er gern wissen wolle, was er, Mironow, mit der Sache zu tun habe. »Bislang habe ich damit gar nichts zu tun. Ich habe durch Zufall die Naturschützer kennengelernt und finde wie sie, dass das Projekt zum Ort nicht passt. Ich habe dem Gruber lediglich angeboten, ihm das Grundstück abzukaufen.« Mironow machte eine Pause. »Sehen Sie, ich habe nach dem Tod meines Chefs den Zugriff auf umfangreiche Stiftungsmittel, die ich für den guten Zweck einsetzen kann. Ich denke, dass man mit dem Grundstück etwas Besseres anfangen kann, als ein paar Holzhütten für Touristen draufzubauen. Und deshalb habe ich dem Gruber angeboten, ihm das Land abzukaufen. Aber ohne große Preisaufschläge und Planungskosten. Ich denke, das ist nicht mehr als recht und billig. Mit Ihrem Mord habe ich nichts zu tun – obwohl ich Ihnen sicher kein Alibi liefern kann, wann auch immer die Tat geschehen sein mag. Denn ich bin ein Einzelgänger und lebe allein!« »Vergangenen Freitag in der Nacht«, antwortete Meiners mechanisch. »War ich hier, aber allein«, sagte Peter. »Ich finde es übrigens erstaunlich, dass der Mann mich bei der Polizei anschwärzt, und bei mir ruft er an und bietet mir eine Zusammenarbeit an.«

Meiners fand, dass sich Peters Geschichte schlüssig anhörte, und verabschiedete sich. Denn er hatte heute Abend noch eine weitere Verabredung in Kiel. Und der Gedanke daran verursachte bei ihm Herzklopfen.

63.

Bernhard Braun, falscher Doktor und Eigentümer einer florierenden und eleganten Schönheitsklinik an der Kieler Förde, saß in seinem Büro und versuchte, sein Leben neu zu ordnen. Er wusste nicht, wie es weitergehen würde, und versuchte, sich einen Notplan zu erarbeiten. Gut, sein Erpresser war tot. Und Geld hatte er nicht bekommen. Aber er wusste nicht, ob dieser Goedeke Michels vielleicht noch Mitwisser hatte, die als Nächstes bei ihm anklingeln würden, um dann nicht nur Schweigegeld für einen gefälschten Doktortitel zu fordern, sondern auch für einen Mord. Und dann würde seine ganze Welt aus Schönheit und Wohlstand zusammenbrechen.

Er hatte sich vor diesem Tag immer gefürchtet, dass nämlich jemand seinen Lebenslauf durchleuchten und die Brüche entdecken würde. Aber nun war keine Zeit zum Jammern. Er brauchte einen Ausweg. Und das schnell.

Als Erstes begann er systematisch seine Papiere zu ordnen und alle Unterlagen, die ihm zum Verhängnis werden könnten, in den Safe zu legen, zu dem niemand außer ihm die Kombination kannte. Das waren zum Beispiel noch eine Reihe von Akten von Patientinnen, bei denen er die Honorare, wie er das gern formulierte, steuerneutral kassiert hatte. Die Gelder gingen auf Konten in der Schweiz. Außerdem gab es noch Dokumente, die die Entstehung seiner Abschlüsse und Diplome belegten. All das kam auf einen Papierstapel.

Darüber hinaus musste er Kassensturz machen. Wie viel Geld konnte er flüssigmachen für ein neues Leben im Ausland? Er blätterte in den Kontoauszügen. Das sah doch gut aus. Und das Geld musste ja in Zukunft nur für ihn reichen. Zudem hatte er einen guten und wichtigen Kontakt in Buenos Aires – von einem Patienten, dem seine Mitarbeiter vor drei

Jahren zu einem komplett verjüngten, im Klartext veränderten Aussehen verholfen hatten. Der hatte ihm zum Dank für die Diskretion eine Notfall-E-Mailadresse hinterlassen. Und der Mann hatte Wort gehalten und Hilfe versprochen, wenn Braun sich in Argentinien niederlassen würde. Der Klinikchef lächelte entspannt. Er würde nicht warten, bis die Ermittler sein Leben unter die Lupe nähmen, sondern schon in der nächsten Woche via Zürich nach Südamerika fliegen.

Er packte die Papiere zusammen, legte sie in den Safe und verschloss den großen, schweren Tresor. Bernhard Braun ging nach Hause. Zu Annegret und den Kindern, die er bald nicht mehr sehen würde.

In der Schönheitsklinik hatte am frühen Abend Schwester Eva ihren Nachtdienst angetreten. Sie war betont langsam durch die Korridore gegangen, um genau zu erforschen, wer außer ihr und den offiziell diensttuenden Mitarbeitern noch im Hause war. Wenn sich das Gebäude geleert hätte, würde sie versuchen, einen Blick in Dr. Brauns geheime Papiere zu tun. Seit sie sich Hals über Kopf in den Kriminalobermeister Knut Meiners verliebt hatte, wollte sie unbedingt zur Aufklärung des Mordes am Leuchtturm Falshöft beitragen, um damit auch die Karriere ihres Liebsten zu fördern. Sie kannten sich gerade erst zwei Tage, waren aber beide fest entschlossen, ihr weiteres Leben miteinander zu verbringen. Sie fand den schüchternen und umständlichen, aber ungemein fürsorglichen Beamten liebenswert, er war von der zierlichen Blondine hingerissen. Und so träumten sie schon nach zwei Treffen von einer gemeinsamen Wohnung irgendwo zwischen Kiel und Flensburg.

Vorsichtig ging sie Richtung Klinikleitung. Sie wollte nachsehen, ob Braun noch im Haus war. Sein Auto hatte sie auf dem Parkplatz nicht mehr gesehen. Näher zum Büro wollte sie sich nicht vorwagen, denn in diesem Teil des Klinikgebäudes hatte sie nichts zu suchen. Wenn sie da jemand sah, würde sie sich verdächtig machen. Entschlossen ging sie zurück. Sie nahm aus einem der Aufenthaltsräume zwei Flauschdecken, die sie Patienten um die Beine legten, wenn sie vorübergehend im Rollstuhl sitzen mussten. Mit den Decken ging sie in den Hof, so weit, dass sie in Brauns Büro schauen konnte, und schüttelte die Decken gründlich aus. Dabei spähte sie unauffällig in den Raum, um zu sehen, was der Klinikchef da trieb. Und in der Tat konnte sie beobachten, wie er irgendwelche Papiere sortierte, Akten aus Ordnern nahm und an die Seite legte. Ein paar Bögen steckte er in einen Umschlag. Und dann zog er an seinem Schreibtisch die obere flache Lade auf, die in der Regel Platz für Stifte, Klebeband und Radiergummi bietet, und nahm einen kleinen Zettel heraus. Damit ging er an den großen Safe, der an der Innenwand des Raumes stand, und sortierte die Papiere ein. Eva drückte sich ganz eng an die Wand, sah, dass Braun den Zettel wieder in den Schreibtisch legte, und dann ging sie leise mit ihren Decken zurück in die Klinik.

»Was der wohl in seinem Safe hat?«, dachte Eva. Sie würde das Knut Meiners erzählen. Obwohl: Der durfte natürlich ohne Durchsuchungsbeschluss nichts unternehmen. Vielleicht sollte sie selbst einen kleinen Blick in den Safe tun. Die junge Frau hatte sich für ihre Rechercheaktion eine genaue Strategie überlegt. Einer ihrer Ansatzpunkte war der sogenannte Giftschrank mit den verschreibungspflichtigen Medikamenten und Narkotika, samt Dokumentation. Dort wollte sie einen schnellen Blick riskieren, ob es denn mit der Buchhaltung der begehrten Medikamente alles seine Ordnung hatte. Und dann war da natürlich Brauns Büro. Denn ihr war aufgefallen, dass manche Patientenakten nicht in der normalen Klinikregistratur aufbewahrt wurden, sondern unmittelbar nach Eingriffen direkt in die Ablage des Hausherrn wanderten.

Das alles hatte sie ihrem neuen Freund noch gar nicht erzählt. Sie wollte jetzt sehen, was sie an Informationen zusammentragen konnte, und ihn dann überraschen. Die Aussicht, dass sie vielleicht zur Klärung eines Verbrechens beitragen konnte, wirkte wie ein Aufputschmittel. Aber sie musste sich gedulden. Denn sie wollte ihre Recherche erst in den frühen Morgenstunden starten, wenn es hell war. Wenn sie Brauns Büro in der Nacht durchsuchte, brauchte sie eine Taschenlampe. Und dann könnte jemand von außen, aber auch innen vom Korridor aus das Licht sehen. So hatte Eva beschlossen, nach ihrem letzten Nachtrundgang und vor der ersten Morgenrunde durch die Patientenzimmer beim ersten Hahnenschrei das Büro zu entern. Wo ein Duplikat des Generalschlüssels versteckt war, hatte sie längst herausgefunden. So würde auch die extra verschlossene Tür des Direktors für sie kein Hindernis sein.

Alles war vorbereitet. Jetzt konnte sie sich ihrer Arbeit widmen. Und gegen 23 Uhr war sie am Hinterausgang der Klinik zu einem kleinen Plausch mit Meiners verabredet. Sie hatte ihm gesagt, dass sie ihn sehen wolle. Und bei diesem Treffen wollte sie ihn bitten, in der Nähe zu bleiben, falls sie doch von jemandem überrascht würde. Denn wenn der Klinikchef wirklich krumme Geschäfte machte, könne eine Entdeckung für sie durchaus lebensgefährlich werden. Außerdem fand sie es auch aus taktischen Gründen gut, an seinen Beschützerinstinkt zu appellieren.

Der Abend in der Klinik verlief ruhig. Außer Eva arbeiteten noch eine weitere Schwester und ein Pfleger im Haus, die aber auf anderen Stationen im Einsatz waren, und zwar auf gute Distanz zum Büro des Chefs, sodass die Gefahr gering war, dass die Kollegen sie überraschten. Nur mit Dr. Braun war das eben so eine Sache. Der kam auch schon einmal zu später Stunde oder er übernachtete in seinem Büro. Fatal für Kollegen, die morgens nicht pünktlich waren und dann dem Chef in die Arme liefen.

Um kurz vor 11 Uhr nachts schlich sich Schwester Eva zum

Hinterausgang der Klinik. Als sie sich umsah, kam ihr aus einer dunklen Ecke schon ein Schatten entgegen. Die beiden umarmten und küssten sich. Aber Eva machte sich schnell von ihrem Liebsten los und erzählte ihm eilig und flüsternd, was sie vorhatte. Er protestierte energisch. Sie erzählte ihm vom Safe. Er sagte klar: Nein. Doch dann versprach sie, die Dokumente nur zu fotografieren. Und als Sicherheit sollte er vor Ort bleiben und sie wollten Telefonverbindung halten, sodass er akustisch bei der Durchsuchung dabei wäre. Er versuchte vergebens, ihr das Abenteuer auszureden, versprach aber am Ende, im Auto vor der Tür zu warten. Und sie würde die Hintertür offen lassen, sodass er im Notfall sofort zur Stelle sein könnte.

Jetzt begann für die Verschwörer die Wartezeit. Es war schon nach 4 Uhr am Morgen, da rief Eva nach ihrer Stationsrunde bei Knut Meiners an. Sie ließen die Verbindung bestehen, Eva steckte das Smartphone in ihre Kitteltasche und schlich zunächst in die kleine Klinikapotheke, wo der Ersatzschlüssel hinter Verbandsstoff verborgen war. Weiter ging es vorsichtig zu Brauns Büro. Horchen – Ruhe. Vorsichtig aufschließen, schauen – niemand am Schreibtisch, niemand auf dem Schlafsofa, hinein und Tür zu. Durchatmen. »Ich bin drin«, sagte Eva leise ins Telefon. Und dann setzte sie sich an den Schreibtisch des Klinikchefs, zog eine Schublade nach der anderen heraus, fand aber keine verdächtigen Unterlagen. Da gab es Fotoalben, Autopapiere, Steuerbelege, aber nichts Verdächtiges. Also musste es der Safe sein. Wo der Zugangscode lag, wusste sie ja. Also drehte sie, routiniert wie ein Safeknacker, die Kombination und öffnete die Tür.

»Ich sehe jetzt die Patientenakten durch«, sagte sie leise ins Telefon. Das waren alles Damen aus dem Ausland, die sich von Grund auf verjüngen lassen hatten. Die Honorare, Zehntausende Euro, waren offenbar auf Auslandskonten gegangen. Eva fotografierte die Daten mit ihrer kleinen Kamera. Das Telefon brauchte sie ja als Sicherung.

»Hier sind kleine Hefter mit Kontoauszügen. Auslandskonten. Drei Stück.« Klick. Die aktuellen Kontostände waren im Bild. Jeweils hohe sechsstellige Beträge. »Oh, hier habe ich Flugtickets. In die Schweiz und nach Argentinien. Nächste Woche. One-way.« Klick.

Knut Meiners hörte es rascheln. Aber Eva sagte nichts. Er hörte sie ein paar Schritte gehen. Und wieder raschelte es. »Moment«, sagte sie und raschelte und fotografierte. Meiners wurde unruhig und fragte leise: »Was ist?« »Moment«, sagte sie und raschelte weiter. Dann hörte er, wie jemand offenbar einen Papierstapel zusammenstauchte und etwas zusammenräumte. Dann klappte leise die Safetür und wurde verschlossen. Schreibtischschublade auf und wieder zu. Der Zettel mit der Safekombination lag wieder am Platz. Meiners hörte, wie Eva das Büro verließ und die Tür absperrte, sie huschte über den Flur und brachte den Ersatzschlüssel zurück in die Krankenhausapotheke. Er hörte sie atmen. Dann verließ sie den Büroflur. Von jetzt an war sie in dem Bereich der Klinik, in dem sie für ihren Aufenthalt keine Ausrede benötigte. Sie nahm das Telefon aus der Tasche. »Das hat sich gelohnt. Komm an die Hintertür, ich gebe dir die Kamera. Und hol mich bitte morgen um 8 Uhr hier ab. Dann erkläre ich dir, was auf den Bildern ist.« Meiners sprang aus seinem Wagen und eilte zur Hintertür. Da kam seine Verbündete schon und drückte ihm die kleine Kamera in die Hand. »In Steno«, sagte sie: »Der Typ hat Schwarzgeldkonten, seine Zeugnisse sind gefälscht und er will verschwinden.« Sie küsste ihn kurz auf die Wangen, sagte: »Bis nachher, sei pünktlich«, und verschwand nach drinnen. Im Schwesternzimmer atmete sie tief durch und nahm sich einen Kaffee. Das würde in den nächsten Wochen alles sehr, sehr interessant werden, dachte sie.

Nach Dienstschluss holte Meiners Schwester Eva ab. In ihrer kleinen Wohnung nördlich von Kiel tranken sie einen

Kaffee, verspeisten die unterwegs gekauften Brötchen und Eva erklärte dem Ermittler, was ihre Funde bedeuteten. Die kopierten Unterlagen belegten, dass Dr. Bernhard Braun offenbar systematisch die Honorare von Auslandspatientinnen, tatsächlich waren es fast ausschließlich Frauen, auf schwarze Konten umleitete. Und das seit Jahren. Im Zuge der laufenden Mordermittlungen hatte er offenbar Angst vor Entdeckung bekommen und wollte sich verdrücken. Die Flugtickets belegten das – einmal nach Zürich, um die Konten zu checken, und dann weiter nach Buenos Aires. »Am interessantesten ist aber, was ich zum Schluss gefunden habe«, dozierte Eva zufrieden. Das waren die Zeugnisse und Diplome des Schönheitsdoktors. Doch dazu gab es eine Reihe von Vorlagen mit den Namen anderer Mediziner. Und wenn man diese ganzen Papiere nebeneinanderlegte, wurde offensichtlich, dass die Ausbildungsnachweise von Dr. Bernhard Braun gefälscht waren. »Jetzt wird mir auch klar, warum der immer nur mit seinen Botox-Spritzen unterwegs war. Der kann gar nicht operieren, oder jedenfalls traut er sich nicht. Jetzt müsst ihr nur noch herausfinden, was der wirklich ist.« Meiners war sprachlos. Und tief beeindruckt von seiner Eva. »Du musst mit mir zu meinem Chef nach Flensburg kommen und ihm das alles erklären. Machst du das?« Eva wurde rot. »Aber das war doch nicht legal.« »Egal«, erwiderte der Kriminalhauptmeister. »Das kriegen wir schon legalisiert. Wir wissen doch jetzt dank deiner Hilfe, wo wir suchen müssen.«

64.

In Flensburg stritt Arno Göbel empört jede Schuld am Tod seiner Frau Monika ab. Er beharrte darauf – auch in Gegenwart seines Anwalts Andreas Delfs, dass Monika mit ihrem Cousin das Weite gesucht habe. Weder das Testament noch die Termine, die sie mit ihrem Anwalt verabredet hatte, brachten ihn ins Wanken. Geradezu aggressiv wurde der Mann, als ihm die Juristen erklärten, dass das vorliegende Testament in dieser Form, auch ohne notarielles Siegel, seine Gültigkeit habe. Erbin des Eigentums sei Monika Göbels Tochter, Nora Grüttner. Er habe allenfalls Anspruch auf einen Pflichtteil; wenn ihm aber eine Schuld am Tod seiner Frau nachgewiesen werden könnte, bliebe ihm gar nichts. Das brachte den Mann, der sich sonst so gut in der Gewalt hatte, vor allem wenn es darum ging, andere Menschen zu reizen, auf die Palme. Das Haus, das Land, das Geld, alles gehöre ihm, tobte Göbel. Anwalt Delfs versuchte, ihn zu beruhigen, und riet ihm im internen Gespräch, doch mit der Polizei zusammenzuarbeiten, um eine geringere Strafe zu erreichen. Wenn seine Frau ihn gereizt, ihn vielleicht sogar angegriffen, wenn er im Affekt zurückgeschlagen habe. Doch Göbel blieb stur.

Kleyn sprach derweil mit Nora Grüttner, die aus Ruppertshain am Taunus nach Flensburg gekommen war. Die Frau war erschüttert, als sie vom Tod ihrer Mutter erfuhr. Sie hatte geglaubt, der Kontakt sei wegen des ungeliebten Stiefvaters abgebrochen. Sie hatte ihre Mutter kurz vor deren Tod vor die Wahl gestellt – sie oder Göbel. Seither, seit fast 17 Jahren, hatte sie nichts mehr von ihrer Mutter gehört, von der sie annahm, dass sie sich gegen ihre Tochter entschieden habe. Nora wusste nicht einmal, dass ihre Mutter von Hamburg nach Angeln verzogen war. Und weil zwei Briefe, die sie ein paar Monate nach dem Bruch geschrieben hatte, ungeöffnet zurückkamen, hatte sie die Trennung akzeptiert. Jetzt fühlte sie sich schuldig. »Vielleicht hätte ich ihr helfen können.« Kleyn beruhigte die Frau und er empfahl ihr, sich wegen des Nachlasses ihrer Mutter anwaltlich vertreten zu lassen, vielleicht sogar von diesem Preben Jepsen, mit dem Monika Göbel 15 Jahre zuvor bereits Kontakt gehabt hatte.

Mit Nora Grüttner war auch Lothar Heimerdinger in den Norden gekommen, jener Cousin, mit dem Monika Göbel angeblich nach Mallorca gezogen war. Auch Heimerdinger versicherte glaubhaft, dass er den Kontakt zu seiner Cousine verloren und das Land niemals verlassen hatte. »Ich arbeite als Klavierstimmer und Pianist im Frankfurter Raum, das lässt sich auch belegen.« Zudem hatten Monikas Tochter und ihr Cousin während der ganzen Jahre ständigen Kontakt gehabt. Damit brach Arno Göbels Märchen ein weiteres Stück zusammen.

Beide wollten noch ein paar Tage in Flensburg bleiben, falls sie noch für weitere Aussagen gebraucht würden. »Kennen Sie ein Hotel, das nicht so teuer ist?«, fragte Nora Grüttner. Kleyn empfahl, lieber auf dem Gut Langen anzurufen. »Da müssten jetzt noch kleine Ferienhäuser frei sein. Und dann könnten Sie sich auch gleich das Haus ansehen, das Sie zweifelsohne bald erben werden.« Nora Grüttner bedankte sich, doch bevor sie den Raum verlassen hatte, rief Kleyn sie zurück. »Soll ich das für Sie regeln?« Die Frau nickte wortlos und Kleyn rief bei Carla an und bat sie, ein kleines Ferienhaus für die beiden Angehörigen von Monika Göbel klarzumachen. »Sie können mit dem Bus bis nach Langenbek fahren«, sagte er zu den beiden Besuchern.

Der Kriminalhauptkommissar wandte sich, kaum dass die beiden den Raum verlassen hatten, mit süffisantem Unterton an seinen Mitarbeiter Knut Meiners: »Nett, dass Sie auch nochmal vorbeischauen.« Der wurde rot, senkte den Kopf und entschuldigte sich. »Ich war außerplanmäßig unterwegs, aber mit Erfolg.« »Ich vermute, in Kiel«, stichelte Kleyn. Meiners wurde noch roter und nickte. Er legte die Ausdrucke der erbeuteten Bilder vor Kleyn auf den Tisch und sagte: »Ich habe auch jemanden mitgebracht, der Ihnen das alles erklären kann. Denn eine Erklärung brauchen Sie dafür.«

Stefan Kleyn sah seinen Mitarbeiter Meiners verwundert an, als der plötzlich in Begleitung in der Tür stand. Und der winkte seine Eva herein. »Das ist Frau Jahn, Schwester Eva aus der Kieler Schönheitsklinik. Ich sollte mich da doch mal umhören. Das habe ich getan. Aber Frau Jahn hat sich auch umgesehen. Und zufällig hatte sie eine Kamera dabei.« Meiners sah sich um, ob niemand zuhörte. »Sie hat so ein wenig herumfotografiert und dabei ein paar erstaunliche Dinge herausgefunden. Wir wissen damit zwar nicht, ob Dr. Braun, der Klinikchef, am vergangenen Freitag am Tatort bei Gelting war. Zu verbergen hat er auf alle Fälle etwas – nein, ganz viel.«

Kleyn deutete auf einen Stuhl an seinem Schreibtisch. Und Eva Jahn legte ihm nacheinander die fotografierten Papiere vor. Die Flugtickets. Die Belege für die auf die Auslandskonten umgeleiteten Honorare und schließlich die Diplome samt den Originalen und den Gestaltungsübungen. Kleyn starrte auf die Papiere. In Gedanken entwickelte er eine Idee. Aber er konnte den logischen Faden noch nicht verknüpfen. »Das sind gute Hinweise, reichen aber nicht, um Braun mit dem Mord in Verbindung zu bringen. Ein Streichholzbriefchen, zu Tausenden ausgegeben, ist kein Beweis. Aber«, er sah Meiners und seine Freundin streng an, »gute Hinweise; doch das macht ihr beiden nicht nochmal. Frau Jahn, ich würde es gut finden, wenn Sie sich krankmelden.« »Aber ich könnte doch beobachten, was Braun macht …« »Nein«, sagte Kleyn kategorisch. »Die Tickets sind für die nächste Woche und zur Sicherheit stellen wir jemanden vor die Tür. Der Mann ist vielleicht ein Mörder. Und wenn der den Verdacht hat, Sie hätten ihm nachspioniert, wäre das sicher ungesund. Sie sind krank. Und Sie ziehen sofort zu Ihrer Eroberung, bis wir wissen, was dieser saubere Doktor verbrochen hat. Zischen Sie ab, Meiners. Metelmann kann mir helfen.« Meiners strahlte. Und Eva Jahn hüpfte hinter ihm her.

Carla Moreno rief bei ihrer Freundin Melissa Meerbusch an, um für Arno Göbels Verwandte ein Gästehaus zu mieten. In Kurzfassung berichtete sie der neuen Lebensgefährtin des Gutsherrn Eberhardt von Erben-Werthern vom Stand der Dinge um die Morde an Monika Göbel und an dem Neffen von Meta Diederichsen. »Ist schon seltsam, was hier so alles passiert«, meinte Melli. »Gefährliches Dorfleben«, konterte Carla. »Ich finde es hochspannend. Ich will gleich mal mit Watson zum Leuchtturm fahren, mir den Tatort ansehen. Ich glaube, die sind da inzwischen wieder abgerückt mit der Spurensicherung.« »Kann ich nicht mitkommen und mitschnüffeln?«, bat Melissa. »Ich frage Karola, ob sie sich nicht um die Angehörigen von Arno Göbel kümmern kann, die bei uns wohnen sollen. Das macht sie bestimmt.« Melissa Meerbusch hatte zu der jungen Frau ihres Beinahe-Schwiegervaters ein ausgezeichnetes Verhältnis. Die Frauen teilten sich die Aufgaben auf dem Gut, auf dem seit dem Verschwinden der alten Gräfin Friederike von Erben-Werthern entspannter Frieden herrschte. »Ich hole dich in fünf Minuten ab«, sagte Carla.

65.

Die Malerin rief ihren Hund, griff zu Leine, Leckerchen und zum Fotoapparat, ohne den sie nie ausging, um im Fall der Fälle Inspirationen und Informationen festzuhalten, und verließ das Haus. Sie stieg ins Auto, einen Citroën Berlingo, den sie wegen des Hundes angeschafft hatte. Denn Watson, der Irish-Wolfhound-Mischling, passte in keinen Kleinwagen. So aber hatte er eine bequeme Transportklappe und im Kofferraum ein schönes Lager, auf dem er sich ausstrecken konnte. Zu einem kleinen Ausflug war er deshalb immer gern bereit.

Carla machte den Umweg über das Gut, wo Melissa bereits vor dem Tor wartete, und gemeinsam fuhren sie über Gelting hinunter zum Leuchtturm Falshöft, wo sie den Wagen abstellten. Carla griff zur Leine – nicht etwa, weil Watson ihr entlaufen könnte, sondern weil manche Spaziergänger in Hysterie ausbrachen, wenn sie den großen Hund sahen, der aber so friedlich wie ein Schaf war.

Die Frauen überquerten die große Freifläche vor dem Leuchtturm. Carla sah an den rotweißen Flatterbändern, wo der Tatort lag. Zwar war die Polizei abgezogen, aber um die Gerätekiste und einen Abschnitt daneben waren noch die Bänder gespannt. Melissa lief nah neben Carla her und sagte mit einem Schaudern: »Ist das nicht gruselig, wenn man daran denkt, dass hier vor wenigen Tagen ein Mensch erschossen wurde?« Carla antwortete nicht. Sie erforschte systematisch den Ort, erfasste jedes Gebüsch, jedes Beet, jeden Stein. Watson trottete hinter ihr her. Dann folgten die drei der Wegbiegung zum Strand hinunter. Auch hier musste der Mörder entlanggegangen sein. Kleyn hatte erzählt, dass der Täter sich wohl am Strand ein Versteck gesucht hatte. Carla Moreno sah sich noch einmal um und ließ die Szene auf sich wirken. Und sie machte Fotos – vom Tatort, von der Werkzeugkiste, von der Fläche vor dem Leuchtturm und von dem Weg zum Wasser hinunter. Jetzt waren sie am Strand.

»Nach links«, sagte Carla, »Stefan sagt, das Versteck war links.« Auch hier sahen sie ein Stück weit entfernt rotweiße Flatterbänder. Carla ging schneller. Das musste die Höhle sein, in der sich der Täter versteckt hatte. Watson lief jetzt voran und schnüffelte am Sand, wo täglich Dutzende Hunde entlangliefen und ihre Duftmarken hinterließen. »Mal wieder neue Gerüche, mein Alter«, sagte Carla und versuchte, Details im Inneren der Höhle zu erkennen. Aber das Gras und das Unkraut waren heruntergetreten, ein Beweis dafür, dass die Ermittler sehr gründlich nach Spuren gesucht hatten und es hier nichts mehr zu entdecken gab. Carla stand aus ihrer gebückten Beobachtungshaltung wieder auf. Da drängelte sich, schneller, als sie ihn abrufen konnte, Watson an ihr vorbei in die Höhle, um seinerseits das Terrain genau zu untersuchen. Und kaum hatte sie sich versehen, kam er ihr, scheinbar mit triumphierendem Gesichtsausdruck, entgegen. Und er hielt etwas im Maul. Einen schwarzen Handschuh. Carla griff hektisch in die Tasche und zog einen Gassibeutel heraus. Mit dem schnappte sie sich Watsons Fund, verknotete die Tüte und machte ein Foto vom Fundort. Sie lobte den Hund und steckte ihm ein großes Stück getrocknete Hühnerbrust zu. »Gut gemacht!« Und Watson trabte stolz zurück.

»Meinst du, das ist vom Täter?«, fragte Melissa aufgeregt. »Ich weiß es nicht. Aber das muss Stefan auf alle Fälle untersuchen«, antwortete Carla. Die beiden Frauen liefen noch ein Stück am Strand entlang, kehrten dann aber um, weil sie auch nicht mehr damit rechneten, weitere Glücksfunde zu machen. Auf dem Weg zurück nach Langenbek fiel Carla ein Wagen mit NF-Kennzeichen auf, ein silbermetallicfarbenes Mazda-Cabrio. »So einen Wagen fährt Thomas' Freund Ingo«, sagte sie.

»Melissa, ruf sofort Thomas an, er soll ins Gutshaus hinüber-
gehen. Da ist er in Sicherheit.« Die Malerin konnte mithören,
wie ihr Freund zu argumentieren begann. »Sag ihm, sofort!«,
ging sie dazwischen. »Und dann sag Metelmann Bescheid, der
soll auch hingehen. Aber in Zivil. Und wir kommen gleich.«

Carla fuhr schneller. »Die versuchen noch einmal, Thomas
um die Ecke zu bringen«, sagte sie und nahm die Kurven auf
dem unbefestigten Weg zum Gut scharf. Sie bremste vor dem
Portal und sprang aus dem Wagen. Metelmann war offenbar
auch gerade erst angekommen. »Wir müssen da hinüber zum
Waldrand, da steht das Haus, das Thomas gemietet hat.« Metelmann ging voraus, hielt sich aber rechts am Feldrand und
ein Stück weiter im Schutz der Büsche und Bäume. Carla und
Watson folgten ihm. Melissa hatte sich derweil zu ihren neuen
Gästen begeben, Monika Göbels Tochter und Cousin.

Metelmann zeigte auf den Feldweg hinter den Büschen. Da
stand Ingo Hetkämpers Cabrio mit geöffneter Kofferraum-
klappe. Und als die beiden Verschwörer sich dem Haus nä-
herten, sahen und hörten sie, wie Hetkämper und sein Freund
Albrecht Mönch die Haustür mit Fäusten und Tritten bearbei-
teten und brüllten, Berner solle aufmachen.

Carla war erstaunt, wie flink Metelmann, der doch bereits
über 50 Jahre alt war, den randalierenden Ali Mönch im
Schwitzkasten hatte und ihm die Handschellen anlegte. Ingo
Hetkämper hob reflexartig die Hände und stotterte: »Ich habe
gar nichts gemacht. Ich wollte nur meinen Freund besuchen.«
»Ja, so sah das aus«, konterte Metelmann trocken und fesselte
auch Ingo. Diese Chance ergriff Mönch und versuchte, in das
Unterholz zu laufen. Doch mit ein paar Sätzen hatte Watson
ihn eingeholt und gestellt und bellte den Flüchtigen an. Der
blieb, kreidebleich, stehen und stotterte: »Alles gut, alles gut.«

Inzwischen war Thomas Berner aus dem Haus gekommen.
Auch er war bleich wie ein Handtuch und zitterte. Aber vor

Wut und nicht vor Angst: »Und jetzt zeige ich euch an!«, rief er. »Dafür geht ihr in den Knast.« Metelmann rief seine diensthabenden Kollegen an – in Kappeln. »Festnahme«, sagte er knapp. Und zu den beiden Männern in Handschellen: »Ich denke, Ihre Auswanderungspläne werden warten müssen.« Und Carla fauchte Thomas Berner an: »Du bist ein Trottel. Warum bist du nicht ins Gutshaus gegangen? Wenn wir nicht so schnell da gewesen wären, hätte wer weiß was passieren können. Da steht Ingos Wagen mit offenem Kofferraum. Was meinst du, wen die da transportieren wollten!« Thomas Berner sah die Freundin geknickt an. Die lachte schon wieder: »Schnaps gegen den Schreck?«

Zusammen mit Metelmann, der seine beiden Gefangenen an den Ärmeln festhielt, gingen sie zum Gutshaus zurück. Dort waren Eberhardt von Erben-Werthern und Melissa, Karola und der alte Graf Johannes, Eberhardts und Melissas Kinder und Carlas Tochter Sara zusammengelaufen, um dem Drama zuzusehen. Und über allem stand, auf der Treppe, der würdevolle Butler Franzius mit einem Silbertablett mit kleinen Schnapsgläsern. »Einmal gegen den Schrecken«, sagte er förmlich und verteilte sein Angebot. Nur Metelmann schüttelte den Kopf. »Dienst ist Dienst, aber den Schnaps hole ich mir gern später.« Doch da kam schon ein VW-Bus mit Metelmanns Kollegen. Die luden die beiden Festgenommenen ein. Metelmann berichtete in Stichworten die Fakten. »Bericht folgt.« Der Bus fuhr ab. »Jetzt Schnaps«, sagte der Dorfpolizist und grinste Carla an. »Haben wir doch gut gemacht, oder?«

Carla Moreno ging zu ihrem Auto. Sie war müde und wollte nach Hause. Sara wollte noch bleiben. Im Witwenhaus angekommen, zeigte auch Watson, dass er Ruhe brauchte. Er fläzte sich auf einen Teppich vor dem Wohnzimmerkamin. Und kurz darauf kam auch Stefan Kleyn heim, so müde wie Carla. Die erfasste die Lage auf den ersten Blick und sagte nur ein Wort: »Pizza?« Der Kriminalhauptkommissar nickte wortlos. Die Hausherrin schob eine große Pizza in den Ofen und kam mit einer Rotweinflasche und zwei Gläsern zurück ins Wohnzimmer. »Erzähl«, sagte sie und er sah sie fragend an. »Ja, ich habe auch noch was, aber erst du.«

Und dann erzählte er von Arno Göbel, von der Tochter seiner Frau, die 15 Jahre lang nicht gewusst hatte, dass ihre Mutter tot war, und dem Cousin, der angeblich mit ihr durchgebrannt war. »Dieser Mann kann einen zur Weißglut bringen. Der grinst dich an und lügt, und du kriegst ihn nicht zu fassen.« Doch die Indizienlage, sagte Kleyn, sei wirklich gut: Die Anwaltsschreiben, die drohende Scheidung, das Testament und nicht zuletzt das Blut an Monika Göbels Bett seien schwerwiegende Indizien. »Er muss sie mit einem harten Gegenstand geschlagen haben. Dann ist sie auf das Bett gefallen und Blut muss über den Rahmen gelaufen sein. Und auf der Innenseite hat er dann die Spuren beim Putzen übersehen.« Carla stützte den Kopf in die Hände. Dann schnupperte sie und sprang auf und kam kurz darauf mit einer Pizza zurück, die sie schon in mundgerechte Stückchen geschnitten hatte. Sie stellte das Tablett auf den Tisch, reichte Kleyn einen Teller und fragte: »Womit könnte der nur zugeschlagen haben? Es muss ja etwas gewesen sein, was schon in ihrem Schlafzimmer war. Leiste? Spazierstock? Sag mal, da war doch eine Kameraausrüstung. Ja, und da lag auch ein Stativ, so ein einbeiniges in einer braunen Lederhülle. Habt ihr das auch untersucht?« Kleyn versuchte sich zu erinnern. »Da war aber nichts dran.« »Und drinnen?«

Kleyn sprang wie nach einem elektrischen Schlag auf, lief zu seinem Telefon und rief auf der Dienststelle an. Carla hörte nur »Ja, ja« und »Nein, nein«. »Die melden sich gleich wieder.« Nach ein paar Minuten kam der Rückruf. Und dann hörte sie ihn brüllen. »Schwachköpfe, Idioten.« Ohne Luft zu holen. Und dann ließ er sich wieder auf das Sofa fallen. Der

Kriminalhauptkommissar atmete tief durch. »Jetzt haben wir ihn endgültig. Auf dem Stativ war Blut. Das stand in keinem der Berichte. Die Laborleute haben es einfach vergessen.« Der Ermittler nahm einen großen Schluck Rotwein.

»Aber das ist ja noch nicht alles.« Jetzt berichtete er von dem Abenteuer, auf das sich Knut Meiners mit Schwester Eva eingelassen hatte – und von den Ergebnissen. Carla, die sich inzwischen, Füße auf dem Sofa und Pizza in der Hand, an ihren Freund gelehnt hatte, kicherte. »So ein stilles Wasser. Aber der Mann hat einen guten Riecher!« Sie stutzte: »Aber sag mal – falsche Diplome, falsche Abschlüsse. Erinnerst du dich an die Zettel, die ich vor Meta Diederichsens Haus gefunden habe? Da war doch so ein halbes Porträt drauf und eine Telefonnummer von einem Bremer Krankenhaus. Und dann stand da etwas von Pflege. Sag mal, wie heißt der Typ?« »Bernhard, Bernhard Braun«, antwortete Kleyn und Carla war schon zu ihrem Telefon gespurtet. Sie tippte die Nummer ein. Und als sich jemand meldete, gurrte sie: »Hier ist Maja Meier, könnte ich bitte den Bernhard Braun sprechen?« Es dauerte eine Weile mit der Antwort. Dann setzte sie nach: »Aber der muss bei Ihnen arbeiten oder wenigstens gearbeitet haben. Ich komme gerade von einem längeren Auslandsaufenthalt zurück …« »Sie will nachfragen«, flüsterte sie in Kleyns Richtung. Dann bekam sie offenbar die Antwort, bedankte sich überschwänglich.

»Bingo. Der Typ war Pfleger in der Klinik. Dann hat er sich offenbar selbst befördert. Kein Wunder, dass der sich abseilen will.« Damit haben wir ihn wegen Titelmissbrauchs. Und wegen der gefundenen Schnipsel besteht auch der Verdacht, dass dieser Ostrowski den guten Doktor erpresst und der ihn dann wiederum ermordet hat. Nur müssen wir ihm das erstmal nachweisen. Die verlorenen Streichhölzer reichen da nicht aus.« »Auweia«, sagte Carla, »das habe ich ja ganz vergessen. Ich war mit Watson beim Leuchtturm und Watson hat etwas gefunden.« Sie sprang auf und holte den Gassibeutel mit dem Handschuh aus dem Versteck des Mörders. »Wenn ihr daran seine DNA findet, habt ihr ihn doch, oder?« Sie strahlte Kleyn an. Der lächelte so liebenswürdig zurück, wie ihm das alte Bekannte niemals zugetraut hätten. Und nachdem er Carlas Fund ins Labor geschickt hatte, blieben die beiden Arm in Arm auf dem Sofa sitzen. Bis Sara nach Hause kam. Die sah die beiden erstaunt an: »Seid ihr angewachsen?« »Nee, zufrieden«, antwortete Carla. »Deine Mutter hat gerade zwei Mordfälle gelöst«, fügte Kleyn hinzu.

66.

Es war ein besonders schöner Morgen. Dr. Bernhard Braun, der eigentlich kein Doktor war, sah vom Ende des Klinikgartens aus auf die Kieler Förde. Ja, dieser Ausblick würde ihm fehlen, wenn er in der kommenden Woche Deutschland verließ. Aber auf der anderen Seite war auch Buenos Aires kein übles Pflaster. Er freute sich auf die südamerikanische Lebensart. Mit 44 Jahren konnte er noch einmal neu anfangen. Und er hatte dafür ein schönes finanzielles Polster, das er spontan noch systematisch aufgestockt hatte: mit einer Hypothek auf sein Haus und einer zweiten auf die Klinik. Jetzt war er so gut ausgestattet, dass er, wenn er sich ein wenig zurückhielt, genug für sein Leben hatte, ohne zu arbeiten. Seine Frau müsste eben Haus und Klinik verkaufen, um den Unterhalt für sich und die Kinder aufzubringen. Aber wahrscheinlich würde sie sich ohnehin diesem Lackaffen Farhat Merizadi an den Hals werfen, wenn sie das nicht schon getan hatte.

Noch fünf Tage. Am Montag wollte er starten. Morgens wie gewohnt aus dem Haus gehen. Einen Koffer mit ein paar Wertgegenständen und Kleidung hatte er schon gepackt. Auch seine Papiere lagen griffbereit. Er sog noch einmal die frische Ostseeluft ein und ging über den Rasen zu seinem Arbeitszimmer. Dort öffnete er den Safe, nahm den Stapel kritischer Papiere heraus und setzte sich an seinen Schreibtisch, sortierte die Unterlagen in persönliche Dokumente, Abrechnungsbelege und Karrierenachweise und schob die kleinen Stapel in große braune Briefumschläge. Diese wollte er bis zu seiner Abfahrt außerhalb der Klinik in einem Schließfach deponieren.

Dann begann er die Auszüge der Auslandskonten – bis auf die letzten – durch den Aktenschredder zu schieben, als, ohne anzuklopfen, seine Sekretärin ins Zimmer stürmte, gefolgt von drei Männern. Der erste legte ihm ein Schriftstück auf den Schreibtisch. »Meiners«, stellte sich der Mann vor. »Dies ist ein Durchsuchungsbeschluss. Sie werden verdächtigt, am vergangenen Freitag Kevin Ostrowski erschossen zu haben. Freundlicherweise haben Sie uns ein Streichholzbriefchen als Visitenkarte hinterlassen. Außerdem werden Sie der Urkundenfälschung und falschen Führung von Titeln beschuldigt. Sie müssen nach Flensburg mitkommen.« Der Beamte sah auf den offenen Safe. »Das ist gut, dass die Tür schon offen ist. Ihre Unterlagen werden wir natürlich durchsehen.« Und mit Blick auf die Papiere auf dem Schreibtisch: »Sehr freundlich, dass Sie uns das Wesentliche schon zurechtgelegt haben.« Die beiden Kollegen, die Meiners im Schlepptau hatte, waren erstaunt über den kühlen Auftritt. Man hatte ihnen den Neuzugang in Flensburg doch als Duckmäuser und Mobbingopfer beschrieben. Und jetzt rauschte der Mann in das Büro eines Klinikchefs und kassierte diesen ohne Widerrede ein.

Tatsächlich war Braun sprachlos. Wie waren die auf ihn gekommen? Er hatte doch keine Spuren hinterlassen. Es war doch alles so gut vorbereitet gewesen. Bernhard Braun stand wie in Trance auf. »Meinetwegen, Steuerhinterziehung, aber mit dem Mord habe ich nichts zu tun. Sie können mich doch nicht wegen eines Streichholzbriefchens verhaften. Das könnte jeder am Strand verloren haben!«, protestierte der Klinikchef verzweifelt. Meiners legte ihm ungerührt die Handschellen an. »Sie haben dummerweise auch noch einen Ihrer Gummihandschuhe liegenlassen. Ein – äh – Polizeihund hat ihn gefunden. Und dank Ihrer Zigaretten hatten wir bereits Ihre DNA.« Braun wurde blass. Der Handschuh. Er hatte ihn verloren und nicht im Auto gelassen. Wegen so einer Kleinigkeit war jetzt alles vorbei. Als Meiners ihn über den Flur führte, kam ihnen der smarte Dr. Farhat Merizadi entgegen. Der fragte entsetzt: »Was ist denn hier los?« »Rutschen Sie mir den Buckel runter«, sagte Braun.

Und: »Sie werden auf den Herrn für längere Zeit verzichten müssen«, fügte Meiners mit einem Lächeln hinzu.

67.

Es ist ein bisschen wie nach einer Schlacht oder nach einem Unwetter«, sagte Carla, als sie sich am Abend mit einem Glas Rotwein auf die Terrasse setzte. »Überall liegen Trümmer herum. Jetzt geht es ans Aufräumen.« Stefan Kleyn nickte und lächelte. Tatsächlich: Carlas Freund Thomas Berner hatte jetzt, nachdem sein Expartner und dessen neue Liebe wegen versuchten Mordes festgenommen worden waren, die Chance, das ergaunerte Geld von Ingo Hetkämper zurückzubekommen. Auch wenn das dauern würde.

»Und ich bin mal gespannt, was aus dem lädierten Haus von Meta Diederichsen wird«, sagte Carla. »Oh, da weiß ich schon was – die Eltern von Kevin Ostrowski sind auf Sozialhilfe angewiesen und haben das schwierige Erbe ausgeschlagen. Der Großvater, ein wohlhabender Mann aus dem Oldenburgischen, wird das Haus übernehmen und er will es wieder instandsetzen und vermieten«, sagte Kleyn. »Und Arno Göbels Haus?« »Das wird an die Tochter gehen.« »Ob sie es wohl behält?«, grübelte Carla. »Kann ich mir nicht vorstellen, da ist ihre Mutter ermordet worden«, hielt Kleyn dagegen.

In diesem Moment fing Watson an, wütend zu bellen. »Ist doch nur Thomas«, beruhigte Carla den Hund. Doch es war nicht nur Thomas Berner, der mit einem Flaschenträger voller Rotwein vom See her anmarschiert kam. Ihm folgten Melissa Meerbusch und Eberhardt von Erben-Werthern, Vater und Sohn Dutert, der Baulöwe Gruber und das Muskelpaket Peter Mironow. Carla verschluckte sich beinahe angesichts des Aufmarschs, während Melissa zwei große Tabletts mit hinreißend belegten Brötchen auf den Tisch stellte und auch Graf Eberhardt noch ein paar Grüße aus dem Weinkeller mitgebracht hatte. »Sie haben gesagt, wir könnten kommen«, erklärte Gabriel Dutert. »Und wir dachten, da kommen wir mit«, fügte Peter hinzu. Melissa, die sich bestens auskannte, war schon in die Küche geeilt, um Gläser und Teller zu holen, die Männer stellten Stühle zusammen und Carla und Kleyn kamen kaum dazu, sich zu bewegen. Nach wenigen Minuten saß die Tafelrunde komplett und die Hausherrin und ihr Gefährte waren noch immer sprachlos.

»Was wird denn nun aus Jägersruh?«, fragte Carla atemlos. »Wir machen daraus einen kleinen, ganz speziellen Ferienpark, Thema Natur- und Tierschutz, und die Koniks spielen eine Hauptrolle«, sagte Gruber. »Wir zusammen«, ergänzte Peter. »Und ich gehe mit meinem Vater nach Frankreich zurück, wenn die Arbeit hier in der Kirche erledigt ist«, kündigte Gabriel Dutert an. »Wir heiraten«, jubelte Melissa. »Und ich bleibe hier im Dorf«, sagte Thomas Berner. »Und ich auch«, flüsterte Kleyn Carla zu.